时光
倒影

(上)

梁冬霓———

著

哈尔滨出版社
HARBIN PUBLISHING HOUSE

图书在版编目（CIP）数据

时光倒影／梁冬霓著. — 哈尔滨：哈尔滨出版社，
2023.5
ISBN 978-7-5484-7227-8

Ⅰ.①时… Ⅱ.①梁… Ⅲ.①散文集–中国–当代
Ⅳ.①I267

中国国家版本馆 CIP 数据核字（2023）第 084899 号

书　　名：**时光倒影**
SHIGUANG　DAOYING

作　　者：梁冬霓　著
责任编辑：滕　达

出版发行：哈尔滨出版社（Harbin Publishing House）
社　　址：哈尔滨市香坊区泰山路 82-9 号　　邮编：150090
经　　销：全国新华书店
印　　刷：成都兴怡包装装潢有限公司
网　　址：www. hrbcbs. com
E-m a i l：hrbcbs@ yeah. net
编辑版权热线：（0451）87900271　87900272
销售热线：（0451）87900202　87900203

开　　本：880mm×1230mm　1/32　　印张：9.5　　字数：223 千字
版　　次：2023 年 5 月第 1 版
印　　次：2023 年 5 月第 1 次印刷
书　　号：ISBN 978-7-5484-7227-8
定　　价：58.00 元

凡购本社图书发现印装错误，请与本社印制部联系调换。**服务热线**：（0451）87900279

光阴梯度的呈现

——《时光倒影》散文集序

黄龙汉

　　梁冬霓经文友介绍加入了斗门作协，之后便有了文学交流。她痴爱文学，创作了大量的散文、诗歌、文学评论，有的发表、有的获奖。印象中，她是一位有灵气、有才气、情感丰富、观察敏锐的作家。梁冬霓收集整理了部分文学作品，准备出版散文集《时光倒影》，嘱我作序。我细读书稿，不禁有种爱不释手的感觉，她的文章犹如西湖龙井，虽初看去全无颜色，喝到口里，却有一股清香，令人回味无穷。

　　翻开书页，我即刻被她的语言深深吸引。作者用语精练、挥洒自如，遣词造句生动得当、含蓄深邃，文章脉络明晰、感情饱满、格调高雅。这些作品有的字字珠玑，给人以语言之美；有的气韵萌生，给人以含蓄之美；有的感人肺腑，给人以情感之美；有的立意隽永，给人以意境之美。读这样的文章，在享受阅读的同时，也获得了很多人生教益。

散文集分为三辑。第一辑是家乡的咏叹调。作者内心珍藏着两片家园，那便是她的故乡梅县松口和现在安家的地方珠海斗门。她以一颗感性细腻的诗心，感受着家乡的变迁和美好，尤其是对于松口——她出生长大的地方，她用深情细腻的笔触，写了一幕幕回忆，以及松口后来在时代的变迁下发生的变化。其中有美好、有心酸，情挚之处，可见作者一颗对家乡的热爱与眷恋之心。第二辑主要是写作者的心路历程。在这一辑，作者把生活和情感融合在一起，以敏锐的观察力和独特的内心感悟进行精神漫步。在这里，我们看见了生活的斑斓多彩与百般滋味，篇章里渗透着友情、亲情，也流动着各种欢快、悲伤、美好和幽暗，我们从中可看出作者对生命、生活的热爱和朴实的人生观、价值观。第三辑是文学作品评论。作者深入研读四位作家的五部作品，从不同的视角挖掘作品的内涵，洞幽烛微、纤毫毕现地勾勒出作品的写作特色，条分缕析、点评精要、入木三分。

　　作家在创作过程中，始终伴随着情感的活动，并把自己的爱憎之情灌注在作品中，只有这样的文学作品才特别容易感染人，唤起人们的情感记忆，并让人产生强烈的共鸣。冬霓是一位相当有创作个性、富有特色的作家。她的散文最大的特点是真挚亲切，以情动人，语言随情而发，自然朴素、平实流畅，字字句句，都是浓得化不开的情深之语。这种情感在作品中随处可见。如在《或远或近的故乡》一文中，她写道："临江一带，古街连成蜿蜒的曲线，起伏着岁月的斑驳，像一幅水墨画，因了一滴饱含深情的泪，洇开在梅江朦胧的雾气中。"几句淡笔，以景衬情，情感如涓涓溪流。

有些文章，文字看似平淡无奇，但从她的笔端流露出来，却有一种难以抵挡的魅力，因为字里行间都饱含着她的刻骨深情，如震颤的和弦，引发读者的遐思和心灵共鸣。如《跪拜》一文，冬霓通过回忆奶奶病后的点点滴滴，寄托了自己对奶奶的无限哀思。整篇文章朴实无华，感情很克制，娓娓道来却催人泪下，我也被她的哀痛所感染。《平静的海》通过描写父亲为支撑家庭，支持自己求学，由一个小商贩沦为拾破烂者，弯下了高挺的腰，放下自尊，而且一干就是十多年，表现了父亲无论身处何种困境，始终保持着一种旷达淡泊、乐观宽容的人生襟怀。她在文中说："在他看来，收破烂已不是什么卑微的事。只要是劳动，就有劳动的快乐与尊严，没有高贵与卑贱之分。"这种豁达的心态，不但影响了作者，让她的文章带有一种旷远的意味，也深深感染了读者。

冬霓是唯美而感性的，她挥洒自如操纵的，似乎不是文字，而是画笔。她笔致灵动、笔调清新、情感丰盈，在她的文章中，你分不清究竟是故乡美、情感美，还是文字美，抑或兼而有之。

意境的营造是她写景物的一大特色。冬霓善于虚实结合，或以景衬情，或以情托景，她笔下的景物，更多是对情感与心理情绪的呈现。而心空的邈远，加上诗化的语言，又决定了她的文章有一种悠远的意境。《或远或近的故乡》便很能体现她的这种创作风格。故乡由昔日的繁华变得冷清，老街人去楼空，在日复一日中沉寂，这种残旧与寂寥，本是一种感伤，但在她的情绪带动下，却变成了对岁月长河的感叹，故乡的景物被赋予了时间与生命，成为时代的回音。如结尾中写道："海子的家乡在诗歌中或远或近，而我充盈在内心深处的感情，都在故乡的梅江中，写意着从未离开的或喜或悲。"《江水依依向东流》这篇散文布局整饬而又层层深化，她的妙笔勾勒出来的江水、青山、梅东桥等，让读者身临其境。文中说："船舷边上白色的浪花朵朵，如雪落江河。我和妹妹叽叽喳喳，好奇地指指点点，而奶奶看着我们的眼眸，像盈满了江水，深情而明亮。"读来朴素自然，让人感觉景物是有生命的，有感情的，正所谓"一切景语皆情语"。

在《时光深处的水松林》这篇散文中，作者在看似极其平凡的事物中提炼出了动人的诗意，在一片奇景中寄寓深邃情思，风格玲珑、诗意隽永。如"水松林的美，美在幽微。石径环岛，荫翳蔽日。阳光从叶隙间漏下，斑斑驳驳，深深浅浅。偶有一丝落在脸上，便又恍惚迷离起来。河边阳光充足的地方，水松的羽状叶子清晰又模糊，塔状的身形迎风静思，流露出宁静致远的境界。"这样的句子俯拾皆是，从细微处入手，不露痕迹，不经意间就造出了言简意远、朴拙幽深的意蕴。

作家要使自己在观察、体验生活时所产生的情感在文学艺术中得到表现，就必须对情感进行一番提炼和整理，强烈的爱憎不用纷繁的色彩粉饰，深沉的感情也无需华丽的言辞渲染，冬霓的作品就体现了这种写作特色。她的散文的显著的特点是大雅若俗、拙朴自然，如朗月星空，看似稀松平常，细品却有博大的人间真气象。无论是勾描人物，还是涂抹风景，冬霓所摹之物总能气韵萌生、真挚感人，其文字功力可见一斑。她不仅能准确地捕捉到事物的内在神韵，更能准确把握人物的情怀，再加上她敏锐细致的体察，笔下的文字自然余味无穷了。如《菉猗堂抒怀》这篇散文，全文起承转合，布局精妙，层层铺垫，丝丝入扣。作者步步深入、笔笔记胜，直至结尾水到渠成，点明托物言志的题旨。文章在抒情中叙事，在叙述中抒情，二者密切融合，随着人、事、景、物的叙写，浑然一体，达到曲致含蓄的表现。美丽的乡村文化遗存、淡淡的惋惜和思念，使整篇文章回荡着一股历久弥新的魅力。

　　散文是一种毫无框架的真实，散文所能依靠的，是真实感情的质量，真实感情的质量，只能通过选几件生活中的细节体现，而散文的情也就体现在这些细节之中。如《如花飘落的光阴》这篇散文，作者捕捉值得回忆的大学生活缩影，娓娓叙来，亲切自然，悠悠同学之情充溢在字里行间。这篇散文的感情基调是淡，淡到心平气和、气度从容。然而，淡却不是无情，文字背后所深蕴的情呼之欲出，这种将文字返璞归真的功力，绝非一朝一夕所能达成的。

　　王国维在《人间词话》里说："境非独谓景物也。喜怒哀乐，亦人心中之一境界。故能写真景物、真感情者，谓之有境界。否则谓之无境界。"同样一个对象、同样一个细节，如果是纯客观的，也许没有深刻的启发性，但是一经作者的渲染甚至主观的解释，微不足道的东西也能变得意味深长，促成读者对生命或人生的一番思考，这样的文章才有境界可言。将真诚与真情，作为境界的内蕴与基石，这是冬霓一直以来的一个创作方向。

通过此书，我们仿佛看到了光阴的梯度，层层级级、长长短短，轻盈的、沉重的，悲伤的、喜悦的，唯美的、烟火的，既有精巧之章，也有恢宏之作。家乡风物、岁月履迹、书香的浸润，都可看出她对向善向美的力量的追求。她的文章既有浪漫主义之风，也有现实主义的风格，行文看似随意，却蕴含了相当大的弹性，让人在看完文章后仍然能余下久久挥之不去的思考。文中所叙之事，有的时空跨度非常大，但是读来仍然和谐流畅，丝毫不会觉得散漫、文章结构严谨、内涵深厚，这应归功于作者深厚的构思能力。

文学，在冬霓的心目中，是安放灵魂的地方，既是一种寄托，也是一种力量；既是一粒种子，也是一棵大树；既是一剂良药，也是一盏明灯。希望她继续努力，创作更多内涵厚重、温暖读者心灵的文学精品。

是为序。

春天的河流（自序）

　　搬家几次，丢弃很多旧物，只有那一沓发黄的稿纸，仍静静躺在一个绿色的文件夹里，随我东奔西走。卷边的纸，字迹已模糊，有些甚至已缺角烂页，几欲弃之，转而又想：说不定哪天我重新拾笔了呢？这些是我大学时期写下的不成熟的文章，对我来说，它既是一段光阴的存在，也是一颗挚爱文学之心的证明，但也就仅此而已。虽然我的生活一度离开文学很远，但因为心有不舍，从未放下，所以只要梦想存在，它就一直存在。

　　在我走过的人生履迹中，既经历过电闪雷鸣的哭泣，也有云淡风轻的笑谈，而因了书香的熏陶，便在生活的热烈与冰凉之间，找到了一种平衡。文学让我不至于在痛苦时濒临绝望，也不至于在欢快时得意忘形。文学存在于我的生活，是那样地恰到好处，它见证了我的苦乐交融，为我提供了一个温暖的角落，在辗转的尘世，让我的灵魂得以栖息。

　　众多良书中，第一次触动我心灵的是《牛虻》。那时我还是懵懂的初中生，未知人世的险恶。读了《牛虻》之后，我才知，人间充满坎坷、黑暗，而人却可以活得那么坚强、隐忍而伟大。可以说，在我年少的心灵里，牛虻是一个极富魅力的人，他的形象是一道光，照亮着我简单未蒙尘的心。后来，我又读到《平凡的世界》，书中所展示的积极的生活态度，也让一颗年少的心，看到了生活的痛苦与光明，无穷与美好。每每在挫折中困顿不前，我总是想起孙少平与孙少安，因而又具有前行的勇气。这本书也深刻地影响了我的人生态度。在以后的日子，脚踏实地、实事求是，成为我生活与工作的准则。再后来，罗曼·罗兰的《约翰·克利斯朵夫》，给我带来了无比的震撼。在我看来，它是一部痛苦的颂歌。克利斯朵夫从德国到法国，再到瑞士、到意大利，最后又返回巴黎，充斥着生存之痛、艺术斗争之痛、逃亡之痛、孤独之痛、生离死别之痛，但他终究在噬心蚀骨的痛苦之后复活，达到精神宁静的崇高境界。那种孜孜以求，不管多痛多难都不放弃的精神，也成就了他音乐事业的高峰。在他身上，我深刻体会到了什么叫刚强的伟力、不屈的灵魂。这些书在我心里埋下了英雄主义的种子，让我懂得什么叫"无畏"，也正因如此，我才会一直怀着一颗热爱的心，去探索生命中的各种风景，包括苦难和幸福。

当然，我的生活没有小说里的大风大浪，但心中也曾海浪翻涌，倒腾着惊恐、痛苦、虚无、孤独。幸运的是，文学让我找到灵魂的皈依。在狭小的书斋里，我的心灵有一条通道，往至一扇明亮的窗。打开这扇窗，我看见了时光的缤纷。生命在四季中更迭，我的精神自由穿梭。因为文学，我的心灵有了一道厚厚的防护墙，功名利禄难攻其障，宠辱得失难摇其位。在文字中穿行，生命化繁为简，无须太多的喧嚣与华丽，每一场与文字相拥的缄默，必定酝酿一个新的开端。

也许当初仅仅是缘于喜欢，但现在的我却深知，文学对于我的意义，更多的是安放灵魂、修正内心、传递真善美，在生命的渡河中，为自己、为他人，做一个摆渡者，从荒莽的此岸，渡到花开的彼岸。我相信，文学会让痛苦成为一种救赎，让幸福成为一盏明灯。

因此，我对自己的文字是真诚的，只有真诚，才有打动人心的力量。文字需要温度，也需要力量，我在这样的温度里积攒着活着的力量，再用力量把我们所需要的温度向世间传递。

一路走来，脚步深深浅浅，文字或重或轻，回过头来梳理，便看见自己的心路历程。这是一件有意思的事，因为记载，我依然可以清晰地看见自己的过去，看见自己所到过的地方，看见曾经的热爱、曾经的美好。它们把芬芳嵌入流年，让我记起，我曾经存在于生命中的某个角落，在拥挤的人间，灵魂曾占据过一席之地。

因而有了《时光倒影》这本书，乡情的咏叹、路上的悲欢、读书的感悟，琐碎之音，汇成生命的河流，算是对岁月的一个交代，对自己的一个交代。

非常感谢黄龙汉老师在我的写作路上，给了我很多关怀与鼓励，感谢《中山日报》的"文棚"平台，让我取得长足的进步，感谢张楚藩老师的关心与提携，感谢珠海市作家协会和斗门区作家协会的前辈和文友对我的肯定与支持，也感谢生活与工作，带给我源源不断的创作灵感。

生活之广博，绝非我的经历所能说清。对于我生活之外的东西，我还需要更深入地探索。我会一直站在低处，以仰望的态度，用礼赞、用慈悲、用鞭挞，去爱这纷繁而多彩的人生。

此时，我再次想起《约翰·克利斯朵夫》里面的一段话："这是春天的焚风，它用灼热的气息，给沉睡未醒的大地带来温暖；它融化冰块，带来甘霖。在沟壑对面的树林里，风像雷一般咆哮。"

正值芳菲四月，我希望我的文字，也能用温暖的气息，带给读者一条属于春天的河流，我在河上摆渡，阳光与阴影，都流淌成无声。

梁冬霓

2022 年 4 月于珠海

目录
Contents

第一辑　乡情咏叹

或远或近的故乡	002
遥忆松口中山路	009
江水依依向东流	016
裤裆街	019
火船码头	022
世德堂，梅州质朴的芬芳	025
一碗腌面	030
幽幽清明粄	033
松口港的风	035
情牵元魁塔	039
年意悠悠绕心头	042
时光深处的水松林	046
寻韵接霞庄	050
蒙猗堂抒怀	054

湿地里的行吟　　　　　　　　058

九月的絮语　　　　　　　　　064

穿越一条旧街　　　　　　　　067

老薇茶铺　　　　　　　　　　071

古韵排山　　　　　　　　　　074

黄杨河畔的缤纷之梦　　　　　078

鲈游四海　梦寄水乡　　　　　082

踏歌莲江　　　　　　　　　　086

与牙雕相遇　　　　　　　　　090

最初的庭院　　　　　　　　　093

草木里的深情　　　　　　　　098

永燃的火炬　　　　　　　　　102

追忆峥嵘岁月，谱写壮丽诗篇　106

第二辑　路遇微风

平静的海　　　　　　　　　　112

不灭的灯盏　　　　　　　　　115

你是我的心肝宝贝　　　　　　118

家有少年　　　　　　　　　　121

未曾拭去的一滴泪　　　　　　127

跪　拜　　　　　　　　　　　131

春风中的追忆　　　　　　　　135

天堂的吻痕　　　　　　　　　137

永远的春辉　　　　　　　　　142

遇见你，就很美好　　　　　　147

影 子　　　　　　　　　　　151

浅浅的痕迹　　　　　　　　155

高三的云朵　　　　　　　　159

如花飘落的光阴　　　　　　162

岁月悠悠　　　　　　　　　176

袅袅清音入梦来　　　　　　183

迟到的钢琴　　　　　　　　186

谁叹杨花逐水　　　　　　　191

快乐的厨娘生活　　　　　　195

冬日之花　　　　　　　　　198

我的春天开在你的夏天　　　201

且听花吟　　　　　　　　　204

绕过阑珊的春天（组章）　　208

山水梦里叙流年（组章）　　212

告别华家池　　　　　　　　216

花中语　　　　　　　　　　227

绽 放　　　　　　　　　　240

柔软的阳光　　　　　　　　243

与陌生人说话　　　　　　　245

追寻简单　　　　　　　　　249

第三辑　书斋浅谈

沉郁的大提琴：历史和黄壤深处的爱
　　与疼痛
　　　　——读耿立散文集《青苍》　　254

一条江的奔跑与突围

　　——读耿立散文集《暗夜里的灯盏烛光》

　　　　　　　　　　　　　　　　260

风雨人生路中栖息的诗意

　　——读张楚藩老师诗集《五里亭》　　264

至简而深邃的灵魂

　　——读张楚藩老师诗集《曲江行吟》　267

在思考中行走

　　——杨长征文学作品小析　　　　272

一场文化盛宴与精神洗礼

　　——读陈继明长篇小说《平安批》　276

第一辑

乡情咏叹

时光倒影……

或远或近的故乡

　　家门前的青石板路，像一场印象不深的电影中一个模糊的镜头。只记得一个雨天，姐姐被蜈蚣蜇了之后，父亲坐在门口用酒精给她消毒。狭长的巷子上面，两边的灰瓦夹着青色的天空，我坐在姐姐旁边，听她的哭嚷声，然后望望门前的巷道。雨水洗过的青石板路，与姐姐的脸一样，有一种浓厚的潮湿。

　　这是我对故乡的青石板路唯一的印象。虽然多次在脑中倏忽而过的记忆，让我觉得古老的街巷应配上青石板，才算一幅完美的图，但门前那条不知从何时开始有的水泥路，在摩托车经过时发出"哐哐"的声音，倒也与街巷里的欢乐气氛搭配得灵动和谐，彰显着现代生活的韵律。

　　这条街巷并不长，大概只有两百多米长、两米多宽，却沉淀着千年光阴。曾经，这里是一排排的商铺，交织成一幕幕繁华，落在云烟深处。新中国成立后，这里是起伏着锅碗瓢盆之声的民居。屋子间间相连，仅有一墙之隔。楼体三层，暗含术学之虚数，有瞻仰之美。每家每户的一楼都分前堂与后堂，前堂是客厅，后堂是饭厅。二楼有阳台，阳台以几根稀疏的木栅栏分开。多数阳台有轻盈的植物点缀，一年四季青翠葱茏。那时，我们的生活并不富裕，却有一些闲心侍弄万年青、龙吐珠、文竹等花花草草。三楼没有阳台，对着巷道的，都是深褐色木质的墙与窗。那些古朴的木材，与顶上的滴水檐相望，透露着岁月的深远。

奶奶经常在清晨的时候，在阳台上做一些运动，嘴里还发出"嗨嗨"的声音。等天色更亮一些，她就会跟隔壁的谢伯婆在阳台上谈论天气情况，或近期的一些见闻，或相约何时去庵庙烧香拜佛。我在她们的交谈声中醒来，目光望向窗外，太阳温和的光线映入眼帘，给我简单的日子镀上愉悦的光辉。

日头渐高，斜对面的阿盛嫂又来我们家了。她喜欢搭脚头（客家话为到别人家玩、胡侃之意），有事没事都常与奶奶聊天。儿时的记忆已渐渐远去，我却仍记得她娶儿媳妇的那晚，大家都到她家里"搞新娘"。在我们家乡，闹洞房就叫"搞新娘"。新郎与新娘用托盘装着好多杯茶，一起端过来给长辈们喝，因为是双人四手，所以这就叫"四手茶"，寄寓着两人百年好合、生活美满。在众人的呼声中，新娘面若桃花，唱了一首《万水千山总是情》。那是我第一次看"搞新娘"，所以对新娘的温润歌喉记忆犹新。

我印象最深刻的是对门的阿亲伯。阿亲伯矮矮胖胖，说话不急不躁，天生一脸佛相，且又乐善好施，凡到她家门口的乞丐，她必会施舍饭菜或小钱。在 20 世纪 80 年代，她是街上为数不多较早拥有电视的居民。一到晚上，她家就像一个小型聚会所，坐满看电视的邻居。我们一边看电视，一边喝茶，一边聊天，亲切温暖的气氛弥漫着屋子。当时热播的《红楼梦》与《西游记》，我都是在她家里追剧追完的。如果没有她家的电视，我就不可能早早接触这些经典。正因为反复看了好多遍电视剧，日后读起书来也驾轻就熟、游刃有余。因而，我对她一直怀揣着一份感激之情。

没有电视的家庭，听唱片是主要的娱乐活动。上邻下舍的老人，都经常听《上夜三斤狗，下夜三伯公》的故事。儿子流落海外的三斤九被人看不起，个个叫他"三斤狗"，凄凉无边。有一年除夕的半夜时分，三斤九的儿子居然带着十几箱花边（银币）从海外归来，"三斤狗"终于扬眉吐气，瞬间变成了"三伯公"。据说这是民间的真实故事，客家山歌把它传唱得家喻户晓，人情冷暖、世态炎凉展现得活灵活现。父亲经常给我和姐姐讲这个故事，我们也百听不厌，听完唏嘘不已。借这个故事，父亲告诉了我们朴素的人生道理：做人不可人穷志短，也不可趋炎附势。

邻居们的家长里短、生活琐事，都离自己不远，有时甚至自己也是局中人。充溢着烟火味与人情味的老街是我一番自在的天地，走出老街，与之相近的市场，更是另一番天地。

老街的出口，是市场的开端。最早开门的是一间专门帮人打粉面的店。每天机器声一响，充实忙碌的日子便拉开了序幕。那一边，菜摊、肉铺、水产档随着光线的明亮渐渐挤满了人。人潮涌动中，肉铺的老板提一把闪光的刀，笑容满面她问你买不买肉，母亲形容这吓人的粗鲁样为鲁智深。各种叫卖声与案板上剁骨头的声音会合在一起，成为趣味盎然的生活之歌。有一种海产品是薄壳海瓜子，客家人叫"gàn子"，因生长在盐度较高的滩涂，所以咸味较重。那时生活清贫、粮食较少，煲成的粥米少水多，因此客家人常买"gàn子"来下粥。父亲常常绘声绘色地说，一颗"gàn子"能下三碗粥。因要剥壳，所以剥开前要先吸干里面的水分，咸味一进口中，食欲即刻涌来，顷刻间一碗粥穿肠而过；开壳后，咬一口咸咸的肉，呼哧一声，一碗粥又进了肚；这时，胃开始有点妥帖了，但手上的咸味不可浪费，吸吮一下手指，第三碗粥就又下去了。我们听得哈哈大笑，虽然夸张，但无不体现着客家人节约简朴、饮食以经济实惠为原则的生活。

"墟日"的热闹是不可磨灭的记忆。松口的墟市自明代就存在，至今已有四百多年的历史。以前，松口的墟日是农历的初五、初十，从20世纪90年代初开始则变成了农历的初二、初五、初八。每到墟日，农户都会把农产品挑到集市上卖，镇上的人都出来"赶墟"。墟市从梅东桥下开始，沿着老街一路延伸到中山路。到处熙熙攘攘、接踵摩肩，吆喝声、呼喊声、谈笑声，声声入耳；家里事、农人事、镇里事，事事关心。最热闹的是一个叫柴墟坪的地方，路边摆满了木柴、豆子、番薯、芋头、鸡、鸭、鹅，还有耍猴戏的、卖膏药的、算命的、江湖郎中……记得叔叔带着姐姐在一个江湖郎中那里拔了一颗医院里也不敢拔的小虎牙，还记得父亲抱着我穿过人山人海，看猴子翻腾扑转，戴着帽子做各种表情，引来观众大笑。一个节日前的墟日，我与奶奶去买鸡。农村里带出来卖的鸡都是走地鸡，我们称为"家鸡"。奶奶对着朴实的农村阿婆问："是不是家鸡啊？"农村阿婆手一挥，大声说："不是家鸡，不是家鸡！"奶奶却喜上眉梢地摸一下这只鸡，又摸一下那只鸡，鸡毛颜色漂亮，看上去结实多肉。我心里着急，忙对奶奶说："阿婆，她说不是家鸡！"奶奶呵呵笑了笑，不理我，认真挑选了一只漂亮的阉鸡，又到处逛得乐不思蜀。一会儿在这里停留，一会儿在那里停留，一路遇到熟人就跟人闲聊。回家路上，我提着装满香烛的袋子，百思不得其解：为什么明明不是家鸡，奶奶还要买？后来才知道，农村阿婆自信满满，容不得别人质疑她的"品牌鸡"，所以说了一番反话。

柴墟坪的中间有个亭子，供镇上居民休息娱乐。亭子向南是菜市场，向北是一排骑楼里的商店。周边是一些香纸蜡烛、日杂铺位。骑楼里的商店各式各样，有布店、鞋店、米店、书店等。以前母亲常常带着我去布店，扯上几尺我喜欢的布，让父亲做衣服给我穿。那一捆捆的布，有素色的、有碎花的、有大花的，看得我眼花缭乱。但我还是偏向于单一颜色或碎花的布，让手巧的父亲做成西装，或小花衫，穿在身上，便欢天喜地。烙在我记忆深处的是那间新华书店，那是学生时代淘洗我灵魂的地方。书卷里的草木气息，暗生幽凉，如苏东坡的"雪中春信"。这些香，浸透我的年少时光，也渗入了我的灵魂。书架上深蓝色封面的《诗经》《唐诗三百首》《楚辞》《元曲》等，都是从这间书店购得。前几年我回家乡，搬出以前买的几大袋书，一看那些泛黄的书页，遥远的记忆又跋山涉水而来。书的封面已留下了斑驳的印子，唯那浸润在记忆里的书香，依旧在岁月中浮动。我无法舍弃它们，不顾迢迢路途，把它们搬到现在的住所，故得以与它们再次相对。

这就是一些琐碎的记忆，飘浮在故乡的老街，在梦中靠近故乡的一刻，故乡是那么温暖熟悉，明月是那么皎洁美丽。松口，遍布着古朴幽雅又热情欢乐的老街，容纳着人潮涌动、充满生活气息的墟市。临江一带，古街连成蜿蜒的曲线，起伏着岁月的斑驳，像一幅水墨画，因了一滴饱含深情的泪，洇开在梅江朦胧的雾气中。

在20世纪八九十年代，打工潮席卷全国，我们小镇的很多年轻人都去了珠三角。每逢节假日，街上时时都能听见谁从深圳回来了，谁从广州回来了，尤其是当我们看着年轻的姑娘穿着时髦衣服、拉着一个皮箱在街上走过时，眼里就充满了艳羡之情。在"外面的世界很精彩"的歌声中，我们的心跃跃欲试，总想冲出这片贫穷的山区。伴随着汗水与泪水，一番拼搏过后，年轻一代如蒲公英般散落在家乡之外，老街就如夕阳下眺望远方的老人，渐渐孤独起来。

先是大部分年轻人离开了这里，后来一些老住户也逐渐搬离。每条街道曾经欢闹过的单车铃声、摩托车声都逐一远去。冬去春来，花开花落，小镇里的老街不紧不慢地繁衍着客家人的烟火，在太阳与月亮的起落中经历着热闹与寂寞，繁荣与冷清。

后来，父母也离开了老街，搬去新区。老街人去楼空，在日复一日中沉寂。谢伯婆、阿亲伯、阿盛嫂，在我多年后回乡时，只剩下了记忆中一个模糊的影像。曾经洋溢着热情的老街，像一把纸扇，把折叠的沧桑一一展开，呈现在我面前。老街在阳光中打盹，它真的老了，不仅因为它的身躯碾过厚重的时光，而且因为它的光环，被时代的浪潮扑灭，湮没在城市化的进程中。

人群都聚集到新的楼房与超市里，楼上楼下的人，于我都是陌生人。尽管父母告诉我，楼里邻居曾是哪条街居住过的人，我的记忆却像被洗劫一空，无论如何也想不起与他们相关联的一点一滴。由此生出一丝悲哀——我终究成了家乡的客人。每每路上传来汽车的喇叭声，我便思念起老街的安静来。

然而，"相见不如怀念"，我不忍再直视老街的残旧与寂寥，尽管思念老街，我后来回乡时却不再去看望它。可是，一次我从父亲口中得知，那里起了一场火灾，差点殃及我曾经居住过的屋子，我的心口就突然堆累着泪水，萌发出一股冲动，想要再去看它一眼，就像想看一位风烛残年的老母亲，看一位接纳我的任性却对我无所求的亲人。再次看它时，火灾附近的屋子已被围蔽，我看不见老街熟悉亲切的原貌，只有那空荡荡的阳台，唏嘘着陌生的荒凉。

昔日的柴墟坪依然有人赶墟，只是散墟后垃圾遍布、蚊蝇纷飞。我欲重拾少时的时光，眼里所见，却皆是苍凉。散发着恶臭的柴墟坪在我脚下，塑料袋像欲死的蝴蝶，在风中时不时翻飞着疲倦的身躯。我深感悲凉与不安，心里有一种刺痛。我记忆中的街道、市场、亭子，不知再从何寻找。

故乡经常在梦中，我依然感觉灵魂在老街游走，故乡却也越来越远了。这远，是再也回不到过去的远，是与故乡在精神交接点的两边不断倾斜的远。

几年之后，咀嚼着沧桑的老街却以其真实的古朴引来了关注，沿河一带融合着南洋风格的骑楼被修葺还原，有了整饰，从而有了乡愁的记忆，有了下南洋故事的传颂，有了复活的文化。街，还是安静的，但游人的脚步已打消了它的沉沉睡意。它从沉寂中醒来。梅江，依旧日夜流逝，有些事物不断消失，又有些事物不断新生与成长。不管怎样，老街还是那样安详，并没有千篇一律喧嚣的商业气息。

重回老街，想象一个原汁原味的故事，风就暖了。得知"松口古街区"获评为"中国历史文化名街"，我与故乡忽又在梦中重逢。代表离别的《踏歌行》的调子渐行渐远，与故乡的心理距离又在一个月辉清明之夜慢慢缩短。

近日，父亲在电话中告诉我，柴墟坪的垃圾场搬走了，中间的那个亭子正在改造施工，昔日的印记将又重现。我的内心正如这干热的夏天，突然扬了一场雨，瞬间得到一股清凉的滋润。

"大地在耕种/一语不发，住在家乡/像水滴、丰收或失败/住在我心上"，海子的家乡在诗歌中或远或近，而充盈在我内心深处的感情，都在故乡的梅江中，写意着从未离开的或喜或悲。

（原载《大湾》2020 年第六期）

遥忆松口中山路

　　那年日历里的"大雪"，父亲满心欢喜地迎接我来到这个世界。虽是大雪，却不寒冷，因为改革开放的春风开始吹拂大地。与我一起在春风中到来的，还有那条记载着我青葱时光的路——中山路。

　　中山路位于梅县松口古镇——一个山清水秀、客家人聚集的地方。为纪念孙中山在松口留下的足迹及松口华侨为辛亥革命做出的贡献，1933年，中山公园应名而立。改革开放后，连着中山公园的交通路又被重新命名为中山路。中山路没有繁华光鲜的外表，没有熙来攘往的人群，但是它就像一弯徐徐上升的新月，纯净、清澈，给松口这个小镇带来耀眼的光辉。

　　听镇里的长辈说，松口籍华侨谢逸桥、谢良牧等人，于1905年在日本东京积极协助孙中山筹组中国同盟会，并成为首批会员。此后，他们在南洋与粤东宣传革命思想，松口因此成了辛亥革命的摇篮之一。孙中山从华侨中募集到的革命经费，有四分之一来自松口籍华侨。当时处于松口闹市的公裕源米店就是华侨所建，并在革命期间作为同盟会的秘密联络点，对革命志士做了很好的掩护。

就这样，松口与辛亥革命结下了不解之缘，孙中山的足迹亦踏醒了沉睡的松口。1910年5月，孙中山在梅州大埔县的三河坝视察当地驻军后前往松口。这次他到松口公学（现松口中学）演讲，阐述革命道理、分析国内外形势，用激情唤起青年学子的革命意识。这个伟人，穿着中山装，用坚定的步伐走遍松口的街道，留下了厚重的历史回音。他沿着潮平岸阔的梅江一路上行，到甘露亭、长岗发，5月的清风徐徐，伟人在这里留下了殷切的期望。

　　松口，从千年沧桑中走来，似一棵古老褪绿的榕树，在改革开放的春风中，逐渐披上新绿的衣裳。我记忆中的中山路就是这棵古榕树上的一枝新绿，葱茏、茂盛，在阳光下闪着温暖的光芒，热闹，却不喧嚣。

　　中山路分为两段，呈"T"字形。一段从港务所往东到关帝码头，一段从港务所与关帝码头之间的丁字路口往北，经过镇里的中心，直到中山公园。道路不足两公里，却载满了客家人悠长的回忆与苦乐交融的时光。

　　从港务所到关帝码头这一段，依伴着款款深情的梅江，在水波里的呢喃中回味着悠悠岁月。孙中山先生曾在中山路往前的甘露亭，用手杖指着南北的丛山，寄予松口巨大的希望，说："革命成功后，可在此建工厂，也可开辟田园。"后来应了此言。在1958年，松口在长岗茇东边建设了巨大的水泥厂——部队水泥厂（后改名为松口水泥厂、汕专水泥厂），除了满足本地建设用水泥之外，其他水泥都运往潮汕，中山路旁则建了一间塑料厂，河岸也修了众多码头。

　　母亲年轻的时候，靠力气赚钱，在港务所前的码头上推着板车把一袋袋水泥搬运到货船上。那时陆地交通尚不发达，货物运输离不开水路。中山路上的码头，就是水路繁荣的历史见证。那时的岁月是艰辛的，母亲常常不能归家吃晚饭。这条路上，我给母亲送饭的脚印不计其数。纷飞的泥尘和着母亲的汗水，似一条浑浊的溪流，在我幼时的记忆中流淌。母亲全身布满灰尘，心里却透亮无比，她坚信她的勤劳定能让我飞出这片贫穷孤绝的山区。通往码头的路上，一边是商住的骑楼，一边是居民的店面。骑楼的拱形楼面与镂空的石砌阳台，精致而典雅，融合着南洋的建筑风格，烙印着客家人下南洋的历史。楼下的商铺多是国营的，经营的商品在印象中已模糊了，隐约记得有布店、针织店、百货店，但我知道我经过此处时的脚步是欢快的。尽管母亲在码头上的汗水湿透了日历，尽管道路凹凸不平，有些地方还横流着生活污水，然而中山路总像母亲一样透露出一股安详，让我感觉不到藏在岁月深处的颠簸。

港务所旁的塑料厂是当时镇里有名的企业，父亲就在里面上班。厂里生产的塑料鞋、显字香、水勺、编织袋、塑料瓶等，都是畅销产品。而我也经常到塑料厂找父亲，雀跃着、欢腾着、好奇着……短短的一段路，连接着父亲与母亲劳作的身影，聚满了我们一家的辛勤与温馨。

中山路的另一段，从丁字路口开始，一直到中山公园。路旁的建筑还是以骑楼为主，这里是镇里的商业中心，也是我少时的乐园。新华书店的书香、珍容照相馆里的欢乐、电影院的热闹、公园里的紫荆花……似阳光下的露水，在我记忆中闪闪发光。在20 世纪 80 年代，虽然日子还较清贫，但我已经可以要求母亲给我买连环画，可以跟父母在电影院里看电影了。那时家里并没有电视，小孩子们都是成群结队地在外面玩。中山公园里疯跑的身影，其中一个必是我。公园里并没有青绿的草地，裸露的黄土上栽植着一些白兰、紫荆、扶桑，掩映着一座六角亭，还有一汪不算清澈的湖水，湖上架起一座不到百米的洛阳桥。这些景致并非极美，却足以构成一个小孩快乐的天地。年幼的时候，中山公园的牌坊后面是一个工农兵的雕像，在 1986 年，为纪念孙中山诞辰 120 周年，这里的雕像变成了孙中山先生的汉白玉半身雕像。

这些记忆都沉淀成梅江边上的青石，任岁月的流水冲刷，却越显得光滑清亮。

后来，在改革开放的浪潮中，母亲所在的单位搬运站与父亲所在的塑料厂都不存在了。照相馆、电影院也都沉寂在时代的变迁中。中山路犹如一根老旧的枝条，被一把利斧劈去病枯的部分，经过一番疼痛后，又在阳光中重新长出浓荫。我的父母离开中山路上赖以生存的码头与工厂后，如千千万万的劳动者一样，几经艰辛与挫折，寻找新生活的路，把所有的勇气与力量，都投入生活的变迁中。

一切都在吐故纳新。

生活在继续，时光流逝，不褪色的是祖辈父辈传承给我们的勤劳刻苦的客家精神。后来，我在父母的打拼与期盼中，完成了大学的学业。毕业后，我去了外地工作。每回一次家，见到家乡日新月异的面貌，我都难捺激动之情。

中山路上的码头在江风中静默微笑，把繁华与寂寥都付诸光阴。当我再一次踏上这片土地，灰尘与母亲肩上的水泥已经凝固成昨日的记忆。混凝土铺的道路平坦、整洁、敞亮，不见污水，更无垃圾。据居民说，松口很多条道路都已旧貌换新颜，其中对中山路的改造更是重中之重，排水、消防、路灯等基础设施都重新建设了。是的，江边的中山路并未随着岁月老去，虽然码头留下一声叹息，但中山路却因厚重的历史陈迹和新的建设面貌，而引来了大量的游客，由此显得更加蓬勃年轻。

港务所前，不再是尘土飞扬的泥地。以黄锈石做地面的中国（梅州）移民纪念广场已在这里落成，广阔壮观，大气恢宏，傍着梅江婉转的清流连成追昔抚今的画卷。联合国教科文组织发起的旨在纪念海外华人的"印度洋之路"项目，已在国外建成多个，而在中国，就选择了古老梅州松口镇的中山路。是的，客家人下南洋的故事犹在，客家人与客家华侨所秉承的孙中山先生天下为公、开拓进取的精神犹在。矗立在广场中间的雕塑，形似一棵老榕树根托起地球，七只展翅的鸽子在地球的表面从容地散落。雕塑的基座上刻着浮雕，有挑担的人，拖车的马，高高耸立眺望梅江的松口元魁塔……时光荏苒，客家先民创业的艰辛、对家国的热爱及思念，都在这雕塑中熠熠生辉。

码头上的吊杆仰望着蓝天，唏嘘江流的寂寞。搬运工的身影不复出现，水泥的运输已不再依赖单一的水路。码头的清净，又反观了交通发展的巨变。松口不再是透不过崇山包围的角落了，发达的交通不但送走了一批一批闯荡世界的客家人，也迎来了一批一批访问客家历史文化的游人。

港务所旁的小食店、货物店都热闹非凡，而港务所、骑楼、民居还是保留着古旧的外墙，在络绎不绝的游人中存留一份古朴与安宁，把腾飞的时代所带来的喧嚣隔在一墙之外。阳光下，中山路显得既欢腾时尚，又安静典雅。

转入镇里的中心，骑楼里旧时的小百货店已经变成了家电家纺专卖店、土特产店、水果店、茶庄、蜂蜜专卖店……各式各样的店铺，拉远了以往物质清贫的记忆。中山路后面新起了楼房，父母已从年年遭受洪灾的房子里搬出来，住进了中山路后面。那个带着儿时记忆的电影院已改建成镇里最大的超市。曾经看过的黄梅戏、越剧都随着浪花远去了，取而代之的，是超市里一应俱全的货物，与繁华城市无异。中山公园西边原是果园与菜园，现在已建了一家大酒店和一间大的百货店。站在路边观望，行人带笑，如春花绽放。改革开放的春风，拂遍了神州大地的每一个角落，包括这个曾经贫穷落后的小镇。

中山路的另一头，是中山公园。新砌的牌坊在几级石阶上庄正地挺立，正面是"中山公园"四字，背面是"天下为公"。牌坊两边是长长的画墙，青色的琉璃瓦下砌着古朴的青砖，中间拉开一幅"海上丝绸之路·松口"长卷。这幅长卷由30多位著名岭南画家共同绘成，回望客家人从松口古码头开始远渡南洋的旧时光。依水而建的房屋、离别的码头、岸边的树、远处的山、波涛里的帆船与乌篷船……看一眼，恍惚间就走进了历史。厚重的文化气息，在这画墙上繁衍着、生长着，重新站在我少时的乐园，我仿佛听到了松口的心跳。

牌坊后面是一个广场，我又看见了熟悉的孙中山先生的半身雕像。与以往不同的是，雕像的左右两边多了石碑，上面刻着松口籍同盟会会员的简介。广场四周绿草如茵、树木扶疏，依然有我钟爱的白兰与紫荆。虽然经过改造，这些记载着岁月风雨的大树却保留了下来。沿着园路往里，是为纪念在辛亥革命中做出过杰出贡献的松口籍华人梁密庵而建的密庵亭，掩映在绿树红花中。亭子旁边，多了体育健身器材。我信步走到漫步机上，风逍遥自在，一只松鼠从繁茂的树枝跳到树干，又不知所终。后面清澈的湖水在风中荡漾，洛阳桥的倒影也随之晃动……到了晚上，公园东边新建的戏台人潮涌动，辉煌灯火中，多年未闻的客家山歌飞扬夜空……

这头移民纪念广场，那头中山公园，中间是朴实无华的街。

它没有都市里那样巍峨的建筑，没有流光溢彩的霓虹，但它的一头一尾，却紧紧连着一个时代的历程。

岁月已经远去，家书曾经寄出。慰我欢忧，陪我长大的中山路，浸染了太多的感情，不是一个人的，也不是一个家的——有国才有家。几代人的歌声与汗水，在中山路交织成一枚徽章，别在客家人远行的梦中。而我的成长，中山路的变化，也见证着改革开放 40 年来巨大的时代变迁和发展。中山路虽短，却牵起了我热爱的长情；松口虽然古老，却在新的日历里熠熠生辉。

（收录于 2021 年 12 月中国文史出版社《黄杨月作品集》）

江水依依向东流

　　童年记忆中最美的一道风景，莫过于家乡的母亲河——梅江。梅江是广东内河韩江的主流，以前家乡与其他县市的往来，多依赖于梅江的水路，客家先人远赴南洋谋生，也必经梅江的碧波。

　　梅江自紫金县的武顿山七星岽滔滔而来，经五华县、兴宁市、梅县区，最后在大埔与汀江汇合，始称韩江。相传此地古时多梅，沿江一带梅香馥郁，梅韵缭绕，故沿江有"十里梅花"之称。悠悠梅江，孕育着千年文明，散发着浓厚的文化气息。在家乡，江畔有繁华已褪的骑楼，充满传奇的甘露亭，巍峨伫立的元魁塔；江面上有年岁久远的五龙桥、铜琶桥、梅东桥……各样的风景，与江水互相成全，成为乡愁的符号，是岁月中挥之不去的印记。

　　我的记忆中没有旧时的梅花，但岸边有青山连绵、乱花迷眼。小时候和妹妹跟着奶奶坐上轮船去蓬莱，从船窗往外望，碧波万顷，江水浩渺，第一次领略江上风光，甚是美丽。两岸的青山跟随江水一路蜿蜒，时而向前，时而后退，山上翠竹成林，郁郁葱葱。拂面的江风，带来几许欢愉，几分雀跃。船舷边上白色的朵朵浪花，如雪落江河。我和妹妹叽叽喳喳，好奇地指指点点，而奶奶看着我们的眼眸，像盈满了江水一般，深情而明亮。波涛起伏，船却平稳地行驶。从那时起，对于水，我便有了一种特殊的感情。也许是缘分注定，后来不论求学与工作，我都落在水边的城市。

横跨江面的梅东桥是20世纪30年代由松口的乡贤捐资所建，它厚重的身躯经历了风风雨雨，为岸边的思念牵起一条来回的路。如今桥面已经斑驳，站在此处，可一览松口古镇沿江一带的风光，古老的房屋依水而建，鳞次栉比，夹岸青山有时云雾遮绕，有时晴翠逼眼。以前通往外界的车都要从桥上经过，我在外地求学期间，每次站立在梅东桥上等车，便意味着将要与家乡离别。我看着流逝的江水，与千叮咛万嘱托的父母依依惜别，万般不舍，就这样带着父母的牵挂与惆怅离开。而学期结束，经海上颠簸，再辗转一千多公里后，在梅东桥下车，又意味着所有的疲倦都即将消融。看到熟悉的江水，熟悉的房屋与街道，我不禁热泪盈眶。梅东桥，在岁月之河中，既是思念的起点，也是思念的终点。

水面已不见客轮，曾经繁华热闹的水路归于岑寂。江水清澈，宁静的江面水波不兴，似在梦中回望悠长的岁月。过去，多少游子从码头离去，奔赴南洋，码头像一个守望者，等候远行之人归来。而现在，码头在江风中留下一声喟叹。一位阿婆步履蹒跚地走来，站在码头上凝望着江水，在旁边拍照游人的笑声衬托下，愈发显得孤独。夕阳中，她白发飘动，与码头融为一体，似乎她就是码头，码头就是她，也许她在守望未归的亲人，也许在遥想过去的故事。岸边的青山沉默不语，恍惚间，一首客家山歌似在耳边萦绕："河边杨柳嫩娇娇，拿起桨板等东潮，阿哥摇船妹泼水，船浮水面任哥摇……"

一江清水静静东流，泊岸的野舟，是古朴岁月的见证者，把沧桑与烟波中的灵动，摆在时光的记忆中。母亲幼时跟着外婆在水上生活，在梅江以打鱼为生。母亲说当渔舟靠岸时，她就把麻绳搭在肩膀上，与大人一起拖船上岸。麻绳经常把她的肩膀勒得通红，甚至掉皮，而脚下水流湍急，即使裤脚卷得老高，也还是会被水浪打得浑身湿透。打到的鱼，她要用竹签串好，在村里挨家挨户地去卖。晚上在沙坝中与星月相伴，涉水过河的野猪却常常把她从宁静的睡梦中惊醒……

"青山遮不住，毕竟东流去。"流经城市的梅江两岸已是灯似锦、柳如烟，家乡小镇的梅江却在静美中复诉前尘往事。繁华自好，质朴当也盈趣。青山与碧水，桥与渔舟，码头与游子，是沉淀在时光深处的图景。她流经岁月，也许此处清冷寂寞，远处芳菲意浓，却都是我依恋的风景，正如热闹与寂寥，丰盈与枯瘦，都是生命中不可或缺的露水。

（原载 2021 年 2 月 11 日《潮州日报》）

裤 裆 街

　　它没有斜晖里的青石板路，也没有青砖砌筑的屋墙，但那些木质门窗、灰檐黛瓦，看一眼，就知它从久远的年代蜿蜒而来。缓慢而宁静的时光，与几百米之外的市井似乎相隔太远。

　　明清时代，它就已经存在，名为世德新街，彼时商铺鳞次栉比，街上繁华昌盛。新中国成立后旧街道纷纷改名，这条街就改成了新生路。因道路狭窄，对门邻舍晒衣服时都会把竹篙伸到彼此的阳台。抬眼望去，形形色色的上衣、裙子、裤子、内衣、内裤等，招摇地飘摆在上空，在阳光的沐浴下，有几许安然，又有几分戏谑，因而在本地居民口中，它有了一个登不了大雅之堂的名字——裤裆街。

　　这是我生活了近 20 年光阴的老街，在我的家乡——梅县松口古镇。小时候我从父母口中得知，我们家从曾祖父那一代自农村迁出来后，就一直租用这里的房子在此居住。以前，我们一家与叔叔一家，还有爷爷奶奶，共十口人，一起生活在这个三层的屋子里，奶奶还养着两头猪，虽拥挤不堪，但却温暖热闹。每家每户都差不多有这么多人一起生活，这里的屋子间间相连，上邻下舍你来我往，小孩子们呼朋引伴，一家有事，全街皆知……

穿越长长的历史隧道，这条古老的街道对岁月的磨难似乎习以为常。每年雨季，这条街都会遭受洪灾。镇政府的广播声一响，家家户户就匆忙把一楼的东西搬到二楼或三楼。浑浊的洪水浩浩荡荡，大人们心急火燎，年少的我却有一种亢奋。我与兄弟姐妹们搬起小凳子，拿着脸盆、牙杯牙刷等小物件，不亦乐乎地在楼上楼下跑来跑去。直到洪水漫过半壁，一楼都是黑压压的水，我们在楼梯上大喊，听到回音后，有点害怕那种荒凉，才老老实实地爬上二楼。断水断电的时候，我喜欢拿着手电筒在阳台上照来照去，企图发现调皮的鱼跃出水面。时有月光，时有乌云，邻居们或在阳台畅谈，聊以互慰；或爬上屋顶，对酒当歌。幸好洪水泛滥的时间总不太长，两三天后，我们又在热火朝天中清洗泥浆斑驳的屋子。

居住在这条街上的孩子都出奇地刻苦勤奋。梅县位于粤东山区，在我们那个年代，所信奉的宗旨就是"读书是唯一的出路"，因而在这条街长大的孩子，都谨记"万般皆下品，唯有读书高"，大部分都是品学兼优。犹记那时三楼的墙面，贴满了我的奖状，一张"梅花香自苦寒来"的字画挂在书桌上方。书桌上，则摆放着一块仿玉的石头，画着青葱茂盛的竹子，旁边写着"未出土时就有节，及凌云处尚虚心"，这就是我的座右铭。

傍晚时分，我常常通过一张木梯，爬上二楼的瓦面，坐在一个角落里看白色的炊烟和落日的余晖。袅袅炊烟，在沿路的屋顶上依次升起，然后在风中轻盈地散入天际。夕照安详，飞鸟掠过，整条街在黄昏中如一首诗，而我就跟着诗里的节奏，在一盆太阳花里洒下无数的幻想……

到了我们这一代，大部分人都去外地求学工作，这条街愈来愈冷清。如今，街上的居民大都已搬走，只剩寥寥几户，而我大学毕业后去了外地工作，父母也搬离了此处。人在他乡，裤裆街虽常在梦中浮现，却总是模糊。十多年后我再一次前来，这里已像被世人遗忘的角落，守着几件在上空晃荡的衣服，落寞地保留着裤裆街的特色。

只是，我再也无法跨进曾经的家门一步。墙上斑驳的青苔铺满了历史沧桑，也默记着每一扇墙为我们四代人遮风避雨的坚韧。一扇破旧的木门隔断了我与过去的光阴，隔断了我与这间屋子以后所有的牵连。只有阳台上那株自生自灭的蜘蛛兰，依旧在风雨中展示着青葱。

极目远眺，整条街的外墙都已剥落，时间越来越久，记忆却越来越清晰。墙角的小草在静默中生长，没有喧嚣尘世的打扰，仍旧是那样的时光、那样的路，只是没有了当初的人。"西窗的雨，归来的你，醉在故乡斜月里。"心头唱起《归乡》，我终于知道，不管这条街有多古旧、破落，它之所以总在我梦中温馨地存在，是因为这个叫"裤裆街"的地方，铭记着我快乐无忧的过去，安放着我的一缕魂。

火船码头

旧时的轮船叫火船，因此我的家乡梅州松口最大的码头就叫火船码头。

30多级的石阶，一级一级下去，满目皆是在石缝里顽强生长的小草，在阳光下面伸展着碧绿的梦想。昔日勤劳的客家妇女在临水的石阶上浣洗衣服，欢议镇上之事，小孩则在岸边戏水，还有许多大人带着小孩在岸边的浅水域里游泳。如今，码头上静悄悄的，一些小鸟在低空盘旋，不见货轮，也不见接走此岸之人、迎接彼岸之人的客船。

这里承载着海外华侨的思乡情结，客家人下南洋的起点，多半从这里开始。多少怀念、感叹、遥望，都在这里化作旧时的一道风景。近几年家乡为了宣传历史文化，在码头的石阶上建造了几座铜像，有背着箩筐的搬运工，上岸的归客，离乡的游子，远眺的妇女与小孩……靠近码头的水面上还有一座仿造的火船，再现了当年码头的热闹场景，以及生活的不易与艰辛。

犹记外婆当年经常挑着担子，在晨曦微露时从这里出发，坐船到乡下卖货，傍晚又在漫天的霞光中挑着担子走出船舱。货郎们都在这里早出晚归。小时候，我经常在火船码头等待外婆的归来。一种翘首以盼的感情，就是她那日益霜染的鬓发，是她那件的确良短袖花衬衫，是她那从脸颊滑落的汗水……外婆总是会在装雪糕的壶里（客家话叫雪壶）留下一块牛奶雪糕给我，总会在扛着的甘蔗中挑选最甜的一条，斩断、削皮，再细心削成一片一片的，放在我嘴巴里嚼。甘甜的蔗汁从嗓门流过，外婆脸上的笑容，似乎比蔗汁还甜。而如今一切已经走远，外婆也已经归于尘土，唯有那温暖的记忆，如那水波上闪烁的光，经久不息地点缀着我长草的旧梦。

码头所在的街以前叫河唇街，这里曾商贾云集，临江有400多间铺位，在20世纪极为繁盛。火船码头附近的店铺，是由华侨投资建设而成的骑楼式的南洋风格建筑，商铺里百货齐全，应有尽有。那时，我也曾经跟着父母亲在火船码头的边上摆摊档，卖的是塑料拖鞋与显形香。犹记那显形香跟拇指一样粗，燃烧后依然呈直立状，黄色的灰上现出"财源广进""幸福平安"等吉祥的字眼，或是一朵花、一条龙、一座观音之类的图案，显得那么神秘。我们的摊子上经常有人群围观、交易。在熙熙攘攘的街市中，我像一尾鱼好奇地四处游窜，只有江边的风，能听到我自由自在的呼吸。

码头对面的松江大酒店，无数客家人坐船下南洋，或从南洋归来时，都要在此住上一晚。小时候经常跟小伙伴一起从一楼跑到五楼，在阳台上观望澄澈的江水，后来人去楼空的岁月里，松江大酒店变成了一座废弃的旧楼。现在，经过修葺，黄色的外墙、赭红的柱子与南洋建筑风格的拱形楼面，成为这条街的亮点，每个拱形楼面的两边都嵌着蓝色的雕花。过去的日子，松江大酒店与火船码头默默相对，繁华之时共沐风月，寂寥之时互诉沧桑。而现在，松江大酒店变成了华侨文史博物馆，收藏着民国时期梅州当地以及华侨从国外带回来的家具、日常用品和工艺品等；火船码头，则成了访问古镇的游客必经的地点。站在码头上，面对滔滔江水，背向松江大酒店，沧桑之感油然而生。忆古思今，似乎成了心怀桑梓的游子必修的功课。

从唐宋的月光中走出的松口被评为"千年古镇"后，火船码头所在的街便成了古镇的标志，有游客纷纷前来一睹这里的古朴与沧桑。这里不像江南古镇般柔媚温婉，没有古香古色的格花窗与马头墙，但是，这里有追述往事的浩荡江风，有寂寥怀旧的古码头，有江流中闪烁的关于过番（下南洋）的传说，有融合着西方及南洋风格的斑驳骑楼。那些盈盈江水，让所有的虚浮沉淀，让所有的繁杂过滤。

远去的火船声似乎又萦绕在耳边，叫人不得不含着清泪，去翻阅一个个随着江涛远去，已经尘封谢幕的故事。骑楼里琐碎的记忆，经岁月的一声长叹，就轻轻散落在了火船码头的凝眸中。

在火船码头倾听风的呢喃，回首的瞬间，便是水岸的经年。

（原载 2020 年 4 月 23 日《潮州日报》）

世德堂，梅州质朴的芬芳

　　盛夏的阳光明澈而白亮，它的火热之心，使世德堂布满光辉。古老的木棉、山边的修竹、无人问津的苦楝树，把她藏匿在一个偏僻的地方。然而，世德堂并不在意，她的光芒，越过那些荒无人烟的地方，越过山清水秀的铜琶村，等候每一缕叩访她的声音。

　　近400年的沧桑在梅江的水波中淌过，世德堂闪着扑朔迷离的光，把古朴与神秘，写在每一片砖瓦，每一片泥土中。世德堂占地面积9650平方米，由松口铜琶村李氏十三世祖直简公建于1645年——庞大繁复的规模，古老悠久的历史，注定了世德堂的故事不同寻常。

　　堂前的月形水池已不见，兴许已被后人填平。踏过七级的台阶，走进世德堂，就走进了一个传说。相传生于松口的明末翰林学士李士淳，为明末太子朱慈烺的老师。李自成攻打北京后，朱慈烺落入李自成之手，并被送到刘宗敏的军营中护视。李士淳也被李自成所俘关于刘宗敏处。清兵入关，李自成兵败，李士淳趁乱带着太子逃走，颠沛流离中一路风尘逃至福建。后来听说侄子李直简在家中建造世德堂，李士淳又携太子在兵荒马乱中潜回松口铜琶村。因此，世德堂的本来面貌，就是太子谋思复明大业的行宫。

历史传说让世德堂添加了几分神秘的色彩。太子终究落于何处，有各种各样的民间传说，但是"三堂八横二围龙"的世德堂，处于山村乡野，却有一种皇家的霸气。外门坪、堂屋、横屋、围屋、外门楼、碉楼，组成世德堂的大气与恢宏。72个天井，36个厅，12个门楼，24个出入门，200多间房子……气势雄伟，建筑精美，不得不让人相信遗漏在历史深处的细节——明太子仓皇而来谋划反清复明的故事，或许曾经真实地存在。

"保世滋太，明德惟馨"，大门口的对联，笔墨蘸满了李士淳"保明""复明""以德治天下"的豪情。跨入大门，左右两边的横屋朱颜未改。红色的木房，绿色的镂空木窗，掩着悠远的岁月，默默啜饮逝去的流年。有一位老人在祠堂里，独自品着幽幽清茶，如品安静的慢时光。我问他："八横从何而来?"他说："因有三堂，每堂二横，一共六横，但一堂外围又有二横，所以加起来共有八横。"想想以前，卫士、杂役、侍从都在横屋居住，是何等的热闹，而现在，阳光在上面踱步，古老的房屋有一丝落寞，又有一丝不可捉摸的深沉。

抬头望向中堂，全然不见屋顶的灰瓦，却见红蓝相间的杉木板镶嵌在上面，似现代房屋的吊顶，显得富丽堂皇。原来，这就是"三堂不见瓦"的构造，是世德堂特有的建筑特色。中堂较为宽阔，抬梁式与穿斗式梁架相结合，平日婚丧喜庆举办酒宴都在这里。只见顶部金色横梁上刻着形态各异的十八只仙鹤，展翅欲飞，栩栩如生。老人说，这十八只仙鹤代表全国18省的学士集中朝拜天子。一些历史的意味从这些装饰上悠然逸出。门上贴着一副对联："孝悌友恭光世德，文章礼乐振家声。"儒家传统文化在祠堂里浸润了一代又一代人，走出去的人，带着祠堂的祖训，带着浓郁的乡愁，不论身在何方，都心系桑梓，情牵族人。上堂正中设有神龛，自带一种威严。听说神龛后面曾是一条暗道，直通围屋外的松源河和大道，如发生变故，太子及臣子便可从这条暗道逃生。世德堂身躯沧桑，然而细节并不斑驳，建筑的细微之处，无不显示出一个客家群体所具有的爱国爱家精神。

上堂之后是一大片鹅卵石铺砌的半圆形坡地。阳光照下来，安静的鹅卵石明晃晃的，露出难以言说的熟悉与陌生。小时候回自己家的祠堂祭拜祖先后，在鹅卵石地玩耍的情景又盘旋在记忆中。在客家围龙屋结构中，这块地叫花头。花头的坡面，一般有花草摇曳，或用鹅卵石、碎石铺砌，而不是用石块或三合土铺成。透气的泥土，植物的呼吸，表示自然界的气息流转通畅，龙气不会闭塞而化为胎息，是整个围龙屋的风水宝地。在正屋与花头之间，有一深沟，既作为围屋与正屋的分界，也利于排水。围屋前低后高，有了这道排水沟，便可免去正屋的潮湿。世德堂的花头，原栽植了7棵荔枝树。这些荔枝树，自世德堂建造以来就有，如今，古龄荔枝只剩3棵，虽已失去了"七星伴月"的辉煌，却仍在这里调节着房屋的阴阳。300多年的历史在苍老的树干上化为粗砺的树皮，无言地剥落又生长，显示着岁月的生生不息。

世德堂呈中轴对称分布，半圆形的一围、二围把祠堂围在中间，看起来像个太极图。围龙，顾名思义，像龙一样盘踞包围，有龙的气势、龙的威严。24个出入门的围龙屋，连接着两百多间房子，壁垒森严，气势非凡。进门看，里面屋中有屋，像四合院，每个住宅都有小厅、天井，楼上楼下各有6间房。每家每户开门即有一个小院子，茶余饭后的家长里短，都在这里随着月光飘散在空中。巧妙的建筑融合着南北方的风格，气若长虹的雄壮中寄托着悠闲宁静的生活向往。

虽然大部分人已搬出围屋，但还是有人家在这里守着传统古老的生活方式。鹅卵石路边的桂花树整齐地排列，一看就知有人精心打理。我的脚步很慢，时光的脚步也很慢，时间似在这里栖息，几百年的光阴在此封存。前面听闻犬吠，我们的到来惊扰了这里固有的安宁。在这里守候的人家，守的不单单是一种平淡与满足，更是一种淋漓丰沛的故土情怀。

一口幽深的古井，曾有阳光倾泻，月光落镜。如今井壁上已长出了青蕨，掩住沁凉的井水。青石砌的井栏高出地面一米，上面有深深的绳子的勒痕。那是被岁月侵蚀的痕迹，也是这里的人民曾经热火朝天生活的见证。

客家人一路南迁，为避免土著及盗匪的袭击，建造了防御性的城堡式住宅——围龙屋。他们聚集而居，团结御侮，形成了强大的凝聚力与亲和力。围龙屋围住的是安宁的岁月，是客家人血亲相连、团结爱家、精忠报国的精神。李士淳潜身归故里后，多次组织勤王之师，积极从事"反清复明"的活动，然而终未遂夙愿，最后遁入阴那山潜心著述，太子则在阴那山出家修行。一种纪念明朝的活动却在这片天地里兴起来。崇祯皇帝自缢的日子——农历三月十九日，太子与李士淳为了纪念先皇，把每年的这天称为"太阳生日"。太阳生日这天，世德堂的后人都要到中堂祭拜，在锣鼓声中，大家排队上香进献，热闹非凡，然后齐聚一堂，吃炒面条。此后，太阳生日吃面条在梅州地区逐渐发展成一种习俗，故事在一代一代人口中相传，耕读传家、忠义爱国的精神也因此传承。

时代的更迭慢慢冲淡了小村庄如火如荼的生活气息，然而世德堂却一直被传颂不止。她承载着历史，承载着智慧，经风沐雨走过几百年，给客家人带来共同的文化归属感。2015 年，世德堂被公布为第八批广东省文物保护单位之一，古村落的保护与发展给她带来不一样的生机。世德堂入世又出世，蕴含的祠堂文化、客家文化、历史文化，吸引了不断造访的脚步。她像一朵不娇不艳的花朵，却芬芳永存，开在山林深处，沁人心脾，久久让我忘却归去的时间。

一 碗 腌 面

又一家"梅州腌面"！热闹的食街上，这四个字显得尤为耀眼和亲切。算一算，我已经好多年没吃过腌面了，对腌面的记忆曾一度渐行渐远。随着近年来各城市饮食文化的相近相融，梅州腌面又在这座异乡的小城重新走进我的视野。我深藏内心的乡情一瞬间被点燃，那特有的浓郁香味似乎扑鼻而来。信步走进店里，用客家话跟老板说："来一碗腌面！一碗三及第汤！""好嘞！就来！"在乡音的交谈中，我觉得自己仿佛坐在家乡的晨光中，在尽情绽放的味蕾中开启美好的一天……

梅州腌面是客家人传统的特色小吃，在梅州地区，"腌面"二字就像亲人一样伴随你的一生，腌面店遍地开花。客家人吃早餐时，腌面是首选的食物。且不说金黄油亮的颜色，单那闻风起舞的香味，就早已把你诱惑得垂涎三尺。在早晨吃上一碗腌面，平淡踏实的日子就有了活色生香的味道。

在已烫熟的食物中加上调料后搅拌食用，客家人称为"腌"，比如腌面、腌粉、腌萝卜等，这跟普通话中的"腌"——用盐等浸渍食品是不同的。做腌面说简单也不简单，虽然方法简单，但要做到口感正佳，却非易事。记得父亲总是早早地起床，去把面买回来，做腌面时，先要做的就是蒜蓉佐料。煎蒜蓉时一般是放猪油，因为猪油比植物油香，蒜蓉在锅里哔里吧啦地响，像是在欢唱，慢慢变成金黄色时，整个屋子都溢满了香气。把蒜蓉从锅里盛起后，接下来就是煮面了。把碱水面放入沸水中，客家的碱水面与市面上的生面不一样，不需要煮太长时间，在沸水里滚个二三十秒，就可以捞起来。这样吃起来才爽口香滑，时间稍长就会变烂，所以时间把控非常重要。父亲用筷子把沸水里的面团迅速搅动，散开后，就把它们捞起来放在装着猪油的碗里，再浇上鱼露，撒下葱花，翻转几下。在父亲一系列完美的动作中，面条与猪油、鱼露就亲密地接触在一起。这时我的食欲早就受到了猪油香气的极大挑逗。父亲再放上金黄的蒜蓉佐料，在面条里翻搅翻搅，一碗浓香诱人油而不腻的面就做成了。他把面从厨房里端出来，我的嘴巴早就蠢蠢欲动，恨不得风卷残云、一扫而光。

因为腌面的油较多，因此配上一碗清淡的三及第汤是必不可少的。古时称状元、榜眼、探花为三及第，后人把猪肝、瘦肉、粉肠比作三及第，三及第汤由此而来。客家人在三及第汤里放上枸杞叶，使三及第汤的味道更为清新鲜美。俗话说："早上一碗三及第，上山打虎有力气。"一碗腌面加上一碗三及第汤，肠胃舒展开来，岁月也在美好中变得熨帖起来。

对于天生对吃不太敏感的我来说，腌面就是家乡风味中最亲的味道。它在寻常的锅碗瓢盆中带来飘逸着香气的幸福，收藏着父亲在忙碌中许许多多无声而又琐碎的爱。

此刻，我在一座远离家乡的小城里吃上家乡的腌面，诱惑我的再也不是当年那四溢的香气，而是一种深长的怀念。我不再狼吞虎咽，而是在长长的面条中细细咀嚼时间的印痕，想起在家乡吃腌面那些朴素的日子和那些曾与腌面疏离的日子，几分沧桑，几许眷恋，落在光阴的褶皱里。吃着吃着，我突然念道："此中有真意，欲辨已忘言。"

一碗腌面，浓缩着家乡的味道，那也是岁月的味道。

幽幽清明粄

清明时节的雨水濡湿了多少人的回忆，对于出门在外的客家人来说，清明粄就是回忆中的一缕芳香，思念中的一段抒情。

粄是客家方言，指大米制作的食品。在家的时候，每年清明节，奶奶都会用她的巧手为我们做清明粄。春天让生命涌动，各种青草都争相伸展着嫩绿清新的芽儿，大地饱含芬芳。艾草、苎叶、白头翁、鸡屎藤、鱼腥草等平凡的草儿，带着雨露的甘甜，在田间地头水灵灵地抖动，便引来了循香而来的客家人。因这些青草具有药效，客家人便将它们与粘米粉及糯米粉一起做成粄。清明粄具有祛风祛湿的功效，春天较为寒湿，所以在雨水纷纷的清明，客家人吃清明粄就成为一种传统。

奶奶手里的青叶，有时是她回祖屋时在田里所摘，有时是在市场所买。不管是哪种方式得来，那些翠绿的叶子，一到了她的手中，就变成了美味佳肴。在屋子后堂的厨房里，她借着窗户上透过来的阳光，细心地把叶子里的梗去掉，把各种青草放在大盆里清洗。我跟她一起捞着浮在水面的那些叶子，像捞着童年种种漂游的快乐。把青叶煮熟以后，奶奶再把它们切碎捣烂。在配好各种青叶前，奶奶已经把糯米与黏米各一半浸泡了两三个小时，滤干水分后放进石碓里捣烂。碓锤落下来，一声一声很有节奏，仿佛春天的呐喊。用筛子几番过滤之后,细滑的米粉就出来了。奶奶再把青草与米粉放进一个铁盆里揉成一团。放水、加糖,她都准确把握,游刃有余。青草释放着清香,让人神清气爽,它们在铁盆里与米粉融合得不分彼此。揉到不粘手时,把大团子捏成一个个小团子,再捏扁,圆圆的清明粄就成型了。在每块清明粄上垫上香蕉叶,蒸上十几二十分钟,香气就溢满了屋子,荡漾着春天的气息。

清明粄里面有各种青草,艾草是最主要的。孟子说:"七年之病,求三年之艾。"此语说明了艾草的医用价值。艾草还带有浓郁的文化情思,它朴拙清雅地摇曳在《诗经》中,寄托着浓浓的相思:"彼采艾兮,一日不见,如三岁兮!"奶奶当然不会知道《诗经》,但她知道这些葱茏的艾草可以入药,我们吃了对身体好。她不但做给我们吃,还会给亲戚朋友送去一些。细细嚼着软而不腻、芬芳四溢的清明粄,奶奶的爱意就像流进了血液。而我读了《诗经》里的各种青草后,清明粄对我来说又别具一番文化的意义。

离开家乡后,我就再也没有吃过奶奶做的清明粄。虽然街上也有艾草做的各种美食,味道却与奶奶做的不一样。在我稍大一些时,做清明粄就不再用石碓磨米粉,而是用机器,方便很多,我却想念那碓锤敲落的声音。那是厚重岁月留下的温暖的回响,沿着缓慢的时光一路在我的记忆中悠扬。飘花如旧岁,觅影渺无踪。奶奶已仙逝多年,每每想起她,就觉得她如同一棵艾草,平凡普通,全身上下却流淌着可以入药的爱与善良,早早与我的肉身融为一体,治愈着生命中一些深深浅浅的伤痕。

当然,在异乡的天空下,我还是会在阳台上种些艾草、鱼腥草等各种各样的草儿。清明时,听着安详的雨滴声,看嫩芽疯长,在水雾迷蒙中细细回忆奶奶的清明粄。那些清香飘浮在春风里,我恍如在梦中,看见奶奶的墓前长出青翠的药草儿。

松口港的风

松口港的风柔柔地吹着，梅江静静地流着。梅江流经这里，南洋古道便从这里开始。江岸有依依软绵的山歌，古道有如梦如云烟的码头。江面鲜见船只，只有风，悠悠地吹送着绿水，似在沉吟那些沧桑，那些已经隐匿在波涛深处的繁华。

松口，这个有着千年历史的梅州古镇，培育了一代一代勤劳朴实的客家人后，便在游子远眺的深情中体会着离别的孤独。江水滔滔，诉说着下南洋创业的劳累与艰辛；江水迷离，倾吐着泪别的思念与忧愁。

地处闽粤赣交汇处的松口，曾是广东内河的第二大港口，自唐宋以来就水路繁荣、商贾云集。它本属于嘉应州，但在过去，松口对海外通航、通邮、通商均不用经过嘉应州城。海外信件的信封只写"中国汕头松口转某村某人"，就可直接从汕头转入松口，故有"自古松口不认州"的说法。

是的，在南洋古道上，松口港一直占有举足轻重的地位。松口港的风吹过，客家先民南下迁徙的波涛就涌过。款款江水，一边连接着海外游子的拳拳之心，一边连接着梅州故土的殷殷深情。

100多万个侨胞、港澳同胞，分布在60多个国家和地区。他们经风雨、磨心志、创伟业、展雄图。邱燮亭、张榕轩、梁映堂……一大批脱口而出的名字，光耀在梅州华人华侨的创业史册上。正是这些背井离乡的人，选择了在远方奋斗，赤手空拳、豪情挥洒，用勤劳与智慧推动南洋地区的经济发展，并致力于中华文化的传播。他们在那里办学校、编文献、创报社、建社团……并依然保留着客家人身上固有的民族气节。

静谧的松口中山公园，绿树丛中掩映着一座白墙黄瓦的密庵亭，纪念的是松口籍侨领梁映堂的儿子梁密庵。民国时期，梁密庵身为巴城华侨书报社负责人，也是中国同盟会雅加达分会的会长，他对辛亥革命鼎力资助。在辛亥革命成功后，梁密庵获得了孙中山给他颁发的《旌义状》。1940年，梁密庵在松口老家病逝，松口人民就建造了此座亭子，以表怀念之情。

亭内，《旌义状》镶嵌在墙上。少时，我对那些笔墨甚是好奇，觉得有说不出的静穆与神秘，而长大了解了相关故事后，好奇又变作了一种景仰。当初，亭子旁边白兰飘香，佛肚竹常年青翠。不枯不黄的叶子，就像一个故事，在老去的时间中，人物的画像慢慢褪色，人物的精神却能突围光阴，在世代相传中熠熠生辉。

"出则兼济天下，归则反哺桑梓。"松口港的风吹着，日出日落，流水迢迢。此去，经年不忘；归来，赤心拳拳。南洋客经松口回到故土，念念不忘的就是捐助家乡事业的发展。投资创业、修桥筑路、兴学育才、社会公益……为家乡经济发展做出了不可磨灭的贡献。

东山中学、梅州中学、嘉应学院、华侨中学、宪梓中学等名校里面拔地而起的教学楼，都离不开华侨的捐助。单单宪梓中学，曾宪梓就先后捐资 3000 多万元。而我的母校——松口中学，里面的大礼堂和几栋教学楼都是由华侨捐资而建。记得初中二年级的时候，我期末考试排名全年级前五名，还得到了华侨捐助的奖学金……校园里绿荷满塘，清香四溢，树木成荫，花草铺路……优美的校园环境，衬托着我们书声琅琅，一个个彩色的梦想，高高飞翔。

除了学校，医院、桥梁、铁路、公路等公益设施，也聚满了梅州华人华侨的梦与爱心。梅江桥、锦江大桥、秀兰大桥、秋云桥，交错大气的彬芳大道、宪梓大道，以及救死扶伤的粤东医院、梅州市人民医院等，都凝结着华侨浓郁的故土情怀。我从小到大走过的梅东桥，就是 20 世纪 30 年代由梅州的华人华侨捐资建造。沧桑斑驳的梅东桥，横跨在梅江上面，在夕阳的映照下镀满金色的光辉。它在这里迎朝阳、接星辰、望彩云、眺长河。日夜倾听涛声滚滚、白浪悲欢，仿佛在咀嚼一些经年的情感，不为人知。

无法罗列的事太多太多。我已离开家乡多年，却一直记得自己来自华侨之乡。小时候听父亲说，曾祖父的弟弟去了印度尼西亚，爷爷在世的时候，他的儿子与爷爷尚有书信往来，信中铺满了美丽的异域风情，也淌满梅江水一样长的思念。印象中，我还撕下信封上的印尼邮票。只是后来，父亲忙于生计，我们又搬离了原来的住所，就失去了联系。但是，客家人与南洋的情谊是断不了的。我们这一代，同样有同学在大学毕业后，选择了去泰国从教，传播宣扬我们的客家文化和博大精深的中国文化。

河边上，一路遍布着大大小小的码头。古旧的松口港务所，当初白色的墙面现已泛黄，在风中讲述着悲欢交集的故事。墙角剥落，被岁月擦伤的痕迹累累而叠，却掩不住沉淀的历史意蕴。

鲜艳的红旗在楼顶高高飘扬，在蓝天下似乎擎起一颗火焰般的心，与那些沧桑对峙。前面崭新的中国（梅州）移民纪念广场游人如织。中国移民纪念广场在 2013 年落成，成了全球客家人寻根的点。

矗立在广场中间的雕塑，像一棵老榕树的根，托举着我们的地球，地球上面散落着七只安详的白鸽。基座上的浮雕，再现当年创业的艰辛及深切的思念，路途迢迢，西风瘦马，人在天涯，乡愁郁郁……

多年来，松口港的风吹着那些古老的街巷，寻根问祖的人不断前来。泰国的两任总理他信和英拉兄妹，他们的祖籍在梅州丰顺，母亲的祖籍在梅县松口梅教村。2005 年和 2014 年，梅教那个安静的小村庄，因有了他信和英拉的身影而沸腾了起来……

梅江蜿蜒如梦，偎依着这个古色古香的小镇，温情旖旎，千年如一。那些曾经熙熙攘攘、鼎盛一时的古街道，如今已是人去楼空。虽然松口已经寂寞多时，却在渐渐地向世人展现她丰富的历史内涵和文化之乡、华侨之乡蕴藏的生命力。2016 年，"中国华侨国际文化交流基地"的挂牌仪式就在松口的移民纪念广场举行；2017 年，松口又荣登"广东十大海上丝绸之路文化地理坐标"之榜单。

牵江而歌，内心便是一片清澈，慕名而来的游人络绎不绝。松口港的风不急不躁地吹着，那些古老的骑楼，码头上寂寞的吊杆，河边兀自生长的野草与牵牛花，河水流淌的下南洋的故事……它们安静而孤独的时光，正是松口留给世人深沉而隐秘的容颜。

注：文中数据来源于"相约梅县"网站。

情牵元魁塔

　　走过去，就是一片茂密的青松林；转过身，仍是斜晖脉脉的梅江。云树环绕，乡音袅袅，在江边细数了 300 多年落叶的元魁塔，又一次向我展示了它的古朴与苍劲。万物复苏的春天，我愿是一棵静默的柳树在此偎依，遥看春色弥江，回首漫漫尘路。

　　矗立在梅县松口镇铜琶村梅江北岸的元魁塔，是我年少登高时最爱的去处。相传生于松口镇洋坑村的明末翰林学士、东宫侍讲李士淳，在中解元之后曾四次上京会试，但皆受挫，便想在松口梅溪出口处为"山川文峰"添锦绣，建塔明志。因而在明万历四十七年（1619 年），倡建了这座汇聚着天地之精华的宝塔，历时 10 年才竣工。

　　因塔内的石阶以墙面与塔室隔开，呈螺旋形绕壁而上，每一级有三四十厘米高，仅能容一人通过，且一层比一层窄，一层比一层暗，所以登塔不是一件易事。料想父亲望我能沾上一些"风水"，取得万物之灵气，也希望我有一些勇气，因此在我少时，他就喜欢带我来这里登高望远。父亲觉得能站在 7 层高的顶端就是一件了不起的事，因此我对登塔总有一丝向往。约莫六七岁之时，我跟随父亲第一次来到这里。望过去，斑驳沧桑的元魁塔带着几分神秘的色彩，每层都有四扇窗，均匀地交错在塔身的四个方向，层层塔檐的砖石上都长出一些青绿的植物，静静地与元魁塔一起沐浴在烟霞中。顶层有狭窄的平台伸出，但是栏杆已残缺不全，看上去岌岌可危。父亲指着只可容身一两个人的塔顶跟我说："敢不敢登上去？"我毫不犹豫地点点头，父亲的眼睛便明如春阳。

　　登塔而上，艰难莫知。一到三层尚是宽敞明亮，四层开始，楼道愈来愈黑，壁上的窗户愈来愈小，透进的一点点光不足以照亮狭窄的石阶。我们上去时，如遇下来的游人，就得互相避让，所以每上一层，下面的人就大喊，有没人下来？或是上面的人大喊，有没人上来？如果有，就得有一方让开，先上或先下的人就对着让开的一方笑着说，不好意思了！让开的人也笑着说，没事！总得互相让一让！于是整座塔都充满了呼喊声与笑声。虽是黑暗，但有这些声音陪伴，我倒是不害怕。父亲一路回头看我，我摸着青砖石壁紧跟着爬上去（我几乎是爬的，不能说登），只爬了几层，就已是气喘吁吁，湿汗沾衣。在四五层塔室停留一会儿，在窗边观望旖旎的风光，开阔的视野如打开了一个大千世界，让我沉醉而迷恋。我精神一振，等气息均匀之后，又继续往上爬。在后面越来越挤的通道里我一鼓作气，终于登上了塔顶。小心翼翼地贴着墙身走出平台，一阵凉风拂面，不觉心旷神怡。远处青山延绵，江水滔滔，近处田野碧绿，静池若玉。我被这美景惊呆了，想乱蹦，却因围栏缺损，不敢动一下，但心中终究充满了自豪，似乎那是我记忆中第一次懂得了什么叫"征服"。下来时，因石阶太高，不能双脚交替着走，我只能一脚一停顿地慢慢下来，待走出塔外，才发觉小腿已在发抖。父亲笑笑说："不错！"听着父亲的赞许，我所有的艰辛都抛到九霄云外。

塔下有一座文昌阁，是李士淳藏书的处所，存放着文人雅士在此吟诗赋词的佳作。后人供奉文昌帝君、文武财神，这里就成为了一座庙宇，至今依旧香火鼎盛。远远望去，古塔耸立，林木葱茏，烟云掩映，仙气依稀。这景象在我脑海里存留了多年，对元魁塔的依恋也是多年。后来，又跟父亲一起登塔多次，对元魁塔更有一种说不清的眷恋。尤其是近年来与父母及少时的伙伴相聚甚少，就越怀念以前欢腾热闹的岁月。偶有回乡，若有闲总是会登一登塔，像旧时一样，汲取一些万物的灵气，卸去疲惫的风尘，领略一番俯瞰万物的豪情与喜悦。

春风绿了山坡，我又站在元魁塔前，带着小儿与父亲。小儿像我少时一样欢呼雀跃，挥洒着热汗与我一起登上了塔顶，父亲却已是白发苍苍，疼痛的膝盖聚集着多年生活的辛酸，再也不能迈上一级石阶。塔顶的围栏已修复，我与小儿绕着走了一圈，只见一棵榕树顽强地长在石壁上，伸出青茂的树枝昂扬地对着天空。天上白云悠悠，地上山田流翠，婉转的梅江仍在远处昼夜不息。青山未易，以往的岁月却慢慢变得悠远、散淡。"可惜流年，忧愁风雨，树犹如此！"望着石壁上顽强的榕树，忽地想起父亲正坐在下面的石阶上等我，泪就来了。

（原载 2019 年 12 月 26 日《潮州日报》）

年意悠悠绕心头

　　吊钟花在街市回眸一笑，守着安静时光的客家千年小镇——梅州松口，就如深山里传出热闹的鸟鸣，嘹亮的声音惊醒深邃的岁月。农历十二月廿五这天，客家人称为"入年价"的日子，表示开始过年了。这几天，扫帚不能对着天花板扫蜘蛛网，所以打扫屋子须在廿五之前完成。年货堆起的市场，把新春的帷幕拉开，人群熙熙攘攘，脸上泛着奇光异彩。新春，是一个什锦盒子，一拉就蹦出浓郁的香味、热烈的声音和鲜活的色彩。年意落在每个地方，是团圆，是祥和，是喜庆；落在心里，则是雀跃，是企盼，是祝福。

　　母亲忙着炸肉丸、炸油挤（油果）、炸酥烧、炸角仔、蒸甜粄……香味有时在清晨飘起，有时伴我入眠。白天，当母亲把面粉和猪肉或鱼肉、糖等各种佐料及水在盆里和好时，姐姐和我则"大显身手"，把盆里的料当泥巴来捏，捏了之后在掌心里搓揉几下，使之更圆更实。如果是做油挤，则再放到摊着白芝麻的簸箕上滚动两下，让其粘上芝麻。看着捏好成型的小团子从锅边滑落到滚滚油锅，慢慢变得金黄，不久浮出油面逸出奇妙无比的香味，便有压制不住的激动。以前生活清贫，只有春节时油锅里的香味，才有奇特的力量激发我们无与伦比的兴奋。

除夕那天，喜庆的歌声酝酿着春天，带着桃花隐约的香味穿街而过。那些斑驳的墙面，瞭望蓝天的灰瓦，在欢闹的气氛中有了新鲜的呼吸。那时没车，大人挑着担，担里放着三牲、酒水、纸钱、碗筷等，带着孩子们回到老屋祠堂祭祖。祠堂烟雾缭绕，宗亲们排队等候，如久未相逢，遇见了便问起各自的生活。"哦，阿二古去了珠海打工啊！""哎呀，阿珊妹都这么大了！"在阵阵惊叹中，一种亲切与温暖升腾在祠堂，随着烟雾散在周边围屋中。对着祖宗牌位，我们摆上三牲及茶酒，点上香烛，心里默默祈祷。谨记祖训，并寄望明年风调雨顺、健康平安。烧完纸钱，似长龙一样架在祠堂前地坪上的鞭炮便发出热烈的声响，噼里啪啦的瞬间，欢飞的红纸屑似乎把生活也点燃了，每个人的眸子里都盛满幸福。

到了下午，孩子们早早洗澡换新衣。父亲是裁缝老师傅，我小时候的衣服基本都在他的刀下一裁一剪，在衣车里的一针一线中缝制而成的。有时是西装，有时是中山装，有时是裙子。这些新衣流淌着父亲指尖的温暖，我兴高采烈地穿上它们到处奔跑："我又穿上阿爸做的新衣啦！"我在街上乐颠乐颠时，父母则在家里炖鸡酒。他们先把碎姜放在锅里干煎，变黄后倒上油，放下切好的大鸡块，然后炒到九分熟，再倒上客家娘酒。煮熟后再从锅里倒进大炖盅里炖，炖到鸡肉熟透了，便可以关火。但不是大年三十吃，而是要留到大年初一把它炖热再吃。这样炖出来的鸡酒香味醇厚，驱寒补血，且不燥热。

除夕是最美满的时候。一家人围坐在一起，聊天、吃菜、喝酒。对着卤肉、盐焗鸡、梅菜扣肉等满桌佳肴，父母总是慢条斯理地夹一口菜，细细品尝，再呷一口客家娘酒。娘酒入口香甜，丝毫不见辛辣味，但可别小觑它，如果像喝糖水一样把一大杯娘酒猛地灌进肚子里，过一会儿，绝对会醉得你起不了床。它的魅力就在于甜香与后劲，就像一个韬光养晦的智者，只有与之接触，才知其延绵不绝的内蕴。我们放开肚皮吃菜，时不时干杯以谢长辈的恩德，或说些吉祥祝福的话语。年意，随着远处瑰丽的烟花散开来了，随着父亲眼里的朦胧醉意散开来了。瓶子里的吊钟花脸颊绯红，似与我们一起醉在幽幽酒香中。

大年初一，欢蹦的鞭炮早早把财神请到各家各户。吃鸡酒后，则到了我们疯玩的时间。踩在红纸屑铺成的路上，我们像鸟欢飞、鱼畅游、花怒放。街上的小孩手里牵着五彩缤纷的氢气球，看得人眼花缭乱。公园里，一声"哟嗨——"，朴素生动的客家山歌拉开了梅江水一样悠长的旋律，马上引来观众。男的唱："日日落雨望天晴，新作塘头唔（不）敢行。单竹架桥唔敢过，心里想你唔敢声。"女的唱："蝴蝶采花入花园，哥想连妹先开言。世上只有藤缠树，唔曾见过树缠藤。"那些唱词，我们都耳熟能详，听起来津津有味。客家山歌已有一千多年的历史，凝聚着客家人的智慧，在客家文化中大放异彩，逢年过节，引得大家沉醉迷恋。听了山歌回来，口袋里装着大大小小的利是（即红包）、五颜六色的糖果。整个春节，喜笑颜开、心花怒放、兴高采烈、欢天喜地，高兴的词说也说不完。

快乐的新年时光总是恍惚而过，而一晃眼，我也已离开家乡多年。在珠海斗门成家立业后，每到正月初二，我都准时"转妹家（回娘家）"。如今生活变好，有了小车，家乡的道路也修得笔直平坦，回老家甚是方便。母亲叫我轻装回家，说所需物资在家乡应有尽有，可我还是喜欢大包小包地塞满车厢，仿佛这样才有仪式感，才有过年的味道。

庚子新春，我正月初二刚回到松口，初三那天就接到通知：防疫小组成员必须马上返回单位。疫情就是命令，尽管心里眷恋着家乡的亲人与河流，我还是马上收拾行李出发。走过光阴，辛丑年到来时，为了防止疫情扩散，我听从号召，选择留守珠海。如今，壬寅年到来，回乡之路一波三折，因疫情，终究未能成行。因未能与父母团聚，在心头愈来愈淡的年味突然之间变得浓郁起来，我从未如此深切地感觉，烟花、鞭炮声在心头变得多么重要。祥和的气氛，接踵摩肩的热闹，成了我日复一日的渴盼。年，终究是一种文化情结，夹杂着太多放不下的牵挂与思念！这座城市的细雨、鲜花、年橘、红色的布景，变成一种喜忧参半的情绪，萦绕在心头。年意悠悠，我珍藏着对年的渴盼，待国泰民安之日，再与父亲在梅江河畔，踏遍家乡的旖旎风光，在客家娘酒的氤氲酒香中，与母亲叙话家常，看春风被灯笼映照的一抹红。

时光深处的水松林

　　一艘小艇，激荡出白色的浪花，把我送到清波环绕的斗门六乡竹洲岛上。风有些许冷凉，但眼前生机盎然，在一定程度上，抵挡了身外的丝丝寒意。郁郁葱葱的竹洲岛，依托着 20 多万株水松的生命，在螺洲河悠然缱绻的水流中，与阳光一起凝固。时间会在这里静止，我更相信源于侏罗纪时代的神秘，会给我带来穿越时空的想象。

　　登上岛屿，水松林揭开朦胧的面纱，把偌大一片如屏青林展示在面前。深邃而幽静，秀颀而沧桑，遗世而独立。我相信它曾毫无保留地袒露内心，但世人的浮躁，曾经过于激情的步履，破坏了它的生长环境，以致今天它拒绝与世人交流，在这片冲积沙岛上，默默迎送着朝霞与落日，春风与白霜。这片水松林已不对外开放，而我有幸跟随地理资源协会的队员来学习交流，得以一睹这片宝林的容颜。因其珍贵与罕见，我不愿错漏它的每一个细节。追溯恐龙长啸时树叶的震颤，一缕清风、一只虫豸的爬行，都让我的内心充满眷恋，继而把慵懒、宁静从身体里的某个角落释放出来。

　　谁说一亿多年前的物种，我们只能靠虚构来还原与描摹呢？

水松，带着侏罗纪时代遥远的记忆，在地球的堆山积海、沧海桑田的运动中一代代存活下来。7000多万年前，它是多么健硕的树种，曾在恐龙的欢笑声中悠扬地晃动着绿叶，为这个地球覆盖莽莽苍苍的森林。然而第四季冰河时代以后，自然环境开始恶劣，遍布欧洲、北美和我国东北部的水松，被扼住咽喉，苦苦抗争着濒临灭绝的命运。这个种群顽强地活下来了，却活得那么艰辛。今天，水松已成为国家一级保护植物，被列入国际濒危物种，零零星星地散落在我国东南部。对着这生物界的"活化石"，我敬仰之中带着一声叹息，更感物竞天择的残酷。

20世纪80年代，人工种植的水松开始影影绰绰地出现在西江的岸边、磨刀门水道和螺洲河滩涂中。江水蜿蜒，水湄上站成的丽影组成一道道翠绿的屏障，绘出水乡特有的柔美风景。到了冬日，有些落叶，有些不落叶，在半绿半黄间有了一些深长的意味，似对过往的沧桑欲说还休。三年的时间，这里多了121万棵水松，植林队用汗水孕育了1130亩的防护林。因了这些笔直秀丽的水松，河岸不再被河水冲刷，农作物得到良好的保护。然而水松毕竟是孑遗植物，气候环境对它的生长影响极大，经历30多年的环境变迁，活下来的仅有20多万株。即便如此，这片360亩的岛屿丛林，仍是世界上人工种植连片面积最大的水松林。

水松林的美，美在野性。正是退潮时间，水松肆意生长的根系裸露出原本的样子。滩涂上的盘根错节，像八爪鱼伸展触手，我们经过时瞬间吸住我们的神思。无拘无束的根系，有些庞大得可供几十人闲坐；有的如蟒蛇缠身，透露出原始的气息；有些只露出膨状的基部，欲伸展出自由自在的线形。芦苇可以很凌乱地长成一大丛，芦花如雪飘飞，与草丛里的紫色、白色花朵随意搭配。各种植物张扬着不羁的性情，形态姿势不拘一格，想怎么长就怎么长。我始知一种叫原始的东西，它不声张，却用那样的幽静扯出人内心的呐喊，类似于规整的世界被打破，所拥有的只是自在、豪迈与不羁。从条条框框的世界中进入此处，我忽而感觉不到光阴的存在。

水松林的美，美在生态。水松、杜英、白蜡树、茳芏和各种不知名的花草树木，互不干扰，怡然自得。林子下面的草，织了一大席柔软的地毯。看着各种娇嫩，人也多情起来。这里是生物天堂。前行的路上，多种耐水湿植物探头而来：马兰、鳞花草、水蓼……富有诗意的名字，遇到恰到好处的土壤，也会滋长出真正诗意的生命。路上，有清脆鸟鸣、彩色蝴蝶、清新和风。不带一丝浑浊，不见一点刻意的人工痕迹。因是冬季，蟛蜞与螃蟹已不见踪迹，但滩涂上的无数小洞，就是它们自由出入的见证。据介绍，在水松林里栖息的，还有上千只白鹭，起飞之时，蔚为壮观。

水松林的美，美在幽微。石径环岛，荫翳蔽日。阳光从叶隙间漏下，斑斑驳驳，深深浅浅。偶有一丝落在脸上，便又恍惚迷离起来。河边阳光充足的地方，水松的羽状叶子清晰又模糊，塔状的身形迎风静思，流露出宁静致远的境界。蕨类植物泛着青绿，在清幽处享受宁静。我走下滩涂，一阵风吹来，只见树底水波荡漾，暗处有粼粼之光，清影晃动，明处有清水拂岸，传递着节律与韵味。最让我心欢喜的是苔藓。一处一处点染着泥土，温润、细腻，如青玉镶岸。有青苔的地方，必有古老的故事。看见它们，时间如被长河淘洗，只剩下纯粹与沉寂。

时空此时又真切地存在。我摒去所有的伪装，放声高歌。水松安然于风雪的记忆与辽阔的沧桑，而我并不惊扰它，放下所有的束缚，兀自营造闲庭信步的情绪。原来，彼此的尊重与爱护，才会获得彼此真实的自由。在制作桥梁、建筑、水闸板、隔音板等多种用途的历史中，水松曾火热地走进我们的生活，它温柔地亲近自然的肌肤，竭力顺应与改善环境，然而终究力不从心。但愿它立于时光深处，也秀于以后祖祖辈辈所经过的河流中。登上小艇离开时，看着岸边一排排秀影，黄绿相间染尽层林，眼里泛起不一样的温柔，我突然明白了自己心里为什么眷恋，为什么祝福。

（原载 2022 年 9 月 18 日《珠海特区报》）

寻韵接霞庄

正是寒气袭人之时。

进南门村的路上，两边的落羽杉直指蓝天，针般细的叶子对生成轻柔的羽状，在高高的树干上轻轻摇曳，用深褐色的笔调，描绘着深冬的季相。树底的格桑花，却在寒风中笑红了脸，细碎的花朵隐隐约约地吐露着怀春的心思，像给一首诗埋下温婉的韵脚，一度让我怀疑是否错开了春天的大门。我是前来接霞庄寻找记忆的。多年前的一个冬天，我从这里经过，吊桥边的睡莲与脚下湿滑的青苔，在我的诗行里留下了印记，我原本只想重新印证一些阳光，只想在池中的睡莲中，找出旧时的一朵。可是，当我穿过一路摇曳的花枝，再到缀满鲜花的停车场时，我才知道，路边的格桑花只是一个引子，或是一段过门，把我从苍黄慢慢过渡到繁春，不至于在接霞庄的门口，站立在冬与春的急促交汇中冷不防被春天撞得步履踉跄。

格桑格桑，幸福之光。我所采撷的，是美的弥漫，还是梦的张扬？

一段钢板短桥，赭红色的铁链拉起赭红色的栏杆，往牌坊上的石柱子一搭，庄内的百年风尘与庄外的现世尘嚣便在流水的粼粼波光中接上了。牌坊上青色的瓦脊刻着丰富的雕花，赭红色的琉璃瓦下，赭红色的牌坊上刻着"接霞庄"三个字，饱含着淳朴、隐忍、宁静，浮躁的尘埃到了此处，似乎也变得慵懒、安详。吊桥边上清澈的水塘里，还是静观尘世的睡莲。当初是星星点点的几朵，如今已是袅袅婷婷的一片。紫红、鹅黄、素白，张开的花瓣托着晶莹的水珠，绝尘的玉姿在温柔的水波上影影绰绰。

穿过牌坊，就如走在时光倒流的路上。悠长的青石板路在脚下铺开，似乎准备与你细细诉说你将要寻访的一切。一排青翠的修竹，伴着三角梅和一些低矮灌木细密的花朵，把游人引向河边的古树。老榕树荫翳遮天，浓绿逼人，立于石板搭就的亲水平台旁，须髯飘飘，虬根交错，如一个阅尽繁华的老人，默默见证着接霞庄的岁月变迁。一棵朴树在亲水平台的另一边与它相望，叶子已经泛黄，疏影横斜，水面漂浮着落叶的叹息。荣盛与凋零在这里突兀地对立，似乎倾诉着赵氏家族从建立宋代皇权到崖门跳海那一段难以说清、难以写尽的风云沧桑。

接霞庄原本是赵家庄，位于珠海市斗门镇南门村。在清道光年间，宋太祖赵匡胤的胞弟赵匡美的后裔从南边里迁到此处定居而建，从此后代在这里繁衍生息。因树林上空常有霞雾环绕，吐纳着祥瑞之气，所以叫接霞庄。一百多年过去了，护庄河依旧流水潺潺，树林里仍见莺燕翩翩，而接霞庄在日出日落中，却慢慢变成了古旧村落。

历史的兴衰已成一声唏嘘，赵家庄的护庄河已经波澜不惊。

走在青石板路上，你会听到时光的回音，一些感慨在这里滋生。悠长的道路，如那望不尽的光阴。一座座古屋显示着幽深的年岁，静默的狮头门环，把守着古老而又鲜活的记忆。陈旧的青砖，把岁月砌成无语的墙垣，一些寂寞与嘈嘈切切的欢乐，都隐藏在模糊不清的缝隙里。而风一旦拂过，却似有竹笛声流淌，低诉那些远去的云烟。

走在青石板路上，会有悠然的花草跃入你的眼眸，它们葳蕤地长在两边的青云巷里，或种在悬吊的木盆中，垂落的花枝掩映着斑驳的墙面，绚丽摇曳的娇姿打开轻盈的春天，使你忍不住想要寻找一位穿着旗袍、散发着丁香芬芳的女子，风姿绰约地在阳光里穿花而过。

走在青石板路上，你会邂逅屋檐上伸下的藤蔓。绿叶上布着经年的尘，小虫子在上面攀爬。它们在这里安静地守候，相信每一季的荣枯，都有有缘人与之相遇。在蓝天下，它们习惯与旁边石砌的镂空花窗窃窃私语，而当你倾听时，却只有一些细碎的鸟鸣在风中掠过。

走在青石板路上，赵氏家塾的遗址向你坦陈书香门第的满腹经纶和锐意进取。"棣庭贻孝友，桂苑大文章"，这里长大的刑部山东清吏司郎中、武举人、秀才等众多文人志士都建功立业、流芳百世。庄内还有四人在同治元年获得"奉天诰命"的石碑，铭刻着赵氏家族的名声与德望。如今，三进三间的建筑已荡然无存，剩下一些低矮的墙根，保留着当年的格局，一块"梧轩赵公家塾"的牌匾印记着旧时的琅琅书声。四周满目的繁花在盛放，粉红的醉蝶花、缤纷的格桑花、含苞欲放的茶花……这一盛景，仿佛极力再现当年的繁华，尽显今日"中国十大最美乡村"的荣光。

走在青石板路上，你会被诸多乡土小吃诱惑得垂涎三尺。钵仔糕、艾叶饼、糯米鸡、叶仔糍、鸭扎包……淳朴的乡村风味，在青绿的草木之间四处飘香。你会情不自禁地驻足摊前，买下价格实惠的各种美食，细细品尝。而守摊的大姐并不吆喝，她们的笑容绽成一朵花，在阳光中安详而幸福地开放，用热情的本土乡音向你推介，静谧的空气中飘荡着亲切的情义。

走在青石板路上，你会惊叹于那些栩栩如生的手绘墙画。一辆凤凰牌单杠自行车会突然从墙中迎面而来，巷子里会有一家子坐在板凳上看着以前的黑白电视，拐角处，有一个美丽的女青年正往邮筒里塞下一封写满思念的信件，一个勤劳的妇女踏着衣车缝着花裙……你来不及赞叹，早已有笑意盈盈的阿婆对你挥手，教你如何把手放在画中的自行车上，教你坐在小板凳上与画面里的一家子一起看电视，教你如何让自己欢快地与画融为一体……

"路在画中行，人在画中游"，虽在冬天，绕着护庄河走一圈，却醉在浓郁的春色中。水波荡漾，竹篱青青，花盛如锦，温阳斜飞。蜂蝶在嫩绿的青菜与草尖上飞舞，小径两边的花随着河岸蜿蜒，把春天的妩媚洇开在清澈的河水中。每一个脚步，都踏出淡淡的花香。是诗？是画？是梦？还是千古绝唱里动人心魄的音符？是接霞庄，把天上的氤氲霞光接入了尘间，让我沉醉其中流连忘返。红尘几度飞花，眼前多少流霞！但见河水冷冷，睡莲吐芳，春的奔放中融合着冬的婉约，宛如一瞥的惊鸿，留给我不灭的念想。

我突然不知几年前的记忆丢失在了何处。

几年前，我所寻见的是寂寞的青苔、杂乱的草木、冷落的古屋，以及空气中一些陈腐的味道。而经过几年的新农村建设，我的记忆已被颠覆。此时，我似乎终于领略了"祥瑞之气"，烂漫的花朵追赶着春天，灿烂的笑容温暖着冬日。

走在接霞庄内，怀旧而又清新的气息蔓延全庄。护庄河的河水依旧日夜拨动着古老的琴弦，蓝天、绿地、花径、小桥、水榭……韵味还是旧时的韵味，农村却是新的农村。青石板路承载的故事越来越凝重，霞光中，那些绽放着乡音的梦想却像风一样轻盈，高过天空，漫向大地。

（收录于 2022 年 4 月广东旅游出版社《黄杨春潮》）

菉猗堂抒怀

烽烟尽处，历史沉默成一册书页。

菉猗堂前，光阴回望着劫世沉浮。

远古的《诗经》在耳边萦绕："瞻彼淇奥，菉竹猗猗，有匪君子，如切如磋……"当燕子衔来一缕春风，这个名字来源于《诗经》的赵氏祖祠，在天空下发出喟然长叹，把多少追诉与遥望，都留给了在这里寻古访史的游人。

谈笑间，记忆不会灰飞烟灭。明景泰五年（1454年），一位斗门南门村的居民——赵匡胤的四弟赵魏王后代、南门七世祖赵隆，在当地立祠纪念赵氏先祖。从此宋朝的草长莺飞，宋朝的青山绿水，就在这祠堂里生生不息了。赵氏家族的婚礼、祭礼、成人礼……都在这个小村庄如汩汩泉水般流传下来。

一进前厅。跨入高高的门槛，就如迈进宋朝的江山。山水成赋，桃柳为诗，丝弦煮酒，歌扇筑梦……那个繁华极致的朝代，却因重文轻武而最终湮没在元军的马蹄之下，曾经的纸醉金迷皆成云烟。"山水岂有极，天地终无情。回首叫重华，苍梧云正横。"在宋朝皇族被掳，随元军北上的路上，宫廷琴师汪元量一首痛彻心扉的诗，铺开了无力回天的悲凉。南宋遗民在路边哀号，然而百姓的痛哭，又焉能阻止王室北上，唤回饮酒相欢、富裕安康的时代？

二进中殿。天井边上，几盆青绿的植物在干净的石阶上安然地舒张着枝叶，幽雅清净，风云变幻的故事已然找不到一丝痕迹。菉猗堂此时像一位经历了沧桑巨变的老人，最后归隐于寻常巷陌、山云涧水，在阳光中瞭望人世繁华，静听松风石泉。细致而生动的雕花和青砖墙面、镂花窗，凝聚着古朴典雅的气息，适合每一个游人在此静想默念，怀古思今。举步石阶，"菉猗堂"三字在红柱绿瓦间，两边柱上的"宏开奕叶，以振家声"，向我们传递着一种世代相传的精神与信仰。

三进后殿，一块黑底黄字的木刻牌匾挂在抬梁式的木架上，"忠孝义士"四个字赫然在目，庄重与悲壮的气氛尽敛其内。石制的焚香炉刻着"菉猗堂"三字，炉内有三支香静默地燃烧，借着袅袅的烟雾遥寄人间的思念。据《赵氏族谱》记载，当年为避战乱，魏王赵匡美的后裔迁居到斗门大赤坎。宋端宗景炎元年（1276 年），小皇帝赵昰败退到香山，当时已在斗门居住的魏王后人赵若梓得知后，马上备好小舟，并招募了 300 多名村内居民勤王，因而获得敕赐的"忠孝义士"的牌匾。后来左丞相陆秀夫命赵若梓等皇室兄弟归隐，以保住皇家血脉，赵氏香火由此继承了下来。

环顾四周，从宋太祖赵匡胤至最后一位小皇帝赵昺的画像，静静地挂在菉猗堂的墙面，那个精致婉约的时代和凋散衰亡的结局又呈现在人们脑海中。

景炎三年（1278 年），10 岁的宋端宗在逃亡中溺水身亡后，年仅 7 岁的赵昺被拥立为帝。彼时宋朝皇室已根基大动，风雨飘摇。张世杰率兵护卫赵昺，一路颠沛流离，最后在当今江门新会的崖山屯兵驻扎。6月，崖山的天空中闪过一颗巨大的流星，闪出惊世的光芒之后坠入海中，随之有千余颗小星一起坠海。这已经在预示着，南宋将在历史长卷中写下极为辉煌与沉痛的一页。在这里，他们度过了生命中的最后一个春节。次年，由于元军的夹击，宋军被困崖门。几回交战之后，宋军方寸大乱，筋疲力尽，而元军却势如破竹。张世杰欲救赵昺，奈何仓皇之中御舟难解。左丞相陆秀夫见大势已去，就拔剑逼妻子跳海，随后在悲怆中背起8岁的幼主跳海而死。看到皇帝已投海，朝中百官、宗室、士兵等纷纷投海自尽。7日之后，海中漂浮的尸体有十万余具，宋王朝就在10万人殉葬的惨剧中彻底结束了它曾经鼎盛的繁荣和战火中的噩梦。

文明至高的宋朝隐没在历史的浪涛中，但是赵氏家族丰厚的"非遗"文化却在民间世代相传。家族里的春秋冬三祭、家祭和婚庆祭等传统祭礼，在几百年沧桑风雨中一直保存下来，为后代子孙留下了宝贵的精神遗产。春分时日，柳树拂风，草尖溢绿，在"云山苍苍，江水汤汤，惟我祖德，山高水长……"的祝文诵读中，春祭开始了，大家迎来德高望重的长者，或功成名就的族人。主祭者在祠堂内对着先祖神位虔诚跪拜、焚烧祭文、进献糕饼……祭礼完结后，鞭炮齐鸣，山炮三响，彩旗摇曳，众人欢呼。穿着汉服的族人衣袂飘飘，水袖翩翩，再现宋朝璀璨光辉的文明。族人之间亲切和谐，感情融洽。不管何种祭礼，赵氏家族都秉承着宋太祖赵匡胤"不恃富而轻贫，不恃贵而轻贱"的大训，把淳朴善良、仁厚和谐的种子播撒到民间乡野。

坐西向东的菉猗堂，向着崖门的方向眺望，仿若念念不忘那些壮烈的历史。它连着另外两间祖祠（逸峰赵公祠和昆山赵公祠），披着宋朝的遗韵，在鸟语花香和风霜雨雪的人世穿越了几百年。虽然菉猗堂在清朝曾经重修，但在 20 世纪，经过抗日战争和"文革"期间的几次破坏，菉猗堂已经伤痕累累，像个风烛残年的老人，独自咀嚼着人生的动荡起伏。即便如此，65 厘米厚的蚝壳墙却依然保持完好。两座祠堂的巷子之间，无数片蚝壳垒砌成整齐的墙纹，排排相叠，坚挺在无常世事中。手指每触摸的一瞬，就仿佛有一声古老的钟声在指尖流过。阳光漫过来，千万缕光在上面跳跃着，冬暖夏凉的蚝壳墙闪烁着赵氏家族勤劳与智慧的光芒。风雨难阻行路人，族人几经努力，历尽无数风雨的菉猗堂终于得到了重修，向世人再现了它的宏伟气势与耐人寻味的气韵。

龙舟脊、青砖、古瓦、精致的雕花……蓝天下，菉猗堂把一切饱满与灵动昭显世间，把丰厚的历史沉淀传承在缭绕不断的香火中。

岁月无语，长河不息。再望菉猗堂，沧桑已成昨日，所有的苦难都不必再问询。

注：文中部分史料来源于《豪华荡尽，只有青山如洛——寻访南宋王朝流亡之路》。

湿地里的行吟

来的时候，恰有晚风拂面，波涛沉吟。淡蓝的天光柔软地浮动着。水天相融，远处的云似轮廓模糊的冰山，在一望无际的湖蓝色上，轻盈地落下隽美的身姿。

风清水阔，白鹭群飞，草逸花闲，廊亭沐霞。就这样，饮水的芦苇洞见了我的欢愉，以及一颗飞翔的心。

北起尖峰桥，南至圣狮涌。40万平方米的斗门黄杨河湿地公园，依水而卧，在潮起潮落中安然苏醒与酣睡，用一缕缕蓝色的风，谱写着一首恬静的恋曲。文化、自然、生态的画卷徐徐展开，远足的灵魂与它相遇，久违的热爱便在不经意间涨溢。

在这里，我是一个远离都市的牧马人，轻点一下缰绳，心中禁锢多时的花骢马就在奔放自由的梦中驰骋。

（一）文化里的徐行

探寻一场湿地文化，就从公园的北侧开始。

藕丝亭，我靠近它的时候，它静静地立于混凝土雕砌的莲花台上，亚克力线竖起一个个藕孔，浅灰瓦斜斜铺成两块莲藕的切面，挺立在我们的头顶。走进去，如有藕香飘过。"藕丝"大概来自纳兰性德的一首词《山花子》："风絮飘残已化萍，泥莲刚倩藕丝萦。"在斗门，莲藕是农业文化的符号。斗门位于西江出海处，淤泥丰富，泥质肥沃，盛产莲藕，尤以白藤莲藕为最。白藤莲藕是九孔藕，滚圆肥硕、色白肉丰，多粉无渣，生吃或熟食皆可。人称"藕断丝连"，白藤莲藕却是松化到"无丝"，因此称为"无情藕"。无论是"有情"还是"无情"，说起"藕丝"二字，便叫人心生无限的眷恋，眷恋着莲叶田田、白藕堆叠的丰收景象。站在亭边望去，黄杨河水共长天，不觉心旷神怡、神清气爽。波涛涌来，惊飞了岸边临水自镜的白鹭。水中的美人蕉，在宽阔的叶片上支起粉红或淡黄的花朵，为这片湿地扯出几片锦缎。

折线形步道上，千屈菜顶着一串串紫红的花穗，与紫花翠芦莉在道路两边并辔而行。往前徐行，就是水月台。欲与水低语，收藏月光，此地最适合。广场上几级浅浅的台阶下去，就步入水的柔情中。风吹过，涛声起，如爱在河的深处汹涌。水边，有人在吹笛，悠扬的笛声如清泉漫过山野。如有月，应是山泉布满月光。天边有红云在燃烧，而我的心中，因有笛音相伴，早是映满了一潭白月。视野辽阔，天际的瑰丽在风中落下一丝静谧，使我忍不住伸张双臂与风相拥，静静享受大自然赐予的舒畅。

河边水草丰美，路边的树木华盖亭亭。我心似自由的马，一路游览，招潮台就在潮汐湿地等我。笔直清幽的落羽杉如一排绿帘，茂盛而又不产生逼仄感。疏透的枝叶有夕光映过，悠然静美与招潮台的古朴相映成趣。招潮台为二层的长廊，横卧在一汪湖水前。招潮，实为蟹名。唐代刘恂《岭表录异》卷下："招潮子，亦蟛蜞之属。壳带白色。海畔多潮，潮欲来，皆出坎举螯如望，故俗呼招潮也。"斗门临海，多产螃蟹，在这里，无忧无虑的螃蟹更是随处可见。它们在滩涂上爬着，尽情探索着水中的秘密。人与自然和谐共处的湿地中，我似乎成了大自然的一分子，与各种生物嬉戏，一起聆听潮水的涨落。登上二层游目骋怀，只见湖水微波荡漾，鸟类三三两两，落在树枝上轻轻鸣啾。远处的黄杨亭、观河亭、风雨廊……都在晚霞中散发出柔和的光辉。万物静观皆自得，招潮台上，雅趣生飞，思绪邈远，各种愉悦不一而足。

这里属于咸淡水交汇处，得天独厚的自然环境成了禾虫生长的摇篮。禾虫含有丰富的蛋白质，是斗门最具特色的水产品之一，2016 年被选入珠海市的非物质文化遗产名录。《纲目拾遗》中云：禾虫"补脾胃，生血，利湿，行小便"。农历三月、四月和八月的初一、十五大潮之时，滩涂上有大量的禾虫涌出。因斗门盛产品质优良的禾虫，于 2018 年被中国水产流通与加工协会授予"中国禾虫之乡"的称号。黄杨河湿地虽不是禾虫的养殖地带，但这些可爱的小精灵在我们眼皮底下随意出没，斗门禾虫的盛名可见一斑。

绕过一丛茂密的落羽杉，横跨一池碧荷的"斗桥"跃入眼帘。拱形仿木的桥身上，用钢管撑起拱形的灰瓦篷顶，似一个古香古色的木廊。两端顶檐稍微上翘，在落羽杉的掩映下，如一只展翅欲飞的鸟。小桥流水，花枝摇曳，绿影重重……"荷风送香气，竹露滴清响"，夏日的酷热与困倦顿消，风、水、滩涂、植物群落，都染上了宁静的色彩。踏上木质台阶，古典的意趣随之而来。长发飘飞，清风满怀。倚栏赏荷，目光所触，皆为诗行。湿地公园在凭栏中一望无际，思绪如一匹脱缰的野马，在这片广阔的天地间纵横。

（二）生态里的眷恋

湿地生物的多样性，让自然之美在这里一览无遗。城里虽热闹，实在寂寞。湿地虽静远，实在热闹。各种生物，在滩涂中窸窸窣窣，私语于这个安静的黄昏。看着它们在风中或隐或现，我的心也随之丰盈起来。

"蒹葭苍苍，白露为霜"，《诗经》里美了两三千年的芦苇自是不可或缺的。在湿地公园，芦苇似乎天生就是一个主角，不施粉黛，青翠的芦叶带些惹人怜爱的凌乱，一丛丛、一簇簇，轻轻摇曳，整幅画面就灵动起来了，如有姑娘垂下青丝，在远处高楼笔直刚硬的线条的对比下，给这座城市添了几分柔媚。芦苇夹道，密密匝匝，走在路上，如在绿色的水浪中倾听一首古老的歌谣。走着走着，又会有瞬间的失神，仿佛迷失在时光的隧道里。"平野无山见尽天，九分芦苇一分烟。"叶绍翁的诗句描绘出了如烟似雾的芦苇。"生如逆旅，一苇以航"，芦苇还可带几分不羁，渡我们到远方。此刻，苇浪滔滔，我如一叶舟，尽情游荡于茫茫苇海。在这个夏季，我热爱着绿色，又等待着秋天的萧瑟，等待着白茫茫的芦花让我再一次迷失。

除了芦苇之外，还有菖蒲、再力花、鸢尾、水烛、美人蕉……一个个富有诗意的名字，在路上纷至沓来。芬芳无际，馨香醉人。芦苇岛、红树林、水松河谷、鸢尾花园……充满灵气的植物群落，在晚霞中次第展开容颜，仿佛一幅韵味十足的水墨画，一气呵成。紫色的再力花朦胧似梦，穿行其中，俯仰间皆是淡紫色的音符，清新烂漫又幽静深远；美人蕉鹅黄、粉红、橘红的花朵交织起一条条彩带，与霞光相映成绚丽的黄昏；菖蒲竖起清秀的剑叶，似乎曳出无数细碎的呢喃……

　　落羽杉挺立在水边，每一棵落羽杉的上面，都似乎停留着一片云，每一片云的上面，也落满了故事。它们的树干圆满通直，树冠圆锥形或伞状卵形，叶子呈条形，扁平，基部扭转在小枝上列成二列，呈羽状。我爱它们的秀丽、宁静，充满了亲人的味道。在斗门许多的乡间村落，在低浅的水湾畔，在普通人家的屋檐下，落羽杉就跟着孩子们一起长大，长成了一种有南方特色的树木。

　　落羽杉林的旁边有几棵水松，不熟悉的人往往会把它们认错。落羽杉的叶子多是互生，而水松的叶子则以对生为主。虽然它们的果实都是球形，但水松的果实比落羽杉的果实大。虽然水松在这里只有寥寥几棵，但因其稀少及优美的树形而又格外惹人注目。水松是杉科水松属乔木，该属仅此一种，是世界孑遗植物。水松始生于一亿多年前的中生代，与恐龙同时代。在距今7000多万年的第四冰川纪后期，因地壳运动及气候变化，广布于亚洲、欧洲、美洲的水松几乎灭绝，如今仅留存于我国，属于中国特有的世界珍稀树种，因而被称为"植物活化石"。据说，中国野生的水松加起来都不够一千株，这些被保存下来的植物，成了历史的见证者。凝望着这几棵水松，恍如隔世的风雪仿佛从我身边呼啸而过，不知不觉间，又多了几分对岁月的敬畏。

　　鱼虾在水草里跳跃，蜻蜓在花中低飞，田螺在水中攀爬……正当我忘情于这一刻生动的画面时，天空掠过一声鸟的脆响。几只黄褐色斑文鸟扑棱着翅膀，轻巧地落在水葱上面，忽又纵身一飞，向落羽杉的林边隐去。水葱轻轻晃动着，像在恍惚间迎来不速之客，转而又不知所终。我不禁想起《诗经》中的"黄鸟于飞，集于灌木，其鸣喈喈"。见得最多的还是白鹭，这天使一般的鸟，一小群聚在一起，徘徊在水边，似歌似咏，有了它们，湿地公园的自然之美，才得以完整地表达。夕阳已落，榕树群是归鸟栖息的家园。林间自在的啼音，若是让笼子里的画眉听了，也会心生羡慕吧。

在靠近圣狮涌鸡啼门水道处，净水处理设施使湿地公园更具生态之功能。地表径流经过生态集水沟净化后，可作为中水用于灌溉各种植物，弥补了黄杨河水质盐度较高不适宜湿地灌溉的缺陷。而浮动橡胶坝又有效地控制了咸水淡水的平衡。

湿地里散布着沼泽草地，大大小小的湖泊在风中波光粼粼，似缀满星星的眼睛，淳朴自然的景象让身心少了羁绊。我心中的马儿闻到了生命和绿草的气息，轻驰过净化的湖水。风迎面吹来，有湿湿的暖意，像变幻的雾一样，人行道上的花草树木在怡然中吸吮着生态的生命之水。我愿意任性地驰骋一会儿，就像那天边的云，水里的鸟，草丛里横行霸道的螃蟹，我愿意安静地与它们对视，搜寻自然界的一切乐趣。

公园里的原野步径与绿道相连，一直通往另一个1000亩的省级华发水郡湿地公园，连成斗门的"绿肺"。游人络绎不绝，有踩着单车的，步履如风的，奔如风筝的，悠然驻足的，各种身影皆可见到。人们争相享受着天然氧吧，在自然的怀抱里目酣神醉。夕阳已落，盛夏的紫薇与黄槿，在与城市相挨的路边呼唤着我，而我看一眼在幽静的蓝调中愈发美丽的黄杨河湿地公园，捻起风中的诗意，已是半痴半醉。

（收录于2022年4月广东旅游出版社《黄杨春潮》）

九月的絮语

因为一个朴素的名字，靠近她时是那样真实、亲切、自然、和谐。金色的九月，珠海斗门区市民公园向我们敞开她温柔的怀抱，在晨曦与晚风中，以她独特的美丽与宁静，默默抒写远离城市喧嚣的山水田园风光。

初来这里时，正是雨后微凉的下午。天空云朵低垂，风中飘浮水色。门口黄色镂空波浪形的景墙在花丛中蜿蜒而过，一如正在演奏秋日私语的手风琴，似有曼妙的音符飞出。那一刻，心里便有歌声响起。踏歌而过，一大片如茵绿草展现在眼前，几棵大树俊秀挺立，叶子疏淡飘逸。这就是阳光草坪。未见繁花满地，满园的碧草让负重的心灵瞬间放下杂乱，随着雨后的清新，渐渐变得纯净与空阔。草坪里有三座雕塑，是珠海市的市花三角梅。每一座镶着白色网格的柱子擎起三片舒展的苞片，在高处笑看蓝天，把无限的热情融入无限的空间。我突然放下心来，原以为这里有密不透风的树林，拥挤的娇花，原来是一幅简洁明快的图，没有浓墨重彩的描绘，淡淡的笔端，勾勒出宁静致远的意蕴。

太阳微微露了一下脸，我便绕到了后面的浅浅清池，名为"浣溪叠石"。小桥流水无意流露出婉转的心思，而驳岸看似随意堆叠的一些大小不一的黄色石块，又增添了几分清秀。长春花与水草在岸边静听水声，池中流水潺潺，因为刚下完雨，水面并非清澈见底，稍有一点的草黄色，然而草木的倒影与水里的云影依然清晰可见。微风吹来，秋水浅笑，池中数朵红莲轻轻摇曳，飘飞着几许诗意。

仿佛一个散了许久的念，突然在这里与之相遇，一阵惊喜之后，平实的鞋底贴紧静静的沥青路面，踩出心底的回音，心头的困倦就这样慢慢消释了。这座城市，因为一片如梦的草地，一湾安静的溪水，便有了一个温馨与安宁的语境。举目望去，步道蜿蜒，优美的曲线在园中穿梭，把花草树木、池亭廊架构接成一首幽雅别致的诗。游人三三两两愉悦地走过，偶有几声鸟鸣掠过，疏密有致的树木，风雨廊下自由的行吟……回归自我的幸福，就是疲惫的时候有一个贴近天地的处所，可以栖息你的灵魂，放飞所有被囚禁的心绪。看那鸡蛋花风姿绰约，小叶榄仁静默迎风，射干在草丛低语……每种植物都在展现自己的灵性，正如我在这一刻，听到自己心里真实的声音。

市民公园毗邻雄伟挺拔的尖峰山，坐落在尖峰山脚。如果说尖峰山是一个伟岸的男人，市民公园就是一个温婉端庄的女人。园里有清凉的流水，泠泠之音宛如隔世之曲，拂去红尘的不安与浮躁。这些流水自尖峰山上的水跌落而成，经雨水渠引入园中，这便让尖峰山与市民公园血肉相连，融为一体。一刚一柔，奏起和谐的乐章，为这座城市独添一分安详之美。

据说，斗门城区最早的公园是霞山公园，于 1979 年依山建成。到如今，近 40 年的光阴已去，经过一番等待，一番寂寞，一番热烈，一番疼痛，当初毫不起眼的小城已建成了景观宜人的生态城。大大小小的公园纷纷落成，街头绿树成荫，繁花似锦，流云飘过的时候，鸟语细碎，花香怡人。各种精神与文化也在生态城的建设中得到传承与发展，公园里的曲艺社、棋社、文化长廊，还有各公园的健康主题……无不丰富着人民的精神生活。自然，市民公园也少不了精神的内涵，然而她却是那样沉静，少了一些花花绿绿的宣传标语，只是以三角梅雕塑的形式，体现和宣扬着珠海人民的精神。热情奔放、坚忍不拔、昂扬奋进的珠海人民，正如三角梅那火红的苞片，那不折不挠的枝条，那适应环境的高强能力……蓝天下，市民公园微笑地伸展着灰色与蓝色的步道，迎送着每一位前来健身或拾取闲趣的游人。这种默默，充满了似水的柔情，如同一个母亲对于孩子，如同一条河对于一座城市，正如她所体现的海绵城市的设计理念。

透水的铺装，下凹式的绿地，把地表的雨水像海绵般吸纳到体内的蓄水池，在需用水时又把水释放出来循环利用。她像一位充满温情而又智慧的母亲，吐纳之间，盈盈之水遍布身躯，把活在人世的弹性与从容诠释得那样完美。园路弯弯，所到之处，莫不是芳草萋萋，暗香摇曳，脚下的透水沥青柔软而温暖。走着，走着，我像一个迷路已久的孩子，恍惚间回到母亲的怀抱，那份不期而遇的欢欣，那份安宁踏实的祥和，那份欲泄心里洪流的激动，皆在我目光触及每一片叶、每一朵花、每一个细节的瞬间。

斗门市民公园虽然没有历史文化公园那样深厚的沉淀，她还很年轻，但是她是那样蓬勃、秀美、恬静、包容。任何事物，只要有一点足够打动人心的内蕴，便足以让人眷恋。在这九月，与她初见的时刻，我静静地倚在她的碧水旁，想捧一溪云回家。

（原载 2019 年《斗门乡音》第 1 期）

穿越一条旧街

　　十里春风徜徉大地，我如闲云漫步旧街。旧街流动着温婉的色彩，在斗门镇传奇了一百多年。一百多年的岁月与斗门镇一千多年的历史交融，沉积了太多想倾诉的愿望。街上的风物无疑是古典而清新的。石板路在每一声足音里轻唤旧时的炊烟。一路走过，凝结着中西古典建筑精华的骑楼古色古香，满目皆是石柱、石雕、木雕、青砖、画檐、牌匾……欲急切扫视一番，而旧街气定神闲，微露霞光下的侧影，仿佛颔首微笑：品韵，切莫心浮气躁。

　　19 世纪至 20 世纪初，广英祥、大昌、祥盛等布匹店和药店、米铺、钱庄、百货店在旧街拔地而起，用嘹亮的招徕声谱写了一支斗门镇墟繁华荣盛的乐曲。一个多世纪已去，百年风云静默在骑楼斑驳的墙面。凡尘俗世里的吆喝声，曾把小镇里的生活喊得火热火热的，然而，跟大多数老街一样，在社会的变迁中，斗门镇墟终究由热闹归于沉寂。如今，经政府修葺后，旧街一洗疲惫的风尘，往日容颜再现，那般韵味十足，令游人流连忘返。

　　穿越旧街，一间糖水店映入眼帘。几扇竹帘卷在门窗上方，里面竹灯盏盏、浅光摇曳，落在古朴的砖墙。只那一眼，便似醉看微雨，江山温柔。朴素的木板招牌写着"斗门原味汤圆，斗门特色糍水"。汤圆，在人的印象中都是甜的，但斗门的汤圆却是"咸汤甜汤圆"。走进去吃一碗，闲情舒散，唇齿留香。汤里有炒过的白萝卜、虾米、鱿鱼、虫雷干、腊肉等配料，舌尖直抵一种水乡风情的咸，又有一种温软的甜。吃一次，就记住了斗门，也记住旧时的味道。

琳琅满目的陶艺馆"风物舍"，众多瓷器擦亮游人的眼：洁白的、多彩的、规整的、淡雅的、庄重的……一个香插跳入我视线：褐色厚重的瓷板，镶嵌着几朵梅花，花芯中有个小孔。我想象着一支香插在花芯上面，梅花上面升腾起袅娜清香，然后翻开古典书页，岂不美哉！于是义无反顾地买下。一张桌子上摆着一大沓明信片，画面都是斗门镇古旧的老街。古迈的墙面，石板巷道走出的阿婆，追逐的黄狗……我拿起一张，只见上面写着"这里的歌甜花香，香甜的感觉没有人能抵挡"。店主告诉我，她专门请摄影师去拍这些古韵悠悠的老街，配上诗意的文字，为的就是让更多人知道斗门深邃的美。她见我爱不释手，便送了我两张。老街的韵，定是藏在岁月深处，我手中的明信片，虽然轻薄，却沉淀着时光、风情和怀恋。

往前走一段，一股沁人心脾的香味扑鼻而来。"江南中草药香囊"，一块招牌挂在中药店上方。那是草木的清香，闻之即提神醒脑。各种配方贴在墙上：失眠多梦、祛湿散寒、提神解困……精致的香囊挂在墙上，选好了药方，便可随意挑选一个香囊装进去。单色的面料绣着雅致的花朵，简单高贵，禅意十足。有些是深沉的褐色，正面绣着"自在"，背面是"晴朗如月，自在如风"；有些是清爽的浅绿，正面绣着"心清"，背面是"心清水见月，意净天无云"。还有众多款式不一的香囊，素花朵朵，字字禅机，纷繁意念皆去，只留一片澄明。

转弯处的手工编织店，五颜六色的披肩、帽子、小发夹、手提袋，把那针线勾勒的细致显露在面前。它们勾起了我对奶奶的回忆。我以前的毛衣、帽子、手套，都是奶奶戴着老花眼镜，拿着毛线针一针一线穿梭而成的。各种编织物似乎余留着手指的温热，把缓慢的日子凝结成花朵、镂空。那是现代机器批量生产无法比拟的精致与用心。看着一件件款式别致的小毛衣，和堆放着的毛线，我又重返一次旧时光。也许老街的意义就在于此，它让人重温过去，在忙碌的生活中聆听一缕清风，体会日子在缓慢光阴中细水长流的味道。

还有目不暇接的公鸡碗、解放军和雷锋书包、和田玉、琉璃托盘、心经木尺……我终于明白为什么自己虽多次来旧街，依然像初见那样欢喜了。旧街之物，都是岁月的流沙冲不走的古朴、致远、风雅之物。她不像其他古街，古典的外墙，却经营着现代的商品。她身上的色彩，柔和、典雅、朦胧。太亮，则一眼看穿；太暗，则压抑沉重。而这色彩，刚刚好，带着怀旧的味道，又带着岁月静好的素简。

让我意外和惊喜的，是新建的游客服务中心二楼居然有一间书店。几扇墙上贴着原木书架，各种书籍皆有，可借、可阅、可卖。窗边有木桌木凳，供游客休息阅读。四周有绿植、干花，春天的阳光透进窗户，简约雅致的环境让浮躁的心瞬间变得沉静。一扇玻璃门边有一块木板，写着"振家声须在诗书"。从阳台上望去，绿油油的菜长满春天的泥土。我拿起一本《非常文化非能遗忘——非物质文化遗产在斗门》细细看起来，忽然觉得这个春天，旧街还有了一种别样的气息。那是文化的温润、精神的醇厚与气质的沉淀。

不远处，风流桥在沧桑中诉说春天的故事。这座始建于明代的桥，原叫"洗杉塘桥"，后改名为"风流桥"，经几次改建、重修，如今沐浴在春风中。河边春草蔓生、繁花簇簇，一片祥和宁静，完全看不出这里曾经战火纷飞。1941年2月5日，日本一架飞机在黄杨山坠毁。2月6日，为了阻止日军到现场处理后事，当时的中山县八区抗日游击队在月坑进行阻击，交战两个小时后撤到大赤坎村。次日，日军渡河在大赤坎登陆，大赤坎的游击队在斗门墟风流桥一带布防。日军登陆后，原驻防小赤坎村的国民党军队不战而退，被日军包围，人民游击队全力阻击日军，掩护国民党部队顺利突围。这就是风流桥上的义勇、忠贞、坚强。在爱国之心的守护下，斗门旧街才免于被战火烧毁，才能在缓慢中雕琢时光的痕迹。

穿越一条旧街，就穿越了旷远岁月的味道，穿越了斗门镇墟从繁荣到寥落，从破旧到生辉的历程。光阴不息，这里的精彩将世代延续。

（收录于2022年4月广东旅游出版社《黄杨春潮》）

老 薇 茶 铺

　　漫步河边，又见老薇茶铺。通向天台花园的楼梯，划出优美的弧，在绿树掩映下，随性而闲适。褐色墙面，黑色铁质围栏，门边几丛翠竹，让喧嚣的夏日在此遇见了宁静。爱这里的清幽，这里的绿草，更爱茶铺旁边的那棵紫薇。

　　黄昏时的太阳是温柔的。绿叶间漏下的光，落在茶铺外面的黄褐色藤椅上，有时树叶摆动，光线转移，又落在玻璃桌上。玻璃映照着白云与树叶，像一幅画，铺在你的眼前。你想探究，却又无法触摸，因而有点意味深长。我坐下来，靠在质朴温实的椅背上，觉得自己成了一缕自由自在的风。

　　藤椅让我想起了旧时光。童年坐过的藤椅，没有休闲、惬意的烙印，那不过是普通人家的一件家什。在记忆中，它一直伴随着奶奶，陪我们走过清贫的岁月。黄色藤条编织的藤椅，开始是有弹性的，后来靠背烂了，如人一样，积攒着岁月，变得垂垂老矣，而它上面依然坐着垂垂老矣的奶奶。家中还有一张小藤椅，以前我常与妹妹争夺，奶奶在世时，提起此事，说难以把我们分开。她说话时目光是柔和的，全然忘了拉扯我们的辛苦，或许童年的我们没有玩具，藤椅便成了我们的心爱之物，对她来说是一种慰藉。藤椅贯穿了我从童年到青年的记忆，一直陪伴到我大学毕业，后来搬了家，它才从我的视线中隐去。工作后，坐的都是沙发或木凳、匆匆而过的日子，偶尔去一下茶座、咖啡厅，才会与藤椅有一番邂逅。这时的藤椅，不再是贫苦人家的物件，而是缓慢时光里的一剂温柔，怡然闲适里的一种情调。人总是要远足后，才又突然想回头看看，正如此时，喝一杯沁凉香醇的奶茶，一些可资回忆的故事便从云间飘来，落在藤椅的扶手上。走过的路，如密密麻麻的藤条，但终究有规律可循，它串起你的足迹，编成温厚敦实的人生，给你依靠，最终又带你返璞归真。

　　草地边上的花池里，还有几丛粉红的石竹，经几场暴雨后，仍与夏天对视。我坐在藤椅上，也与河水对视。斜照下的河水，波光粼粼，携带着夏日的风轻吟浅唱。想起《道德经》里至柔而又至坚的水。水滴石穿，无有入无间，这是水的韧性；上善若水，水善利万物而不争，这是水的博大。无怪乎每次在水边，无论是涓涓入怀，还是滔滔流逝，总能一点点地打开心量。天高地远，万物辽阔。它溶解了所有的悲喜，让挣扎于尘俗的心变得空灵洒脱。伫立河边的老薇茶铺，日夜聆听水的呓语，沾染着水的气息，因而也包容着各样心情。这里适合心灵打坐。水有道，茶有道，人的心亦有道。生活中，我们何妨做一滴清亮的水，映照万象而自清莹，在柔软中成就仁爱、慈悲与坚韧。

　　最让我心醉的还是那棵大叶紫薇，树干粗壮，花朵繁茂。老薇茶铺本来是"老微茶铺"，因了这棵紫薇，我更愿意称它为"老薇茶铺"。它存在于我的内心，不是一个具体的名称，或物象，而是以精神的形式。紫薇有大叶紫薇和小叶紫薇两种。五月中旬，大叶紫薇就开始抽出浅紫的花穗，后来满树紫云，把夏天带进梦中。不久，小叶紫薇也放声而歌，粉红的枝头开成火焰。

浅紫与粉红如氤氲的霞，恣意地涂抹着夏天，直至初秋。夏天，我独爱紫薇，因其灿烂，因其百日花期。岁月虽已斑驳，我确信我依然属于夏天，依然是紫薇中的一朵。"生如夏花之灿烂"，对我而言，夏花应该就是紫薇。抬眼望去，茶铺边的大叶紫薇，露出清秀的花朵，对我含羞而笑。我如看见一个亭亭玉立的女子，美目流转，顾盼生辉。"独坐黄昏谁是伴，紫薇花对紫薇郎"，此情此景，此诗最恰切不过。

几声细碎的鸟鸣掠过对面那棵榕树，阳光更斜了。风微凉，有落花盈衣。我在一杯奶茶的时间里遁世，并遇见了质朴、纯粹与炽热。老薇茶铺，是思绪蔓绕的一朵花、耐人寻味的老故事、通透澄亮的人生哲理。

远处的航灯亮了。此刻，一条鱼构思了自己的江湖，转身游入了柔软的夏天。

（原载 2022 年 8 月 20 日《潮州日报》）

古 韵 排 山

　　我想要寻找的诗韵就在这里：屋舍俨然，巷道笔直，灯盏古秀，青瓦流光……站立片刻，一念、一想、一吟、一咏，就是光阴两百年。

　　慕名而来的人，脚步都特别轻，笑闹声也收敛起来，生怕长了羽翼，扰乱上空安静的云。

　　这是斗门排山村，建立于清朝乾隆年间。它坐落在岭南一个山清水秀的地方，像一颗珍珠，被和风细雨滋养着，滋养出灵性、柔润；也像一具年代久远的木雕，沧桑、古老，却气韵流动，有淡淡木香。

　　两百多年前，一个姓谭的湖南衡州人，随父到广东经商，后从今珠海前山迁徙到黄杨山西侧丘陵地带，当他饮过风摇落的花香与雨露，决定在此繁衍生息时，是不是也想过"规划"二字，要在这里建成一个状如棋盘的村庄？后来的人，已触摸不到他的心思，但他们大概都知道，人生如棋，每个人都是棋盘上的一枚棋子，所以建造屋子时，随坡就势，从高到低，在这片斜山坡，布了一盘大大的棋局。

　　屋子一排排、一列列，纵横交错，井然有序。立村之初，这里叫"斜排村",民国初期,改名为"排山村"。排山村是珠海市规模最大、保存最完整的古村落之一。两百多年岁月的纹理,被村人细细描摹,描摹出一个人才辈出、诗风古韵、岁稔年丰的侨乡。

村中有两座宗祠,一座是"权石谭公祠",是纪念开村始祖谭权石的祠堂,木刻楹联是"肇基以俭,业广为勤";另一座是"仁山谭公祠",木刻楹联是"崇敦礼让,德溥慈和"。楹联是先祖的遗训,寄托家族兴旺的愿望,表达了他们勤奋创业、待人亲和、立德修身的人生观。祠堂大门紧闭着,听说权石谭公祠正中堂的墙上,还挂着10幅历代先祖的遗像。我想象画中的他们,目光幽深,在这里静看子孙后代随着世纪更迭,来的来、走的走,静看时代巨变中,固有的家族精神怎样在时空中恒凝。矗立一旁的武帝庙,有100多年的历史,庙门的花岗岩阴刻"志在春秋功在汉 忠同日月义同天",更显示了忠孝节义的传统美德。因而,让人景仰的杰出族人,一个个从祖训中走出:清嘉庆年间的署巡城把总谭均生,航空飞行员谭达光,四代从医的名医谭业建,革命烈士谭锦超,为民请愿的从政人员,等等。他们如一颗颗星星,在排山村的史册里,把每一砖、每一瓦,都照耀得熠熠生辉。

鳞次栉比的房屋排列整齐,东西走向的巷子随着山势倾斜而呈梯级状,南北贯通的巷子则平坦笔直,便于步行。在里面穿梭,视线通畅,从这头可以望尽那头。在小巷中漫步,如穿越了几百年光阴。这里多是糯米夯土墙瓦房。掺入糯米浆和红糖浆的夯土,夯筑出来的墙体用料精细、均匀、板结性强。经历了两个世纪的风霜,大部分墙体依然没有倒塌,墙面依然温润细腻。先辈们匠心独运的智慧跟着岁月一起沉淀,远久之时,他们思考、布局、夯筑的形象跃然眼前，他们流下的汗水不仅仅是因为辛劳，更是一种扎根大地的气魄与才智。

夯土泥墙的房屋中，也有一些青砖屋、红砖屋。细细看，一些镂空砖墙，伸出浓密的花叶，给斑驳的墙面增添了郁郁葱葱的生机。门窗的木雕，墙上的泥雕、砖雕精致细腻，随处可见。与屋子一起接受时间考验的，还有村南的 6 棵数人无法合抱的古榕。虽然它们目睹了村庄两百年的兴衰，却依然枝叶婆娑、须发飘飘，挺立着沧桑之躯，继续留给后人浓荫。树下有安闲乘凉的身影，有孩童的笑声，有讲述各种传奇的声音。古榕们也一定在窃窃私语，说着村庄无人知晓的故事，并将庞大的根系，延伸到每一个角落，探寻春天的气息。

村庄前，有一湾水波盈盈的池塘，叫子孙塘。风吹来，池中睡莲在半睡半醒间挪动了一下身子，无意中透露出安详，与村中飘飞的诗意相匹配。周围是白色栏杆，下部分是石条砌的花朵，每朵四片花瓣，如一排古花窗。褐色的灯杆一路沿着白色的栏杆高高挺立，斜伸的灯臂，像铺着青瓦的屋檐，檐下吊着一盏灯，浅黄的灯罩，中间嵌着一朵花。这些是排山村改造后的景致，细微之处，凸显着古色古香的风格，暗含了修旧如旧、保护古风貌的思想。

"斜水源流通万国　排山利路达五洲"，以前的村人给村闸写对联时，在挥毫泼墨间就写出了排山村典型的侨乡文化。村里的祖籍华侨多达 1000 人。过去，他们也曾过着栽培谷物、聚集而居的农耕生活。从 19 世纪末开始，村里开始有人移民到外国谋生，主要去了美国旧金山、檀香山，也有人去了加拿大、菲律宾、澳大利亚等地。

岁月把在海外打拼的辛酸压缩成了薄薄的纸业，华侨不忘桑梓的情怀却如故土枝繁叶茂的榕树，不断生长，荫泽子孙及四方。

在乱世中，为了防止盗贼，华侨纷纷捐款集资，给家乡购买枪支、建造碉楼、修建闸门……为村人带来一方平安。他们还捐资发展教育，从 20 世纪 30 年代起，华侨就在村中兴办小学、修筑篮球场、成立"排山体育会"，并把排山篮球队打造成了中山八区的一支强队。

今天所见完好的祖祠和武帝庙、平坦的道路、坚固的村闸，都是由华侨集资修缮和建造的。古朴雅致的舒适环境，也是由华侨们与珠海市慈善总会、爱心企业联合改造而成的。我们走过的每一步路、每一处景，都饱含着排山村华侨深深的故乡情。

排山村华侨对家乡的爱不仅限于本村，他们还捐建医院，为人民造福一方。处于白蕉镇的"侨立中医院"，是 1989 年旅美乡亲谭章珍捐款所建，经过多年的发展，现已成为广东省中医院的斗门分院，为广大群众消减了很多疾病的痛苦。

子孙塘北端"扬帆起航"的雕塑，不但代表了华侨们远赴重洋、艰苦打拼的过去，也象征着排山村的明天。一年四季，有水稻飘香、荔枝累累、杨桃垂枝、草莓殷红，旅游农业经济让我们看到排山村古老的外表下仍包裹着年轻的心。

不断有人到此求取宁静与诗意。转弯处，一个院子种满花草，玫瑰花和蓝雪花浓郁芬芳，篱笆、木桌与秋千，让每一颗心灵都在此流连栖息。质朴的情怀与古老的诗意，这样的民宿入画，也是排山村的点睛之笔。

（原载 2022 年 5 月 31 日《珠海特区报》）

黄杨河畔的缤纷之梦

"我所无法企及的远方/是你/是雪幕后一点火光/被落日缓缓推近，成为/暖色的眼睛/满湖水波因此/笑意盈盈……"舒婷的《日落白藤湖》被我一路吟诵，而此刻的我，却站在黄杨河边。夕阳西下，春风吹拂，黄杨河的水波吟唱四季的歌，温柔，宁静，恰似诗中的景致。

这一路走过，河畔的花，令人目不暇接。矮牵牛吹起粉红的喇叭，凤仙洋溢着多彩笑容，海棠嫣红娇羞，美女樱闪着星星般的光芒……匍匐地上的花朵，在春天的画册上描出夺人眼目的色块，时刻提醒着行人：这是黄杨河畔美好的春天。而当你仰望时，那些树木又撑起缤纷的云，在蓝色背景下彩墨淋漓：黄花风铃纯粹绝尘，宫粉紫荆绰约淡雅，红棉伟岸奔放……

漫步黄杨河畔，总有别样的诗情，伴着潮水的涨落而起伏；也有不一样的回忆，一瞬间将心中的感情充沛满盈。

20年前大学毕业之时，我充满憧憬来到斗门。原以为这里属于特区，应该是一座温婉如玉的美丽小城，没想到满城飞蹿的摩托车、三轮车、拖拉机，一下子刺痛了我的想象。我曾想过离开，然而，看着路边野生状态般弯弯曲曲的树木，随处可见的裸露黄土，我转念一想：也许正因为绿化景观的单调与落后，才能促使我的专业知识能更多地发挥，实现更多的梦想与价值。

我就在园林部门待下来。住在七楼的宿舍，半夜三更常常被经过的大货车产生的震动感震醒，也常常在尖锐的汽车喇叭声中惊醒。尽管有太多的失落，但当我第一次走到黄杨河畔的一刻，心却安静踏实起来。这里的河水，像极了家乡的母亲河，给我温柔宁静的抚慰。带状的西堤公园，一路郁郁葱葱，虽然缺少亮丽的颜色，然而因为处于河边，滨海风光凸显，又蕴藏着无限的发展生机。就这样，黄杨河的粼粼波光、西堤公园的绿影，让我一颗躁动不安的心就此安定下来。

日日与树木相对，我似乎懂得了树木的语言，知道了它们的生长需求。在财政资金不足的情况下，为了补植缺失的苗木，我们在苗圃育了一批又一批的小苗，而我，就是在苗圃挥洒汗水的那个人。青春是多么的炽热，却又是多么的寂寞。在希望与失落交织的日子，我与同事还是坚持学习，把周边城市绿化管养的宝贵经验引进了斗门。

岁月的河水不断流淌，城市建设的脚步不断向前，被意志加持过的梦想因此而不断清晰可见。

从绿道建设开始，到"大绿化行动"，接着"建设美丽斗门"，继而把斗门打造成"绿城、花城、生态城"，到如今的"三化三城（绿化、美化、净化，绿城、花城、公园之城）"，这一路，流过太多的汗水与泪水，也涌动着欢呼与喜悦。

近20年已去，毕业之初，行道树弯曲、参差不齐，绿化景观单一的记忆已化为青烟。多年来的绿色生态发展，已让这座城市脱胎换骨。如今斗门城区的绿量大幅增加，色彩纷呈，云蒸霞蔚，各种公园如雨后春笋，到2020年年底，全区共有公园近200

座，极大满足了人民群众对生活环境提升的需求。单在黄杨河西岸，就有西堤、星河、黄杨河湿地、华发水郡湿地等多座公园，面积达 60 万平方米。公园里花香鸟语，翠波涌动，人流如织。

春天，黄杨河畔花团锦簇，色彩迷离。各种花儿打开了一幅画，走进去，你便成为画中的风景。

夏天，浓荫覆盖，鸟鸣声声。荷花朵朵，风含幽香。紫薇花以淡紫的颜色，氤氲出酷热里的清凉。黄杨河畔是一首歌，唱着生命的热烈与不息。

秋天，黄杨河畔是一首诗。美人蕉尽情绽放，用鲜艳的鹅黄挡住萧瑟的风，以多少良辰美景重新诠释秋黄的含义。

冬天，黄杨河畔是一壶陈年佳酿。黄褐色的落羽杉层层叠叠，染过时间与空间，把岁月的厚重呈现，让人品之回味，余香延绵。

这就是我爱着的黄杨河畔。日夜走过，清风扬起水波，用一河温柔，润泽了五彩缤纷的梦，也润泽了我的人生之梦。

每年台风到来，都会给斗门带来大大小小的创伤，暴雨倾城、农田淹没、树木倒伏、交通阻断……但台风击不垮的是人的意志。2008 年"黑格比"登陆，黄杨河边水漫西堤，大量的水浮莲涌上堤岸，我们夜以继日，在西堤公园清理了几百车的水浮莲，快速驱逐了台风的阴云。2017 年"天鸽"降临，全城树木倒伏，损失巨大，交通严重阻塞，而斗门人民众志成城，与远方赶赴的军人一起抗击"天鸽"，在昼夜不息的血泪搏击中，斗门恢复了往日的宁静。一年的灾后重建，斗门又重新焕发年轻的活力。2018 年的"山竹"，2020 年的"海高斯"……在一场又一场无情的台风中，树木倒下了，又站起来；小城流过泪，终又朝气蓬勃。

如今，西堤公园已有防护堤岸，水漫井城成为回忆。但见河边人影绰绰，欢声笑语，曲韵悠扬。散步、健身、跳舞、垂钓、下棋的人，占据着河畔不同的功能区，轻松自如地投入自己喜欢的活动，脸上写满了幸福。这座小城，经过多年的精心打造，已经成为人们生活休闲的理想之地。

黄杨河，牵起了我淡远而悠长的回忆，也牵起了我对这座城市深深的眷恋。斗门无处不飞花，在花香四溢、绿荫环绕的城区，一条条水泥路摇身变成沥青路，车辆由原来的鸣笛催促变成礼让行人。城市品质的提升，带动了人的精神文明的提升。春风化雨，润物无声。今日斗门，不但是花城、绿城、公园之城，还是一座文明之城。

而我在这座城市里，恪守一名普通园林人的职责，让梦想开花，让花缀斗门。

（收录于2021年12月中国文史出版社《黄杨月作品集》并载于2022年《斗门乡音》第1期）

鲈游四海　梦寄水乡

"江上往来人，但爱鲈鱼美。君看一叶舟，出没风波里。"一条自由自在的鱼，带着活泼泼的气息，从范仲淹的诗中游来，游在白蕉镇温柔的水乡中，双鳍扇动着水乡的歌谣，嘴里吐出的每一个泡泡，都是绮丽的梦想。它就是吐纳着日月与星辰之光的鱼——白蕉海鲈。

西江水系的滢滢碧波流经珠江口西岸的斗门白蕉，与湛蓝的海水交汇，海鲈鱼便有了天然的咸淡水温床。气候温暖、雨量充沛、水系发达无污染、饵料丰富……地理环境的独特，成就了鲈鱼的丰产。抵达舌尖的白蕉海鲈，肉质饱满、嫩滑清甜、营养丰富，带着独特的风味与无穷的魅力，如春风般走进了千家万户。

白蕉海鲈是水乡人的梦想。水乡人摇着船橹，把欸乃声抛落在静静的时空，带着勤劳与智慧上了岸。他们曾在磨刀门水域撒网，捕获 54 公斤和 74 公斤的白花巨鲈，这也许就是一种预示——鲈鱼是他们梦想的起点。他们唱着咸水歌，在太阳下闪烁着晶莹的汗珠，撒网收网的动作娴熟优美，脸上充满惊喜……如今，一块块纵横交错的鱼塘就是他们智慧的结晶。在白蕉昭信村，水塘星罗棋布，云影远淡、波光潋滟，行走在塘间，舒适而惬意。每一口塘的增氧机欢腾地转动，溅起水浪朵朵，悠然送出轻松愉悦的曲子，似传达着鲈鱼在水下穿梭畅游的心情。

喂料、换水、疏苗、消毒、逡巡、维修……辛劳的汗水日复一日地流淌，农户们妥善管理，及时预防病害，保持着水源纯净、种苗健康、饵料丰富、密度合理、水层混养……养鱼经被化作满怀的深情与希望，寄托在鲈鱼身上。日出到黄昏，月明到破晓，或暴风疾雨，或月朗星疏，他们的汗水与心血，都凝落在粼粼水波里。终究，鲈鱼没有辜负他们的期待，带他们走向了致富的道路。他们有了小车，盖了漂亮的房子，瞳仁里闪烁着幸福的光。村民富裕了，产业兴旺了，乡村振兴的歌谣在这里谱写。看到活蹦乱跳的鲈鱼从塘里走出，聚满鲜美的味道涌向各地，他们感恩于家乡的水土，感恩于这条鱼的恩赐，那张古铜色的脸，就像咸淡水里摇曳的水草，快乐而满足。

白蕉海鲈，它是企业家追求的幸福生活。珠海有多家海鲈加工企业，极力改良工艺，从撒盐不均的干腌，到鲜度保持更久的水腌，从需要蒸煮到开袋即食，变化多样，佐料独特，使鲈鱼成为味觉上的念想，回味无穷的美食。当这些企业的创始人第一次踏上白蕉这片土地，便爱上了这里的阳光、空气和水滴，更爱上这里的鲈鱼。他们不在乎谁做强做大，他们共同的目标与情怀，就是把白蕉海鲈的产品做好，与农户建立"产供销"一条链的合作关系，把优质的海鲈鱼推向世界。在他们心中，白蕉海鲈不再是一条鱼，而是价值与意义所在。

企业家们泛舟商海，却不仅仅把鲈鱼当成致富的鱼，而是一条有文化的鱼。祺海水产科技有限公司的"鲈鱼王子"，微笑的脸上洋溢着热忱，向我娓娓道来鲈鱼的鲜美味道、营养价值、生长环境、鲈鱼在古代诗词中承载的历史文化和水乡的疍家文化。

他打造了"好水""好鱼""好文化"的三好鱼品牌，赋予白蕉海鲈更多的文化价值。白蕉海鲈集万千宠爱于一身，在《致富经》与《食尚大转盘》的节目中闪亮登场，把企业家们的理想与热爱、信念与执着，融成大众餐桌上的佳肴，成为普通百姓味蕾上的一丝牵挂。

白蕉海鲈，它是斗门的荣誉与文化名片。从 20 世纪 80 年代到 2020 年，历经 30 多年的发展，白蕉镇的鲈鱼养殖面积已达3.3 万亩，年总产量 12.64 万吨，约占全国产量的 50%。银色黑斑的海鲈，带着缕缕清亮的银光在水里腾跃着，让水乡缀满璀璨的光芒：2009 年，白蕉海鲈获评国家地理标志农产品；2011 年，白蕉镇获评"中国海鲈之乡"的称号；2017 年，白蕉海鲈获评"中国百强农产品区域公用品牌"；2019 年，珠海获评"中国海鲈之都"……光辉中饱含汗水，前行中备尝艰辛。这些闪光的荣誉，离不开政府对白蕉海鲈的重视与偏爱。

政府部门一步一个脚印，建立了"鲈鱼高产养殖生态调控技术"养殖示范基地、送技术下乡、实现海鲈种苗的人工淡化培养、建立白蕉海鲈现代产业园……一批海鲈名牌产品，如雨后春笋般成长起来，并沐浴着利好政策的雨露，不断持续发展。为民惠民的实干、高瞻远瞩的谋划，使白蕉海鲈在电力设施强大，市政管网齐全，污水处理系统完备的条件下，游弋在各网络的交易平台，终于写就了扬名海内外的故事。

白蕉海鲈来了。它来到餐桌上，摇身变成黑椒鲈鱼扒、奇特鲈鱼盏、长寿鲈鱼面、金丝鲈鱼球……精致的美食文化像一朵奇葩在烟火尘世中绽放。它来到白蕉海鲈旅游文化节，穿着可爱的疍家服饰，展示着白蕉人的朴实与谦和。它在看水上婚嫁、听沙田民歌、观摩生动的虾舞……一幕幕水乡文化的表演，展现了浓郁的水乡风情。游人穿梭在文化节里，穿越古老的时光，品味着"白蕉海鲈"的各种美食，沉浸在文化盛宴带来的美好享受中。

暖风拂四季，水乡弄大潮。白蕉海鲈承载着梦想、智慧、情怀与魄力，年年岁岁，游向生活的深处，游向世界的海洋。

（收录于 2021 年 12 月中国文史出版社《黄杨月作品集》）

踏 歌 莲 江

　　如果说十多年前，莲江村还是一个平凡普通的小乡村，那么十多年后，它就是一种光芒，点亮了众多眼眸，点亮了珠海的村庄，点亮了"乡村"这个平凡朴素的词。

　　步入莲江，古榕葱郁，花木繁盛，庭院明净，鱼跃莲香……

　　从村委会到和谐路两旁的75间农房，外立面已统一砌上青砖灰瓦。含蓄的砖雕与景窗，把岭南建筑的元素展现在我们眼前。简练、朴素、淡雅的风格，诠释着与世无争和融入自然的文化内涵。屋顶上，蓝天下，全然不见昔日像凌乱得五线谱一样的线路。电力线、电视线和通信线都已"下地"，在安静的通道里传递着现代丰富的信息。古香古色的路灯沿路排开，沿着墙边，马齿苋、三角梅、鸡冠花等各种花卉随意点缀，偶有卵石铺砌。其实，简单的设计暗藏玄机。据村干部介绍，这是莲江村"雨污分流"的艺术手法。按照"污水走管，雨水走渠"的策略，花卉土层下面是网格，网格下面则是雨水明渠。墙边随心随性的植物，不仅避免了明渠的直接裸露，还带来美的享受。

　　村庄美了，游客多了，村民找到了致富的路子。整洁的沥青路上，一些村民在屋前摆卖香蕉、南瓜等农作物。前行路上，我们看到了莲江的老字号——粤香饼家。墙上贴着一家人做月饼的温馨画面，还有一段温暖的文字："那口香甜不仅仅是一种味觉，更是一段甜蜜的回忆。莲溪豆沙月饼对于不少斗门人来说就是家的味道。"这间隐身在古村落里的老饼家，靠诚信与精致的做工和味道，得以在众多饼店中站稳脚跟。信步走去，只见店里的人已在忙碌地生产着各种月饼，脸上其乐融融。很多远道而来的顾客，证明了"饼香不怕巷子深"。

阵阵招徕声中，一间凉茶铺跃入我们的眼帘。老板见到我们，即刻热情招呼："来来来，我这里可是网红凉茶店！"他叫根旺叔，每天熬出新鲜凉茶，清热解毒、祛火祛湿，深受游客的喜爱，因而此店成了游人打卡点之一。竹凳竹桌，青壶白碗，与莲江村的古朴搭配得异常和谐。我们要了几碗凉茶，跟他闲聊。他告诉我们："我的儿女在城里买了房，想接我去住，可是我根本不想去，这里多好啊！"这时，一位大爷哼着粤剧信步而来，与根旺叔家聊起家长里短。我静观四处，只见一条小路在竹摇清影中循山而去。根旺叔告诉我那是公厕。说起公厕，大爷说："以前的公厕满地粪便，一进去就吐，去公厕宁愿多走几公里到镇里。现在可好了，政府给补贴搞'厕所革命'，我们家的厕所都不臭不湿了，村里的公厕像城市高级宾馆一样洁净，还有香味……"阳光透过青绿的树枝，在他脸上留下一抹舒适的光辉。"获得感，幸福感，安全感"，在这清爽的风中，明媚地体现在他脸上。

风送荷香，雨打绿盖。近十年时间，莲江村打造的休闲农业旅游项目"十里莲江"，以田田莲叶、氤氲花海的旖旎风光，引来游客纷至沓来的脚步和无数翩跹的心情。"十里莲江音乐节""十里莲江魅力旗袍节"等众多品牌文化粉墨登场，莲江村如一汪平湖突然荡起美丽的浪花，淋漓尽致地展现着原汁原味的生态农业多彩世界。村集体用地租金如芝麻开花节节高，由原来每亩600元/年提升到了每亩1700元/年起，村民收入翻了三番。

村干部指着绿树丛林告诉我们，种植养殖业也是农民致富的产业。一垄垄的花木基地，一口口的鱼塘与虾塘，面积达2473亩，让他们的日子在汗水中夹杂着无限温实。

一首悦耳的音乐突然传入耳际。一看，原来是一位村民开着一辆垃圾分类电动车，不辞劳苦走家串户地收集垃圾。那首歌叫《垃圾分类大家来》，在轻快的音乐中，村民纷纷提着厨余垃圾和其他垃圾出来投放，在源头上就做好分类。一个小孩拉着爷爷的手经过，小孩说："爷爷，你一定要学会垃圾分类！"爷爷频频点头，说："好！听你的，听你的！"说完，把手中的矿泉水瓶放进"可回收垃圾"桶内。遇到这一幕，我有种说不出的感动，在这美丽的村庄，垃圾分类的观念，竟如春风化雨，渗入到了各代人的心中。

大量的厨余垃圾就近处理后，可以变废为宝沤成有机肥料，做成精美的生态手信。在村委会前的一个柜子里，那些黑色的颗粒安静地躺着，似乎在诉说着它神秘的前世与今生。它们或供购买，或在景区供游客免费领取，成为种花的好帮手。

在垃圾分类促进中心，正确投放垃圾并积累到相应积分的户主，纷纷过来兑换牙膏、牙刷、毛巾等生活用品。村干部说："'积分管理，有奖互动'的方式大大增强了村民的积极性，垃圾分类的良好习惯在自觉中形成，资源管理和环境保护的意识也在无形中扎根在村民心里。"

保护环境，功利后代。一个村庄的美丽，并不仅仅是因为风景好看，更是因为人们心灵里的美好情怀。那些正确投放垃圾的村民，那位跟着小孩把一个矿泉水瓶放到可回收物垃圾桶的爷爷，他们脸上的皱纹折射出的，是乡村美丽的诗和岁月的荣光。

村中的老榕树拂须而笑，似乎对村里的巨变心知肚明。风拂榕枝，穿屋绕巷，掠过花窗，我们一路走过，沉醉在莲江村灵动的气息中。环境的提升、物质的富足，以及精神的开阔，向我们展现着乡村振兴的诗意烟火。今日莲江，已获得"全国乡村治理示范村""广东省生态示范村""广东省文明村""珠海市垃圾分类示范村"等诸多荣誉称号，它像一颗明珠，安卧在青山绿水中。

踏歌莲江，远处的青山模糊成一幅水墨画，那里，有更多的明珠，蕴藏着夺目光辉。

（收录于 2021 年 12 月中国文史出版社《黄杨月作品集》）

与牙雕相遇

走进牙雕工艺馆，如有银白的月光洒落。

一弯白月捧出众多形态各异的佛，捧出枝繁叶茂的花与树，捧出富贵永昌的乾坤。我凝神伫立，看月华流过的每个地方，在众人的目游神移中静静闪烁着洁净的光芒。美轮美奂、巧夺天工的牙雕，以精湛的工艺把栩栩如生的细节一一铺开，蕴含着无尽的宁静与祥和，以及那背后耐人追寻的故事。

猛犸象牙雕，在一个冬日的午后，当我来到中山坦洲，第一次靠近它的灵魂时，便被它身上沉积的华贵气质震撼了。冰河时期的猛犸象牙，从西伯利亚的冰冻层和冻土层走来，成为牙雕界华美的艺术品。牙雕是古老的民间传统艺术，起源于新石器时代，经过数千年的发展，技术已炉火纯青，雕刻出来的花鸟山石、人物及日月风云都聚集了万物精华与灵气，成为艺术界璀璨的明珠。光洁如玉的猛犸象牙呈弯月状，在馆内大气恢宏地展现出了它万年沉淀下来的厚重与深远。

这些牙雕都是一代宗师吴志伟的作品。吴志伟出生于中山市坦洲镇，20多岁的时候，他在香港遇上牙雕，从此便乘上了长满彩色羽翼的梦想。艺术需要一颗沉静的心来成全，他那颗游离于浮华都市的心成全了牙雕，牙雕也成全了他。痴迷与刻苦的人，总是会成就别具一格的人生。几十年来，他保留一颗清心，在刀的起落间裁花剪叶、镂月雕云，把人生的智慧与蕴藏都释放在富有生机勃勃的气息与精美绝伦的气韵的作品中。

然而，20 世纪 20 年代末牙雕出口禁令的颁布，却使他双目间涌起愁云。牙雕业陷入了困境，该放弃，还是继续这古老的传统技艺？掌中那把刻刀，热情还在那里燃烧，温度还在那里持续。几番寻觅之后，他又把才华与灵感赋予木香的形体中。在黄杨木、紫檀木、墨西哥铁木里，刀下流畅的线条与细腻的图案寄托着牙雕的灵魂。

该传承的还是会传承。猛犸象牙的出现，如一缕明亮的光，照亮了牙雕界。冻土层里出来的象牙，在吴志伟的掌间复活成千姿百态的精灵。阴刻、隐起、起突、镂雕，各种工艺传承着岭南牙雕的风格，精细工整，玲珑剔透中流淌着无穷尽的雅趣、韵味。当刀下沉稳大气华美精致的作品，成为牙雕界闪烁的星空中一轮皎洁的明月，他的各种名誉与大奖也纷至沓来。在展馆里，每一件作品的细节都柔软着内心，惊讶着眼眸，透过那玉质的肌体、纹路，我们看到其中饱含的层层密密的汗水与艰辛。

润白的花叶，生动自然的弥勒佛，翘胡子的达摩祖师，环环相扣镂空雕花的玲珑球……目不暇接的精致让我们惊叹不已。法相庄严、眉如初月的三宝佛，使人心生宁静；名为"富贵永昌"的镇馆之宝，大气又不乏灵秀地展露着每一个细微的部分，春桃、夏荷、秋菊、蜡梅及牡丹各耀其姿，其间穿梭着各种瓜果、鸟雀，动物与植物都活灵活现，有着"画尽而意无穷"的感觉。最让人惊叹的作品是玲珑球。它是一个套球结构，每一个象牙球里都有一个可灵活转动的象牙球。最外那层，每一层都由精致的镂空雕花组成，里面每一层交错重叠，刻着精美繁复的浮雕，鬼斧神工，让人惊叹不已。

北方天气干燥，早晚温差大，牙雕球层易碎裂变形，不适宜作多层镂雕；而处在南方的中山坦洲属于海洋气候，温暖湿润，象牙富有了柔软度，镂雕艺术可无穷发挥。中山坦洲，以开阔大气包容的海洋文化吸纳着众多的智慧与财富。海洋文化大到热情开放招商引资来体现，小到这样一个极富特色的艺术品，也与当地的地理文化发生千丝万缕的联系，渗透着海洋文化柔软包容的性格。

一件艺术品，自有不可思议的生命力。在这些体现着"浮舟沧海，立马昆仑"胸襟的牙雕里，我们看到的是吴志伟博采众长的气度，看到的是坦洲人海纳百川的包容。而坦洲良好的营商环境和文化氛围，也吸引着牙雕工艺产业在这里发展，使牙雕技艺得到传承，牙雕也成为坦洲的一个文化符号。

"桃花流水窅然去，别有天地非人间。"在这里，我遇见了牙雕，就遇见了一个别有洞天的坦洲。咸水歌还在心头荡漾，又饕餮了一场文化大餐。艺海斑斓的坦洲，收纳着智慧、坚韧、超拔的光芒，在一把刻刀的游走间，我们就阅尽了世间繁华、万象之气。

最初的庭院

与它对视的瞬间，所谓的岁月静好就成为了具体的物象。

白墙上面彩绘着金鱼、莲花，走进去，院子里似乎弥漫了水的呼吸声。墙边砌着石槽，石槽外围着高矮不一、错落有致的小木桩，石槽里种着三角梅、春羽、凤仙、孔雀草、风雨兰，这里一丛、那里一丛，慵懒地点缀着墙面。泥土表层疏落地铺着鹅卵石，呈现出一种自然的野趣。院落不算大，却足以容纳恁多前来休憩的心灵；院落也不算小，却关不住青葱向阳的繁枝。因参与斗门区一次"创美庭院"评审活动，我在莲洲邂逅了这样一个普通人家的庭院。

来到这里，我仿佛进入了一段不曾被岁月惊扰的时光。

一条石板路把院子一分为二，左边是贴着墙面的花槽，右边的小房子竹帘垂落，竹帘旁边有海棠微笑，肾蕨点头。小房子旁边是一块可以听风赏月的地方，一张简朴的木质方桌摆在那里，配上几张古色古香的鼓凳，坐上去喝茶，便是人间一大乐事。方桌原是一扇废弃的木门，板面有些开裂，但油上原木色的漆，把它平放，配上四个脚，就重新有了灵魂。未拆掉的铜制门环以及裂开的木纹，显出沧桑及古雅，平添一些趣味，成为这院子里头最能挽人脚步的一道风景。这不得不让人佩服主人变废为宝的美学能力。桌子上面摆着灰黑色的瓦质条纹茶壶，往浅绿的小瓷杯倒上茶水，宁静而悠远的清香飘满院子。坐下来，抬头，看见方桌旁的鸡蛋花落光了叶子，枝条却舒张有序，呈拥抱蓝天之势。这一刻，托着腮帮子冥想、微笑、遥望蓝天，一些浮尘、一些往事，悄悄过来，又远走，便知生命的从容，乃来自内心的淡泊与安宁。

"宅中有园，园中有屋，屋中有院，院中有树，树上有天，天上有月，不亦快哉!"林语堂的庭院令人心生向往，而这不是乌托邦，我正步入这样的庭院中。空旷的院子里头拐个弯，绕过几间外墙斑驳的屋子，疏疏篱落把我们引向一个更大的后方院子。令人耳目一新的是，所谓的院子其实就是竹篱里的菜园、花园、果园。主人在里面浇花，那一簇簇粉红的凤仙像怀春的少女。墙边的黄皮与南洋杉窥探着路人的行踪，青菜碧绿，蜂蝶飞舞，几只鸡悠闲地散步，偶见昆虫缓慢爬行。风与笑容相遇，所有的生命都保持着安然自在的状态。这里，我听到了细碎的鸟鸣；这里，我听到了花木的语言；这里，我的思绪飞回过去。

多年前，我曾在莲洲花木基地管理单位的一个苗圃。就是在那些日子里，我爱上了阳光与泥土，爱上了花木的清香。那里远离城市，我着实度过了充实与安静的岁月。泥土与阳光交换着我那些年的青春，在远离尘喧中，我守着一间木屋的清净，几十亩花木的葱茏，学做一回农人，用汗水绘出一垄垄的雄态与娇姿。那个苗圃对我来说就是一个大的庭院，院子里有竹篱木屋，有垄间活水，有黄狗鸡鸭，有草木清香。虽然，劳动是辛苦的，但是一棵棵小苗在一个个土坑里汲取着肥料及水分，在阳光与雨露中日益见长，最后长成一棵大树，我的心就存留着诸多的喜悦与感动。培育一棵树，就是见证一个生命从弱小到强大的过程。培育一棵树，就是把心血化作为世人遮风挡雨的爱与顶着霹雳闪电的坚强。有时遭遇台风，树木断了枝条或倒伏之后，重新扶植，它们又以顽强的毅力萌发着新枝，继续着笑傲天空的生命。它们似乎看淡生死，被砍头削枝后不喊疼、不哭泣，却在不经意中重新绿意盎然。

　　静心非易，不是看到一处山水、一株花木就能让心沉静自如，唯倾听山水的声音，读懂花木的语言，才能悟出静心之道。整日与花木相看，我终于懂得，它们不管是在路边，还是在苗圃被呵护着生长，或在庭院中供人观赏，都不会改变自己的性情脾气，不会因用途的不同而改变自己花开与叶落的时间。由此，我爱上了大院子里的黄槐、风铃木、美丽异木棉、大叶紫薇、小叶榄仁等摇曳多姿、芬芳美丽的树木。树木中有男人也有女人，有长者也有幼者。它们从苗圃走出去，带着人的温情，站在人的身边，用繁花或青枝装点各种梦想，消除着钢筋混凝土构筑的世界中林林总总的疲态。因而，我把汗水浇灌的梦想，挂在花木的枝头，与它们一起走向各种庭院，走向城市，走向每一颗柔软的内心。林无静树，川无停流，它们看似沉默，却在不断生长，我默默听着它们的语言，最终也养成了自己的性情脾气，从而有了日后对梦想的坚持。

　　经过多年的发展，几千亩的树木花卉种植业已成为莲洲的传统产业，是农民致富的来源之一。汽车飞驰的路上，苗圃基地蔚为壮观，大树林立，花卉嫣然，道路安静无尘。步入莲洲，如同步入一个巨大的庭院。往来间，花木遥相呼应，一如我在苗圃时所遇的最初的庭院。一棵棵树，像一个个熟悉的老朋友，在我视线掠过的地方一一跟我打招呼。这里不再局限于以前只种植高大乔木的状况，还种有大规模的小叶紫薇、鸡蛋花等开花小乔木，以及姹紫嫣红的各种草本花卉，开花时惊艳四方。伴着生态农业与乡村旅游的发展，花卉苗木种植基地自然而然也成了一道别开生面的风景。在这些花木的涵养下，莲洲也渐渐有了自己的性情脾气。它像一位温婉细腻的女子，身上散发着健康柔和的光，抚慰前来休憩的人群。

莲江村的古旧村落依然完好地保留在这个巨大的庭院中，它们在绿树红花的掩映下像隐士一样隐于红尘。石龙村古朴而又精致的民宿更让游人耳目一新。民宿小院落里的地板由红砖铺成，石块砌起低矮的围墙，里面摆放木桌、木椅几张，坐在这里，可以留住花木的清香，倾听天籁，还可以看斜阳渐落、月牙初升。你若急于拍照，面对它们的安宁时会为自己的浮躁而羞愧；你若匆匆而过，会为错失徜徉于绿水青山的感觉而后悔。

而我所在的农家庭院，就在莲洲这座巨大的大庭院里。农户穿着整洁的衣裳，微笑的脸映着阳光，他告诉我们，这些朴素、淡雅、干净的庭院，在莲洲的各个村已成为平常风景。他的语气平静，就如院子里安静的花草树木，也许在他的心中，生活就应该诗情画意地挥一挥衣袖。一撮泥土、一滴雨露、一缕花香，都是意料之中的恩赐；鲜花、小草、墙角精致的景观，是灵犀偶得的一念；朴素、安宁、回归最初的自我，是葡萄架留下的悠然寄傲的余韵。

庭院深深深几许？我在一个角落坐下来，我的心灵在一个熟悉的角落坐下来，那仿佛就是我找了许久的一个老地方。心中的禅乐并未停歇，钟情的植物就是最好的伴侣。在这里，我的目光与思绪一起飞扬，但终究散落在花木的清香中。

"淡淡熏风庭院，青青过雨园林。"莲洲，是一座饱含灵气的庭院，它的灵魂还是我初见的样子。它飘荡着微香，俊逸地招手，把花木的语言沁入每一缕风，每一寸阳光，每一个眼神中。庭院如昔，就如牵情的旧手。诸多花木也从未改变自己的性情——今日相见，莲洲还是莲洲，花木还是花木，我，还是我。

（收录于 2021 年 12 月中国文史出版社《黄杨月作品集》）

草木里的深情

从黯淡的街角拐过去，再穿过一条黑漆漆的小巷，终于到达单位的宿舍。我疲惫地坐下，望向窗外——昏暗的路灯像在打盹，一种难以言说的寂寞涌上心头。拿起电话，我拨通好友的号码。白天，在单位的苗圃里，身形瘦弱的我向烈日下的花草树木屈服，向泥土屈服。汗水顺着头发流下来，湿透的不仅是衣服，还有身体里裹藏的年轻跳跃的心。那颗心的鲜红色差不多已被汗水淋成灰色，鲜亮的大学本科文凭在体力活面前显得多么黯淡无光。"我真想离开……"说到最后，我竟然泣不成声。"咬紧牙关坚持下去吧！毕竟斗门属于珠海，未来的发展指日可待。"好友在电话里鼓励我，像在给我打一支强心剂。

那是 2001 年，我刚刚毕业来到斗门时发生的一幕。近 20 年过去了，流水让很多细碎的小事逐渐模糊，这情景却依然存留在记忆的深处。

斗门，被称为珠海经济特区的后花园，在刚跨入 21 世纪时，却与山区小城无异。那时，在广州、深圳辗转一段时间后，我来到了斗门的一个园林部门。想象中，这里应该有气势恢宏的高楼，马路宽敞笔直，绿树成荫，鸟语花香，流光溢彩……然而从踏入这片土地的一刻起，我兴奋的心情就像一个饱胀的皮球突然被扎了一枚钉子。低矮的旧房子，狭窄的街道，参差不齐的树木，街上还跑着拖拉机。"突突突"一阵声音过后，我的眼前卷起一片烟尘……那个夏天，失望与信念在心里互相交替，我开始了人生中一段充满未知的旅程。

我被安排去苗圃工作。苗圃工人多是本地人，一个阿姨骄傲地告诉我："十五层，是斗门最高的楼！"十五层原名为银城酒店，一度是斗门最高的建筑，也是这里的地标，本地人称其为"十五层"。看着她眼里的神采，我的心飞越着万水千山，落在繁华若梦的远方。

苗圃工作的艰辛自然不在话下，但本地人的淳朴，让我终究没有逃离。在苗圃里，我与花草树木成了朋友，与一线工人一起实践各种技术活，也懂得了淋水、施肥、喷药、修剪等不起眼的基层工作，对于一座城市的绿化建设是多么重要。那时多数行道树的树干弯弯曲曲，大小参差不齐，叶片绿中带黄。整个城区的绿化景观单一，而且经台风多年的侵袭，到处都有树木缺损和黄土裸露的现象。在日复一日、年复一年中，我们单位积极向周边城市学习，一点一滴、坚持不懈地努力改变现状。

十年过去了，弹指一挥之间，我一步一个脚印，把青春的热血与汗水不但挥洒在苗圃里，还在城区各片绿地里，凝成亮眼的绿、嫣然的红。那些日子，我经常踩着一辆自行车，寒暑往来之间在绿地里巡查，检查植物生长情况，对症施肥或喷药，足迹遍布井岸城区。

激动人心的日子总是要来的。2013 年 1 月，斗门区委、区政府顺应时代的发展，在"大绿化行动现在正式开启"的高昂声音中，开启了绿色生态建设的高潮。我们单位作为城区的绿化管养部门，无疑身负重任。因为要严格掌控质量，认真筛选苗木，我的足迹遍布中山、广州、佛山、阳江等珠三角的苗圃。在工地上，我与同事们的身影在斗门区内辗转南北、转战东西。在市政道路及省道、各个公园、高速路口、各村镇挥着锄铲、顶着烈日，在泥土的芬芳中，像绣娘一样，把斗门区绣成阡陌纵横的美丽家园。夜以继日，披星戴月，路边吃快餐、风吹日晒成了常态。犹记一个夏日，我因过度劳累而被送去抢救室……奋斗，总是伴随着艰难，更多的还是热爱。看着短短几年内，斗门区的绿量大幅增加，我们把辛酸的泪水隐藏，眼里只有天空中轻盈的一缕云。

又差不多一个十年过去了。过去树不遮阴、草不覆土、景观单调的记忆已渐行渐远，城区面貌发生了天翻地覆的变化。如今，斗门到处树影婆娑，花团锦簇，鸟声啁啾。城市绿道、林荫道、健康步道，与交通干道组合成一条千里绿廊，像一张绿网全方位、多层次地覆盖了整个斗门区。当我们踩单车、散步、跑步的时候，一路有鸟语花香，翠波绿浪，瞬间远离了人世的尘埃与喧嚣。

以往垃圾遍布、杂草丛生的空地，也都来了个华丽转身，变成大大小小的公园，极大满足了人民群众健身休闲的需要。新建的黄杨河湿地公园已成为斗门的新地标，与各组团绿地连成斗门的"绿肺"，空气清新，负离子饱满，斗门人民不用驱车远方，就有美景欣赏。在公园里休闲娱乐，赏花、听涛、观鸟、看云……不但成为斗门人民的生活方式，也成为外地游客慕名而来的特别体验。

2016年，珠海被评为首批"国家生态园林城市"，我们忍不住欢欣高歌，因为一草一木，都饱含着我们的汗水与心血。毕业至今，快20年了，这对于一座城市建设的进程，不过一瞬，但在我的人生中，却是一段刻骨铭心的岁月。从一个初出茅庐的黄毛丫头，成长为单位的技术骨干，我对这座城市倾注了太多的感情。今天，我用脚步丈量对这座宜居城市的深情，漫步在缤纷斑斓的路上，看着井然有序的崭新高楼，除尘降噪的沥青路，彩虹般流动的灯光，再想起当初"十五层"曾经的光环，不禁热泪盈眶。

（原载于2021年《斗门乡音》第1期）

永燃的火炬

　　一段波澜壮阔的历史，静默在云烟深处；一支神圣耀眼的火炬，永远闪耀着熠熠光芒。灵秀俊美的小濠涌村，在斗门镇安宁的气息中，回首着烽火与烟尘。她像个温柔的母亲，但血火淬炼的岁月，使她的慈祥端庄里，弥漫着一股浩然大气。

　　一个明丽的冬日，我与一群文友，带着鲜艳的党旗，庄重地走进了小濠涌的党史学习教育基地。烈士邝任生的雕像仁立在眼前。一张年轻的面容，泛着纯洁之光，目光深邃，眺望着辽阔的远方。他眼里的远方，大概是白鸽飞翔的和平，姹紫嫣红的良辰，阳光明媚的惬意，宁静岁月的美好。

　　邝任生是小濠涌田岩村人，1911 年出生。邝任生自小体会了岁月的贫困与艰辛，到中学时，他带着求知的欲望到广州知行中学和培正中学就读。读书期间，他常在一间"北新书店"驻足阅读。思想的暗流需要得到照耀，就在这里，革命文学和新兴社会科学，像灯塔一般照亮了他前行的方向。虽然时局动荡不安，中华大地的天空灰蒙蒙一片，但他看到了真理的光芒。激情在胸中澎湃，追寻真理的路上，他结识了共产党人陈杰——他革命生涯的启蒙导师。

1928 年秋，在共产党人陈杰和谢英的启迪下，邝任生与知行中学的邝叔明、邝振大等同乡秘密成立了"共产主义同情小组"，经常组织学生宣传反帝反封建、反剥削压迫的思想。民众的思想逐渐被唤醒，他心中汹涌着热血，革命的意志越来越坚定。1930年冬，邝任生回到斗门八甲乡排山小学任教，把革命的火种带回斗门。在这一年，他组织农会进行抗租，组织读书会宣传马列思想，指导教师阅读进步书刊，引导教师参加革命活动……

　　就这样，邝任生以教学作掩护，常与陈杰、谢英二人秘密联系，在斗门地区开展了各种各样的革命活动。1932 年，邝任生与陈杰在网山、黄沙坑两地召开群众大会，庆祝俄国十月革命胜利15 周年，宣传马克思主义思想。斗门人民的革命热情高涨，但这却惊动了国民党当局，邝任生和陈杰不幸被通缉。然而，他们宣称的思想终究受到人民群众的拥护，在一群网山青年的掩护下，陈杰被转移到香港，邝任生脱险后则于 1933 春再次赴穗到航海学校读书。

　　在革命的道路上奔走多时，邝任生又回到了小濠涌。在长期的斗争中，他成长为了一名坚强的战士，也认识到八区（斗门原为中山八区）必须有党组织。在抗战前夕，他怀着信念与理想，加入了中国共产党，并决心把家乡建成抗战的堡垒。卢沟桥事变发生后，1937 年 9 月 20 日，邝任生终于发起成立了斗门区第一个党组织——小濠涌党支部，邝任生任党支部书记。从此，斗门燃起了抗日的烽火，红色的党旗在这片热土上高高飘扬。在邝任生的努力推动下，斗门地区的党支部如雨后春笋般建立。从 1937年 10 月至 1939 年 10 月，邝任生建立了 7 个党支部，1 个党小组，高高擎起革命的圣火。

　　八区的抗日救亡运动如火如荼，广东抗日先锋队八区区队、妇协会、游击训练班、抗日自卫团……在党组织的领导下，各种革命队伍纷纷担负起历史使命，谱写了斗门区昂扬的战歌。

1942年初，邝任生调任南番中顺中心县委宣传部部长。3月25日凌晨，他在林头陈村农民家主持召开对敌斗争秘密会议，让妻子抱着9个月大的女儿在外望风。突然，犬吠急传，日军过来扫荡林头！妻子立即通知他们，邝任生让她与女儿躲在蚊帐后，叫其他同志迅速撤离。情况万分紧急，他马上烧毁了文件，在屋前的蔗尾堆藏匿起来。日军来到，见屋里空无一人，便用刺刀对着蔗尾堆乱捅乱插，邝任生不幸被刺中，鲜血淋漓。被捕后，他守口如瓶，坚守党的秘密，最后壮烈牺牲，年仅31岁。

在抗战实物阅览室里，历史的壮烈与疼痛在这里静静回放。每一帧图，都是风起云涌的追忆，在一次次凝眸中温热着我们的内心。跟随着原党史办主任的解说，我的思绪回到了战火纷飞的年代，仿佛闻到了硝烟的味道。邝任生的生命像流星一样短暂，他的精神却像燃烧不息的火炬长存世间。在他和战友的影响下，斗门的红色火种熊熊燃烧，抗日救亡运动蓬勃发展。八卦山、风流桥、马山乡、黄杨山……这些美丽而富有诗意的地方，今天沐浴在安详而舒适的阳光下，安享着盛世的太平，谁能想象，那里曾经枪林弹雨、硝烟弥漫、热血流淌……

缅怀先烈，回望历史，一束鲜花、一束阳光显得尤为珍贵。即便是在冬日，眼前的红色画面仍让我们心里涌动着温暖的情意。最后一帧画，是一首军歌的歌谱——《我不能把枪放下》。在这片土地上，这首歌曾广为流传，凝聚着革命的力量。我们并不懂怎么唱这首歌，但我们对照着曲谱自学自唱起来："为了国，为了家，我拿着枪骑着马，生活在战斗的黑夜里，也驰骋在火热的阳光下……"捍卫山河的旋律在明亮的室内飘荡，激昂的声音在我们心中久久萦绕。潜伏在内心的激动情愫，跟随着跌宕起伏的节奏，迸发在曲调最后的高音区里。

在这样一种爱国情怀的渲染下，我们情不自禁鼓起掌来。出来室外，远处翠绿的山峦躺在耀眼的光芒中，和平的风轻轻吹着。鲜血终是要被历史记住的，逝去的已经逝去了，唯有洒过的血泪隽永成经典，唯有家国情怀似不灭的火炬，在革命志士的手中代代相传。小濠涌的火炬，燃烧在革命时代，也燃烧在我们这代人的心中，我相信它会一直燃烧下去。回过头来，仰望楼顶的一颗红色五角星——犹如被火炬照亮的花朵，在寒冷的冬日尽情地盛开。

追忆峥嵘岁月，谱写壮丽诗篇

钟灵毓秀的小濠涌村，位于斗门区斗门镇西南部的虎跳门水道下游西岸。这里风光秀丽，地理位置优越，是斗门区党组织的发祥地。岁月不会忘记这个曾被鲜血染红的地方，不会忘记这里曾经挥舞的军刀与国旗——这里，点燃了斗门人民英勇抗日的星星之火；这里，记载着斗门人民在烽火中浴血奋战的英勇；这里，颂扬着斗门人民团结抗日的不屈精神！

一部《濠涌火种》，再现了邝任生等一大批革命志士在抗战时期抛头颅、洒热血，前赴后继、精忠报国的感人故事。风景秀丽的黄杨山下，山花绚烂，百草茂盛，一个名叫"小濠涌"的村庄，孕育着波澜壮阔的革命情怀。

"五四运动"之后，斗门小濠涌的健民小学、六乡月坑小学等40多所学校热血澎湃的师生，纷纷走向街头宣扬新文化新思想，反封建斗争的序幕在此拉开了。受革命思潮的影响，在党组织地下秘密小组的积极引导下，斗门月坑成立了农民协会，建立了小濠涌（原中山八区）最早的农民武装。随着进步思想在斗门的传播，1928年秋，风云际会之时，小濠涌青年学生邝任生在中共地下党员陈杰和谢英的启迪下，和知行中学的邝叔明、邝振大等同学秘密成立"共产主义同情小组",组织学生开展反帝反封建、反剥削压迫的宣传活动。此时,斗门革命的星星之火已经在黑暗中闪闪烁烁,一触即可燎原。邝任生与陈杰、谢英常秘密相聚,到农家作客,到水边落脚,到山上运动,宣传革命道理,千方百计筹谋建立革命阵地。影片中丰富的图文解说,记录了革命历史中精彩绽开的瞬间,为我们留下了一段宝贵的人生记忆。

卢沟桥事变爆发后,中华民族陷于危难之中。1937年9月20日,已是中共党员的邝任生在小濠涌发起成立了中山八区第一个党支部——中共小濠涌党支部,邝任生任党支部书记。从此,斗门抗日的烽火燃起了。红星闪耀,革命的号角在有力地吹响。从1937年9月至1944年8月,斗门地区的党组织从无到有,从小到大,在小濠涌、八甲、网山等地先后成立了11个党支部和3个党小组,负起了抗日救亡运动的巨大历史使命。

观看《濠涌火种》,就是瞻仰一部红色经典、摊开的红色册页,温暖着我炽热的眼睛,在千千万万的字海人潮中,我搜寻着一个个熟悉的名字——邝任生、邝叔明、邝振大、邝健玲、陈中坚……他们就是燎原的星星之火,带领和组织人民群众,成立了后援会、大刀会、抗日先锋队、锄奸队、妇协会进行抗日救亡,惩治汉奸。

鲁迅先生说过:"自古以来,我们就有埋头苦干的人,有拼命硬干的人,有为人民请命的人,有舍身求法的人……这就是中国人的脊梁!"在小濠涌、崇基堂、五圣宫培养出的一大批优秀的共产党员和抗战干部,就是斗门人民的脊梁。在母亲河——黄杨河激荡多年的涛声里,在枪林弹雨的黄杨山、八卦山、马山下,在农田边、在荒野上,他们英勇作战,与广大群众始终团结在一起,他们严守党的秘密,在敌人面前守口如瓶,不怕牺牲。

众志可以成城，众志也可以让滴水汇成江河。小濠涌党支部的诞生，斗门地区党组织的扩大，为斗门的劳苦大众指明了前进的方向，并把党的革命斗争力量紧密地团结在一起。1938 年，日军在三灶岛修建机场，对斗门地区狂轰滥炸，炸死我同胞 200 多人，斗门人民在党的领导下积极投身抗日救亡运动，在八甲、月坑、马墩等地建立了抗日武装，开展形式多样的游击战。六乡的八卦山，山形起伏、山陡林密，1940 年 8 月，以陈中坚为首的游击队，在这里打响了八区人民抗日的第一枪，之后的风流桥阻击战、马山乡之战、黄杨山反"扫荡"战斗，都留在了枪林弹雨、血汗纷飞的史册……阅读小濠涌，就是阅读一本红色的革命记忆，每一个记忆都会掀起浪花；聆听小濠涌，就是聆听一场震颤灵魂的交响乐，每一个音符都是闪闪发光的星辰。

小濠涌是斗门区革命的摇篮，在国难当头唤醒了斗门的劳苦大众，点燃了抗日战争的烽火，培养了大批精忠报国的英雄志士。一个个年轻的生命在战火中停止了呼吸、劳动和歌唱，他们的死重于泰山，令人惋惜痛心，埋首长叹，他们的英魂却又流芳百世，让后人敬仰。

激情岁月的黄杨山上，树木郁郁苍苍，山风吹过林梢，发出沙沙的响声。秘密的革命战士穿行其间，他们戴着树叶、野草等编成的草帽，穿着简陋的村民装束，喝着冰冷的山泉水，他们随时准备给敌人来上一场精彩的伏击。在野草丛中，在悬崖边上，在黄杨河的幽静水岸，"犹有花枝俏，俏也不争春"，他们就是那个时代最可爱的人。

一首军歌《我不能把枪放下》，述说着抗战的艰苦，军人的坚强。石头当席，山草当被，吃蕉头、野果，几年不回家……烽火已经远去，忆当初，坚韧与艰苦仍是刻骨铭心。

伟大的革命战士鲁迅先生在《野草·题词》写道："地火在地下运行，奔突；熔岩一旦喷出，将烧尽一切野草，以及乔木，于是并且无可腐朽。"是的，革命的壮志豪情和伟大的精神无可腐朽，这一段段荡气回肠的历史，见证着斗门共产党人不忘初心、牢记使命的不朽精神。南方木棉花开的时候，烈士纪念碑前悼念的人群默默无语，屏息敛气，庄重深沉。他们手捧鲜花走到纪念碑前，看望那些已经离去的亲人。纪念碑上的名字已化为春风，拂过瞻仰与怀念的人群，拂过草木葱茏的大地。回望过去的岁月，想起出生入死的战友，抗战老战士泪流满面，泣不成声。唯有那些泪水，方能追忆人生的辽阔与岁月的深长，唯有与纪念碑上的名字对视的瞬间，方能表达当年生离死别的悲痛与延绵无尽的怀念。

问苍茫大地，谁主沉浮？星星之火，可以燎原。斗门区党支部革命之火燃遍斗门大地，也影响了整个珠三角和港澳地区。从党组织的发展壮大，到革命队伍的蓬勃发展，体现了斗门区人民与伟大祖国同呼吸共命运的革命精神。正是：忆往昔峥嵘，烽火狼烟，历经百劫遍九州；看今日腾飞，黄金水岸，欢歌响彻黄梁都。新中国成立后，素有"黄梁古都"、沙田水乡之称的斗门发生了翻天覆地的变化。黄杨河水波清澈，两岸风光如诗如画；城市品质飞跃提升，乡村建设如火如荼；欢笑的人群洋溢着幸福憧憬，物质与精神的获得俱丰；校园里书墨飘香，孩子们朝气蓬勃；无数工人迈进崭新的现代化厂房，他们在忙碌的流水线上作业，在明亮的灯光下编织他们的诗和远方……烈士的鲜血没有白流，可生活在平安幸福社会的人们，谁又可以忘记那些刻骨铭心的往事呢？

"2001年，中共小濠涌党史教育基地被定为珠海市党史教育基地；2009 年，被定为斗门区首批爱国主义教育基地，5 月增设抗战时期实物展览室，11 月被定为珠海市爱国主义教育基地；2011 年 6 月，在基地建立邝任生烈士雕像；2018 年，被定为珠海市中共党史党性教育基地"。

英雄的勇士已到达彼岸，微笑地看着今天的和平与发展；不断追求美好梦想的斗门人，永远也割舍不去那份英勇骄傲的革命情怀；应该还有后来的锲而不舍者，他们一代代传承着中华民族血脉里的力量，并把一首首壮丽的诗篇在斗门的大地上永不停息地书写着……

绿水青山、地灵人杰的小濠涌，是一部属于所有斗门人民永不褪色的红色革命传奇。

注：文中资料来源于专题片《濠涌火种》。

第二辑

路遇微风

时光倒影……

平 静 的 海

那年夏天，我刚刚大学毕业。尽管父亲在电话里一再叮嘱我快去上班，勿对家里挂念，可我还是抑制不住对父母的思念，在报到前回了趟家。

回到家乡时太阳快落山，破败的水泥路却仍蒸腾着夏日的暑气。以往，母亲总会早早地在我下车的地点等候，而这一次，我却独自提着重重的行李，汗流浃背地彳亍在路上。这条安静的道路，在夕阳落下去的瞬间，像有思乡的恋曲曳出一些音符，却又卡在我喉咙里无法飘荡。

推开那扇再熟悉不过的木门，父亲的声音就迎了过来。我高兴地叫了声"爸"，可看见他的瞬间，情绪却一落千丈。我难以相信，眼前这位老者就是我的父亲。他穿着米黄色的衬衫，袖口、衣领与衣角上都有一些明显的污迹，头发花白，凌乱如一堆稻草，表情有点呆滞。那个穿戴整齐、神采飞扬的父亲呢？我的心里闪过一丝慌乱与疼痛，回家的雀跃了然无踪，我不知道为什么不到一年的时间，父亲的沧桑居然如累积了十年。他已变得很沉默，几乎不跟我说什么，全然不顾我眼中的问号和几次的欲言又止。

第二天，父亲早早就外出了。太阳照亮了狭长的巷子，屋子里却仍是阴暗、潮湿、空荡。除了桌椅，再无一样多余的东西。到了中午，我隐约感觉有人在前屋忙碌些什么。出来一看，原来是父亲，他把衣袖卷到胳膊下面，从屋外那辆生锈的自行车上，搬下一叠叠厚厚的纸皮，又佝偻着身躯拖进屋子，如此来回。父亲的头发湿成一绺一绺的，汗水从前额慢慢流到脸颊，身上的衣服已经湿到跟皮肤贴到一起。"爸，您这是在干吗？""天天收破烂，捡破烂，快一年了。"收破烂？我一阵眩晕。"那我们家的摊子呢？""生意做不下去，早就没了，家里欠下一笔沉重的债务。"父亲淡淡地说。

　　七月的阳光多么火热，我的心却跌入了冰窖。我早知家里一贫如洗，却无论如何也想不到，父亲要到以捡破烂为生的地步。眼前的父亲，不再是什么生意人，为了我读书，他弯下了他高挺的腰，放下了所有的尊卑荣戚，去捡拾路边垃圾堆里的废品。多年后，我仍无法忘记那一刻推搡在胸口的泪和我手足无措的茫然，仿佛在那个夏天，心里猝不及防地下了一场雪。

　　我终于知道父亲为什么不让我这么早回来，大概是他还未做好让我得知真相的准备。母亲告诉我，有好几次因为低血糖，父亲差点晕倒在路上。我的心如此疼，却不敢用我的疼去叠加父亲心里的痛。此后，父亲天天骑着那辆老式单杠自行车出去，车尾绑着一块木板和一捆蛇皮袋。有纸皮就绑在木板上，有可回收的瓶子就装在蛇皮袋里，就这样从早到晚地忙碌。父亲跪在商店门口或路边绑纸皮时，常常遭来别人的呵斥与白眼，每次得知后，我心里都异常难受，父亲却似乎习惯了这样的卑微。他总对我说："你安心工作吧！我早就放下了面子，也尚有体力。很多朋友都远离我，我也看得开了，世道如此。"他没有更多的话，却句句饱含着辛酸，还有一丝豁达。

　　我多次劝说父亲不要再去收破烂，可父亲带着他的行当，一收就是十多年。他已不顾世人看他的眼神，在自己的劳动中取得了安宁与快乐。在他看来，收破烂已不是什么卑微的事。只要是劳动，就有劳动的快乐与尊严，没有高贵与卑贱之分。

　　如今，父亲终于不再收纸皮了。但来到我家时，只要我家里有什么杂物，父亲总是会帮我叠得整整齐齐，就像他当年叠纸皮一样用心。带他去逛街时，他甚至会把目光停留在收纸皮的人身上，津津有味地看他们干活，然后悄悄跟我说："那个人绑得松松垮垮的，一个上午能绑多少？要是我，早就绑了一大堆了！"我笑着看他，白发在阳光下闪着银光，微笑的脸上是那么宁静慈祥，再也没有当初的痛苦与无奈。我知道，看淡了世间的荣辱与得失，他的心此刻是一汪平静的海。

　　　　　　　　　　　　　　（原载 2020 年 6 月 18 日《潮州日报》）

不灭的灯盏

　　他的外号叫"伯婆"，原由是什么我也不知道，只记得上了高一，就从师兄师姐口中得知我们的语文老师叫"伯婆"——一个有才而又豪迈的男人。那时，我跟同桌经常煞有介事地在课外大呼："啊——伯婆，我爱您就像爱高加索山上的冰川一样！"大概是从书本上得知高加索的冰川莹白绝尘、壮阔起伏，更重要的是，高加索山上曾有为人类取得火种的普罗米修斯，因而稚气而又意气风发的我们，自认为用对"高加索冰川"的爱来形容对语文老师的喜欢，是象征着纯洁。

　　语文老师姓李，在我们眼中，他是个"怪才"。平时不修边幅，极少穿衬衫，基本上是 T 恤与运动裤。有一次他居然穿了件西装，还结了领带，一走进教室，差点让近视的同学们大跌眼镜，而不近视的同学则突然怀疑自己是不是眼花。他面带微笑，极力温文尔雅，厚厚的镜片后面，却仍像平时一样，冷不防射出两道寒光。在我们的惊讶中，他打开课本，念起了一首诗。念诗时，他的脸像拂满春风，让人想到春暖花开，蓝天大海，世界瞬间就变得美好。他双眼眯着，目光向窗外延伸，仿佛勾起无限遐思，沉浸在诗的意境中……

他风趣的语言，不但让我中毒一般沉迷于他的课堂，还轻易收服了小妖一样捣蛋的男生。记得有个调皮的男生在课堂上老是偷偷地笑，李老师问他为何发笑，他却不承认，李老师就说："嘴巴张开来，牙齿露出来，你给我好好解释一下这种神态是什么。"本是批评的话语，我们听了却忍俊不禁。还有两位男生，写的作文一模一样，他看了也不生气，就在后面写上评语：难以置信的雷同！他经常找那些正值"叛逆期"的男生聊天，而那些男生在他戏谑语言的批评与鼓励下，居然对他心服口服。

我喜欢上他的课，不单单是因为他的幽默，更因为他具有一身正气与傲骨——他曾因为学校领导多收我们的语文资料费而与之发生争执。所以，身材不算高大的他，在我们心中却是像神一样的存在。

那时，他经常在课堂上念我和同桌的作文，给了我极大的鼓励。我的作文后面总有批语，他不但会指出文中的优缺点，还特别关心我精神心理上的成长。有一次，我写了一场惊梦，描述了梦见的鬼电影，因觉得好玩，在文章中添油加醋地描绘了阴森与恐怖。李老师看了我的作文之后，写下了留言：但愿只是一场梦，希望你不要有太大的心理压力，年轻人应当梦见绚丽的色彩，保持积极的心态……

他是学校文学社里的审稿老师，我写的稿件都经他审核、修改，久而久之，他成了我的良师益友。彷徨的青春时期，他跟我说的最多的就是："走自己的路，让别人去说，我们不为旁人的目光而活。"这些洒脱不羁的话语，常常像一盏耀眼的灯，照亮我那烟雨迷蒙的青春。

由于高中的学习压力太大，在紧张焦虑中，我患上了神经衰弱。那时，天光云影离我太遥远，我的文章里另有一颗萧瑟的心。在一个冬日的下午，放学后，李老师特意叫我留下来。"怎么最近文风好像变了?"他目光炯炯地看着我，我却鼻子一酸，"走进思维的死角，会灭绝所有的快乐。适当的时候，学习阿Q精神，好吗?"我默默地点了点头。他接着说："如果你的文章风格往这方面发展，会扼杀前途的。但如果你有了包容苦难的心，只要你坚持了下去，日后你的文学成就肯定能高过我。"

在他后面的话中，我猛然惊醒。半年后，他调走了，没有与我们告别。我那时并无不舍，直到多年后，我多次梦见他给我们上课，方知在潜意识中，我一直留恋着他的身影。

此后的日子，虽然在文学路上常与寂寞相伴，却一直坚持了下来。若哪天能与李老师再次相见，我只想告诉他：我从未想要超越他，不愿意放弃初心，只因为他当年的话语，让我心里有了一盏不灭的灯。

（原载 2019 年 12 月 8 日《珠海特区报》，原题为《我的语文老师》）

你是我的心肝宝贝

抱着 85 厘米高的你，就抱了一怀的幸福。心贴心地趴在我身上，光洁的小脸蛋在我脸上蹭来蹭去，那张樱桃小嘴还时不时张成狮子大口，想咬我的鼻子。看着你洁白整齐的乳牙就要磕向我的鼻子，我边把头扭到一旁边喊："饿狼传说哦——"一次不成功，你振鼓重来，两只小手用吃奶的力气摁住我的头，眼睛露出即将胜利的光彩，张大嘴巴又向我的鼻子扑来，大有吃不到这道美味佳肴誓不罢休之状。我低下头在你脖子上狠狠地亲一口，头发挠得你的脖子发痒，你便又大笑起来，"咯咯咯"的声音，如清亮的溪水，缓释了我所有的疲惫。

"你是我的心肝宝贝。"小时候，经常听母亲这样对我说。那时候，只知道我就是母亲的宝贝，体会不出这句话饱含了多深的爱。即便长大后，与恋人之间也没说过这么"肉麻"的话，直到有了你——我的小宝贝，我才从心底自然而然地蹦出这句话："我的小心肝，我的小宝贝。"

以前上班就是上班，回家就是回家，上班不会想着家里的事。现在却不管走到哪里都是"身在曹营心在汉"，只因了对你的牵挂。牵挂你是一种幸福，因为它让我时刻期盼着，期盼听见你的笑声，期盼揽住你小小的身躯。这种期盼，使我在任何不顺心的时候，都不会因为某种失落而感到生命的虚无。听到你的笑声，便听到了全世界最动听的音乐；揽住你的身躯，便是揽住了实实在在的幸福。

在懒洋洋的冬天的阳光里，我带着你这个小"跟屁虫"，穿过路边的行道树，在温暖冬阳的沐浴下，尽情玩耍。我一念"一二一"你就跑起来，嘴里发出类似于"爸爸哥哥"的声音，不知你欢呼些什么。路上，我跟着你捡起白兰零星的花瓣，你把它一节节地拗断，然后一节节地放在我的掌心里，像要我帮你保留胜利的果实。我小心翼翼地握着，闻着残留的清幽的香味，心里顿觉清澈透明，感觉自己就像一个孩子般快乐。冬阳笼罩着我和你，路人看着我和你，我们在路边捡花瓣，捡叶子，捡阳光的味道。牵着你的小手，握着你的花瓣，清香熏醉了我，快乐盈满了心。

你还是不肯开口说话，保留金口难开的风格。虽然你老是自个儿说："爸爸爸妈妈妈、哥哥、鸡鸡、公公……"而且赖了尿时，你还会一边拍自己的小屁股，一边说"打打"，但你从不跟我们说一句话。这可急坏了所有的人。一天早上，你清清楚楚地说了一声"爸爸"，爸爸激动地应了一声"哎——"，我赶忙跑过去，对你说："叫妈妈。"你却说："妈爸爸。"我大笑起来："哈哈，你说骂爸爸！"你像捉弄了人一样窃笑起来，露出不易觉察的小酒窝。爸爸把你举起来，又爱又恨地把胡子扎在你的小脸蛋上，扎得你咯咯笑。我的小心肝，小宝贝，你一天到晚跟着童谣唱"啦啦啦"，甚至会念"1、2，1、2"，可你为什么就不叫声"爸爸妈妈"呢？是不是在考验我们的耐心啊？

乱弹琴、唱歌、跳舞、玩小汽车、吃花生是你的最爱，穿袜子、剃头发是你的最恨。寒风呼呼的冬天，你还是光着小脚丫子在冰冷的地板上玩你的最爱，坚决与袜子为敌，无论如何都不穿；头发长了也不剃，视剃发器为怪物，避而远之，甚至"威武不能屈"。我无奈，据说，艺术家多是长头发、穿着怪异、行为不羁的人。在你一岁多时，我只能认定你是家里的"小艺术家"。

我真希望能够复制生活中的每一个场景，把你的一言一行、一颦一笑都记录得清清楚楚。可是我没有太多的时间，能让记忆变成永远。养个孩子，其实是得到，不是付出。因为有了你，我得到了前所未有的快乐，得到了忙碌而充实的幸福。谢谢你给妈妈带来这种幸福。你是我的心肝宝贝，用池莉的书名做结尾：怎么爱你也不够。

家 有 少 年

"怎么？又开始忧国忧民了？"

放学回来后，少年把重重的书包卸下，眉头紧锁，嘴里发出一声长叹"唉!"见此状，我不禁调侃他一句。

"我对这个世界充满了失望!"他突然庄重地说。

原来他们班那个有癫痫病的女同学想帮老师收作业，但一个同学却对她说："你又不是课代表。"这个女同学马上受到刺激，发出雷霆万钧的尖叫，班里瞬间凌乱。

这个女同学因患有癫痫病，加上有些心理问题，所以脾气暴躁，经常癫狂式地叫喊。大多数同学讨厌她，经常与她针锋相对，毫不让步，只要她一尖叫，教室马上如沸腾的油锅。在家长群里，常看见她奶奶在跟我们互动，我猜想，她的父母应该不在身边，因而对她有一丝怜悯之意。

少年喝了一口水，说："那女同学想帮老师，只是出于好心，为什么他们要去讥讽她呢？难道这个世界就不可以有多一点理解吗？"看着他的眉间快成"川"字，我笑笑："那你说说，是不是连老师也嫌弃她？"

"那倒不是，班主任和各科任老师都叫我们要多关心她。"

"这就对了，你的同学还小，没经历什么世事，不懂得站在别人的角度去关心人，等他们长大了，自然就明白了。你看妈妈、老师，都与你的同学持不一样的态度，说明这个世界是值得期待的。如果大人都与小孩一起欺负那女同学，这个世界才是让人失望的呀！"

　　这样一说，少年又转忧为喜。他告诉我，还有另一个女同学，虽然曾被这个患病的女同学的疯狂举动伤害过，但她从没计较，反而每次在这个女同学受到围攻时，她都坚决站在这个女同学身边，保护她、理解她。

　　我频频点头说："班上还是有不缺爱心的同学，在她和你的影响下，以后同学们肯定会越来越懂得思考，要相信他们都是富有同情心的人。不过，你的勇气没有另一个女同学大哦！"

　　他不好意思地笑笑，然后又眉头一扬："其实我也跟我的好朋友说对这个女同学要多点关怀，现在他已经不再参与起哄了，慢慢倾向我的观点。我相信我会慢慢影响更多的人！我这是潜移默化，润物细无声呀！"刚才还垂头丧气的少年，转眼间又洋洋自得。

　　看着他并不坚实的身影转入房间，准备在灯光下与堆积如山的作业无声厮杀，我既宽心又忧心。宽心的是，他学习及生活的自律；忧心的是，他这瘦弱的身体，能承受得起如此繁重的学习任务吗？他的一颦一笑、一举一动都牵动着我的神思，有时会让我开怀大笑，有时又让我紧张得彻夜难眠。

　　这不，体育中考前10天，他上体育课时不小心给同学绊倒，膝盖摔了个稀巴烂。皮掉了一层，他拐着血肉模糊的脚回到家。在学校他不懂先到校医室进行消毒处理，回来时膝盖不断地渗液。看着他无法直立的膝盖，我又心疼又气恼。"老师不断强调，快体育中考了，一定要保护好身体，不要受伤。你倒好，摔成这样！是哪个同学撞你？"我有点恼怒地问。

"不要问了，人家不是故意的。"他轻轻地说，皱着的眉头掩盖不了平静语气里的疼。

他的宽宏大量倒像一盆凉水，浇灭了我的心头火。刚上小学二年级时，他被一个调皮的男生从楼梯上推下来，额头受了点轻伤。我了解到这个小男孩也是个留守儿童，家境不太好，于是没要求他的家长到学校处理这事，跟老师说只需要家长教育好小孩就行了。回到家，我把受伤的儿子抱在怀里，跟他说："那个小男孩有点调皮，但并不是坏孩子，他应该不是故意的，我们原谅他吧！"自那以后，儿子就懂得了"原谅"这个词。想起这件事，我赶忙刹住自己的不良情绪，到药店买了红药水、云南白药、纱布，给他消毒、涂抹、包扎。

此后学校里的体训，他天天不能参加，我心里焦急，但还是宽慰他："皮肉之伤，没什么大不了的，休息几天就会好！"我寻思着给他申请缓考，但他不想缓考，休息五天之后就决定继续参加跳绳训练，至于跑步，因膝盖还无法自由屈伸，所以就不能参加。在训练过程中，伤口反反复复，干了又开裂，渗液之后又结痂，我也一直在担忧中度过，直到考试前一天，才看见伤口不再渗液。那天，我陪他到公园跑步，想让他在考前找回一点感觉，只见他弯弯腰，压压腿，热身之后，缓慢跑起来，逐渐脚步生风，身影快速在公园飞窜。又见一个追风少年！我悬了多日的心终于放下来，嘴角露出微微的笑。

考试时，他说居然感觉不到疼痛，还超常发挥，取得了满分。"我这是带着黄继光、邱少云的精神上战场呀！"他挤眉弄眼地说。

"耶！"多日的揪心，突然变成我和他两人一声放纵的欢笑！

虽然我的言传身教，默默影响着他，但彼此陪伴的日子，我们之间的"教"与"学"，是互相作用，彼此赠予。

有一个周末，我跟他说："妈妈要去做些形式主义的事了！""是去做什么？为什么是形式主义？"他睁大眼睛问。我告诉他我要到社区做志愿者，参与卫生整治行动。其实就是摆摆拍，露露脸，因为现在很多志愿者都是这样。他突然正色地跟我说："不要管别人是不是形式主义，你要做好你自己！你既然当志愿者，就要心甘情愿，并认真去做这件事，从中得到快乐！"

那一瞬间，我觉得他远高于我了。他那颗未被社会的大染缸染过的初心，像一面清亮的镜子，照见我心中的污秽。我有点羞愧，但又感谢他内心的纯真，赠予我一股力量。这股力量，让我的内心愈加清晰而坚定，把各种庸俗与市侩的尘埃，抵挡在心灵的保护膜之外，从而让那颗红色的心，保持着应有的底色。

又有一次，我因工作压力大，情绪有点低落。见我吃饭时不吭声，少年给我又夹菜又夹肉，然后说："心情不好时，多看看外面的风景！"见他的细心，我忍不住噗嗤一笑，看了一眼在窗外防盗网上攀爬的南瓜藤，故意说："这么一株植物，有啥好看的？"少年一本正经地说："要是你心情好，平凡普通的东西都是风景！"

由此，他稚嫩而充满朝气的脸又成为我日常的一道风景。

到了初二，由于学习压力大，他脸上的青春痘开始风起云涌。他毫不在意，我却是紧张地"战痘"，替他与痘痘展开一场拉锯战。先是买洗面奶，然后买祛痘油，再浪费他极为宝贵的时间，死活拉着他去医院看，然后再煲清热祛湿的汤水给他喝。可是痘痘却依然常盛不衰，愈来愈旺，蔓延了整个额头。我焦急地看着他帅气的脸逐日"青春"，他却挥一挥手，说："留点时间干点正事！男孩子不是靠脸吃饭的，要靠本事！"我哑然失笑，原来他心中有自己坚定追求的东西，根本不需要我这无效的"忙乎"。他洒脱的一句话，化解了我心中的焦虑，那就让青春痘陪伴他的青春年华吧！

他正处于青春期，为了压迫他的叛逆，我常常是"猫和老鼠"一样跟他对峙，我总想还像以前那样驾驭他，把他牢牢掌握在手心里。一见他在听叫什么"是七叔呢"这样的名字的男生唱的女性化的歌，我就马上叫停："这也叫歌?! 一点阳刚之气都没有！"他也立刻生气："你不懂欣赏就不懂欣赏，别说这歌不好！"看他着急的神态，我不禁回忆起以前，我上高中时也很喜欢 Beyond 乐队的歌，天天在那里吼《海阔天空》，叔叔也曾跟我说："这叫什么歌！简直是噪声！"我就愤怒地向叔叔挥掷一句话："我和你有代沟！"呵呵，原来他在重演我的青春啊！

这么一想，我就意识到自己应该去靠近他的思想。果然，我把经常张牙舞爪的形象成功转变成虚心好学的样子之后，他就愿意跟我探讨问题了。我不但知道了"是七叔呢"唱的《燕无歇》《半生雪》这些歌的歌词优美典雅，有一种中国风，还知道了一些电子游戏也含有历史掌故、诗词歌赋，以及悲悯同情的人性，甚至还明白了什么叫"电竞手"。开始我以为"电竞"只是玩游戏，少年对我露出可怜的目光，说："你以为做电竞手那么容易啊！不仅要掌握很多的科学知识，还要有团队合作精神！那些一天到晚只懂玩游戏的学渣是不可能成为电竞手的！"他在这些新事物面前，能够保持自己的判断，发挥正面的作用，让我意识到，我一直呵护在掌心里的那个少年，真的长大了。

虽然他成绩并不拔尖，但他在我眼中是独一无二的。他会主动把教室里地板上的纸巾捡起来，放进垃圾桶里；他会拿着拖把，把教室地板上的一摊水默默擦干；看到路边的乞丐，他会停下脚步，把零花钱捐给他；对班上一个患有重大疾病的同学，除了嘱咐我捐款外，他还把手机里仅有的几十块钱打到"滴水筹"的账户里。相对于学习成绩，我更看重他的责任心与同情心的培养。他日渐长高的身躯，血肉丰满，流淌着善良、担当的血液，我觉得这就是生活给我最大的赠予。

他很快就将参加中考，数一数过去的日子，多少酸甜苦辣让我回味不尽，但终究是一种幸福。光阴很厚又很薄，厚得让我记不得来路，望不到尽头，又薄得如一捧流水，在手里清澈透明，一低头就看见各种微光。各种鸡零狗碎，因少年的存在，而变成含在嘴里的冰雪薄荷糖，轻轻一舔，竟融化得无影无踪，只剩一股甜味存留心头。

未曾拭去的一滴泪

　　记忆中，大姑妈所在的那个村子有一条宽阔的黄泥路，大货车经过时烟尘滚滚，不远处，就是烟囱里常常冒着白烟的水泥厂。那年夏天，我去看望身体欠佳的大姑妈时，却全然认不出那个小村庄，牌坊门口望去，村路宽敞有序，错落有致的楼房，完全取代了我模糊的印象。幸亏姑妈拄着拐杖，站在村口等我，我才免去了一番摸索。

　　对于我的到来，姑妈充满惊喜，不断地说："是什么风把你吹来了哟！"她颤颤巍巍的，已经白发苍苍，冰凉冰凉的手紧紧抓着我的手，多皱褶的脸上堆满了笑容，但笑起来时还是比较饱满，颧骨顶起来的皮肤有特殊的红黑，大概是阳光经常晒射的结果。我扶着她一路走过，看见村庄已铺了好多条水泥路，一些外墙瓷砖很漂亮的楼房远远近近地坐落在路边，以为姑妈也必定起了新房子。

　　没想到她把我领进一间旧屋，她与七表哥一家一起住。姑妈共生了七个孩子：六个儿子，一个女儿。虽然孙辈都长大了，但每个儿女的生活都算不上富裕，有些甚至还比较清苦。七表哥七表嫂都在屋里，他们倒了茶，想与我聊几句，我却不太想聊太多，觉得跟他们无话可说。倒是姑妈如数家珍，在不太明亮的屋子里回忆从前，灰色的瓦片安静地在屋顶排列，似也在认真听她絮叨。我有点心不在焉，想起母亲曾说："你爸可疼你那些表哥了！我们家搬出镇里来住，他们经常向你爸借钱。你爸是有求必应，我们家跟救济站差不多！"想到此，我赶忙掏出准备好的红包，对姑妈说："姑妈，我常年在外面，也照顾不到您，这点利是，您就买点东西补补身体吧。"姑妈开心得眼睛鼻子嘴巴挤成了一团，只是又叹了口气说："人老了，拿了钱也不会用了！"看着她的白发，脸上纵横的沟壑，我突然伤感起来：毕竟残阳夕照，见一次便是一次。接着细细询问了她的病情，想着准备回去，姑妈却说："四哥起了房子，要不要去看看？"我一听来了神，赶忙说："好啊！"

当年我读初中的时候，因家庭经济条件不好，亲戚们都希望我读中专早点出来工作，以减轻家庭负担，所以我报考了一间广州的护士学校。可我心里却放不下大学梦，尤其是到了中专学校报到，所见的校园环境与我想象中美丽的大学校园相差太远，便一心想回去读高中。可是家里这么拮据，父母会同意吗？我心里非常彷徨。四表哥那时开了一间红砖厂，手头比其他兄弟稍微宽松一点，他在电话中跟我说："四哥支持你，你想回就回来读高中，努力学习，以后上大学，你肯定可以的！"人生路口上，往往就有这么一个人，在你难以抉择时给你指明一个方向，给你勇气与力量。所以，四表哥那坚如磐石的声音，一直成为恩情的符号，在我生命中存在。

四表哥家门口有几个壮汉在那里和水泥，其他表哥、表嫂都在忙乎着，但四表哥不在家。看见我来，他们围过来，热情洋溢地给我拿凳子，端茶倒水。我有点不知所措，毕竟在珠三角工作好多年了，只有年节才回老家，回一趟也匆匆忙忙，与他们接触甚少，像熟悉的陌生人。我问了一下他们各自的家庭情况，恨不得自己是个财团代表，见一个发一个红包。七表哥说起他儿子，初中毕业一年了，到现在还没找到工作。"你那里要是有什么合适的工，就帮忙介绍介绍吧。"七表哥对我说。我突然头皮发麻，心里迅速对表哥表嫂们围起一道墙，但还是说："好啊，我留意一下。"心里却闪现出一个词：敷衍。

我上楼参观了一下，走到窗边，只见天蓝得清澈，四周的柚子树绿得像披着一层光泽。风景独好，我想留下来，并见一下四表哥，心里却有一个念头，直呼自己快点回去。他们留我吃饭，我犹豫不决，找不出什么更好的理由来回绝——这么久没见了，好不容易见一次，连饭都不吃，好像不近人情。可我却又怕吃一餐饭，亲戚们个个跟我套近乎，所以还是决定回去。

这时姑妈说起过世的奶奶，眼睛一红："我每次去你家，你妈都跟我说：'姐，不管妈在不在，你都要来啊。'我就想哭……"说着说着，突然老泪纵横，白发也颤动着，红黑的脸充满了悲戚。我赶忙说："姑妈，我们本来就是一家人！"心里却想着：唉，至于掉眼泪吗！待了一会儿，我便起身告辞了。姑妈眼睛红红的，边擦眼泪边说："既然我们家的番薯叶留不住你，你就走吧！"

我坐上摩托车一溜烟地消失在他们的视线里。回到家，跟父亲说起姑妈容易动情和那易掉的泪珠子，觉得有点好笑。父亲却说："你为什么感到好笑呢？大姑妈虽不是奶奶所生，但奶奶视如己出。奶奶不在了，她自认为我们会疏远她，但事实上没有，所以，带着对奶奶的怀念，和对我们看重亲情的感动，当然就流泪了。"我觉得惭愧，探望姑妈，原本应跟她好好聊一聊，我却对她那些平凡微小的感情不屑一顾，对表哥表嫂们的热情漠然于心。

　　我也记不清后来有没再见过大姑妈，她病后不久便离世了。因大姑妈不是奶奶所生，所以我以为我们家跟表哥表嫂们不会再有太多的交集。后来，每年小镇里发洪水，父亲一个电话打过去，表哥们都会赶过来七手八脚地帮忙把东西搬到二楼。我不在家乡，父母没搬离原来的住所时，每年的洪水都是我的心头大患，怕年纪已大且腿脚不便的父母，搬动那些煤气瓶或桌椅时有个闪失。幸亏有表哥们在附近，消解了我一些后顾之忧。这几年回家，父亲都说："自大姑妈去世之后，你那些表哥倒是经常来看望我，过年过节也不会忘记给我一个红包，有什么事叫一声他们，他们也马上到。"母亲说："你以前对他们那么好，他们心里还是有你这么一个舅舅的！""四表哥现在怎样了呢？"我问。父亲说："红砖厂因会污染空气，早就不准办了，现在他的脚受伤了，也干不了活，偶尔做点零散工吧！"

　　我心里一酸，想起多年前看望大姑妈的那个夏天，我曾以为给钱便可以代表亲情，曾拒绝他们靠近，怕一餐饭带来太多麻烦。我又想起鼓励我考大学并资助我学习的四表哥，从未在我面前邀功，对我有所求。这么多年，我居然用冷漠与坚硬的砂砾作为亲情的土壤，那一瞬间，我心头长满了愧意。可是，我没有跟大姑妈吃过一餐番薯叶，也未帮她拭去心头的一滴泪。

跪　　拜

　　算一算，奶奶离开我们已经快八年了。都说逝者日以疏，然而她的音容笑貌，生活中的点点滴滴，犹清晰存留于我的记忆。不知她在那边过得可好，如果真的有轮回转世，奶奶估计已经重回温暖的人间了，但我相信她一直在天堂，一直安详地看着我们。

　　妹妹说，梦里总是她慈祥温暖的脸；我说，梦里总是想念她的泪。奶奶在世的时候，总是在我姐妹两人面前说："带你们两姐妹的时候啊，最辛苦，又要养两头猪，又要带你们俩，大的又娇气，小的又蛮横。老是两人抢凳子，互不相让，分都分不开！"我和堂妹听了老是笑："阿婆带着我们跟着猪一起长大呀！哈哈！"可是，奶奶这让我永不厌倦的重复的话语，我在八年前就再也听不见了。

　　奶奶很恋世，她不想离开。因为她那么爱她的子孙，她的子孙也那么爱她。每次回家，我总是要挽着奶奶的手去逛那些熟悉的街市，逛小镇里热闹的公园。她总是乐呵呵，虽然满头银发，满脸皱纹，但她的笑让人如沐春风。奶奶活着的时候因我们而快乐，我们也因她而幸福。

可是不管怎么眷恋，她还是走了。那年，我第一次回家看她的时候，她已在医院里躺了好几天，一见我就挣扎着要坐起来。尽管气息弱了很多，但见到我，眼睛里却散发出光彩，她那冰凉而枯瘦的手拉紧我的手，坐在病床上不知疲倦地重复着我小时候的调皮，和她一辈子的辛劳。我总是耐心地听，让她所说的一切永远根植于我的记忆。说累了，奶奶就把头靠在我肩膀上。看着她无力垂下来的头，凌乱的白发，虚弱的呼吸和浮肿的针口，那根针扎的仿佛不是奶奶，而是我的心。奶奶说她不想住院，想回家，可是我们却相信医院能挡住通往天堂的路，所以直到我回到这座城市上班，奶奶依然躺在白得荒凉的医院。回来后，我老是做梦，梦见奶奶说打针打得疼，要回家，可是一大群人按住奶奶，逼着她打针。我看见奶奶那么脆弱、那么无助，就哭着叫喊："你们不准逼奶奶打针！奶奶好疼啊！"哭着哭着，就醒了，发现满脸是泪。

　　第二次回家看奶奶，她已经在家等待生命的最后时光。我一回到家就往奶奶房间里跑，她正在床上挣扎着作呕，那双手无助地抓着被子，翻不了身，也起不了床。我赶忙跟爸爸一起把奶奶抱起来，只见她目光散乱，脸色苍白，嘴巴微张着，气喘吁吁。爸爸拿一个小桶放在奶奶面前，她就呕了起来，她的胸口似乎被什么塞住，吐不出来，又落不下去，极其难受地呕呀呕，呕完之后，奶奶一身是汗，满脸疲倦，往日整洁的银丝此刻像一堆散乱纤弱的杂草。她闭着眼睛，用手摸着胸口，用极其微弱的声音说："痛。"我的眼泪突然就蹦了出来。此时，奶奶是多么弱小，甚至她不再会表达她的痛苦，唯有忍受，唯有挣扎，唯有煎熬。我眼睁睁地看着她受苦，却无能为力。无名的痛漫过全身，只觉心被撕裂。我坐在她身边，用一只手扶住她的背，用另一只手拿纸巾拭擦奶奶满额头的汗。她靠在我的手臂上，苍白的脸随着微喘的气息轻轻颤动，眼眶深陷了下去，像一盏即将熄灭的蜡烛，极其微弱的光亮随着滴滴耗尽的油变得愈发黯淡。生老病死固然是自然规律，只是，当自己眼睁睁地看着亲人在死神面前无望地挣扎时，痛彻心扉的感觉却让人永世难忘！

在家的几天，我都守护着奶奶。她已不再认得我，像个初生的婴儿，对着我的长发好奇地摩挲，问我这是什么。对着神志不清的她，我的眼角挂满了泪，但又有一丝安慰，若是一个人在弥留之际，像婴儿一样毫无知觉，那就对死亡无所畏惧了。我情愿奶奶就这样不再记得我们，因为这样可以减少她离世的痛苦，而永别的痛，就让我们来承受吧。离家的那天，奶奶还微笑着向我点头，她不知道我是谁，以为是一个过去的熟人来探望她。我要走了，在床前抚摸奶奶慈祥而苍白的脸时，我知道，这次或许会是永别。

第三次回家，不管如何狂奔，我还是只见到了奶奶的遗像。帐篷搭起来，灵屋前香火不断，缥缈的烟雾，一如从此阴阳相隔、缥缈无涯的思念。奶奶的眼睛慈祥地看着我们，看着她的子孙后代虔诚为她跪拜。

"父母不亲谁人亲，不敬父母敬何人？在生之时不恭敬，死后何须哭鬼神……""点点是娘身上血，娘今老来面皮黄。娘乳不是长江水，不是园中苦菜浆……"在斋妇《血盆经》的诵读中，我和姐姐、妹妹，心凄然、泪潸然，跪了又拜，拜了又跪。据说，请斋妇诵读《血盆经》，在后代女子的跪拜中，离世的女子可免受地狱血盆池之苦。我们不想虚弱无比、孤苦伶仃独赴黄泉的奶奶，被无常摇摇晃晃地招引至地狱血盆池。因而，在她的灵魂消逝之日，我们心甘情愿地跟着斋妇拜血盆，双膝跪地，俯身诚拜，双膝跪地，俯身诚拜，如此重复。跪到膝盖红肿，拜到腰酸背痛，一直到天亮。在民间，这只是做丧事的一种形式，但我知道，那时那刻，我的心是真诚的，只为了奶奶，只为了她遭受病痛折磨之躯，在西归后能有一个温暖的天堂等着她进入；只为了她能在天堂里戴上眼镜安详地织毛衣，开心地吃饼干，高兴地逛街，永远与痛苦隔绝。

因为我们不能再照顾她。

《血盆经》诵读完毕了。而我们，也即将与那一捧骨灰告别。在锣鼓声中，在亲人们的痛哭声中，我也泪流成河。奶奶是不幸的，她一生辛劳，早早送走了爷爷，晚年又经受了失去一个儿子与女儿的沉重打击；奶奶又是幸福的，她瘦小的身躯虽像一朵柔弱的花，却有一颗永不凋谢的花芯，为我们擎起一世的风雨。

清明将至，草木含愁。在这样一个春夜，奶奶又无端入梦。可能，她想我们了，并且又一次来告诉我们，人生能承受多少苦痛，便拥有多少幸福。

春风中的追忆

　　我从未在坟前祭拜过叔叔，给他倒上几杯淡酒，并好好跟他说些话儿，这样，似乎过往沉重的岁月便可日渐模糊，继而与之有个彻底的告别。然而，每年烟雨迷离的清明，我却总是在他乡，于意念里头默默给他燃上一炷香，献上几束菊。

　　高三那年，每天一回到家，我的目光都会触及椅子上蜷缩着的叔叔的病躯。昏暗的灯光下，他双手捂着疼痛的腹部，一脸蜡黄，形容枯槁。那段时间我的心天天像压着沉重的巨石，只希望自己能够分担他的一些痛苦。我们虽是叔侄，却情同父女。因为我们一家与叔叔一家都在同一个屋子里生活，他们居前堂，我们居后堂，在锅碗瓢盆中熟知各自岁月中的尘埃与芬芳。我与堂妹堂弟打打闹闹地长大，时间就不知不觉流成一条温暖清亮的河。

　　后来叔叔做了胃部的肿瘤切除手术，主刀的外科医生总是一脸淡然地说没事，带给我们诸多的希望。我离家去外地上大学时，见叔叔的气色好了很多，于是也放心不少。上学期间经常电话向父母问起叔叔，他的病情时刻牵动着我的心。读书的地方有很多胡椒根卖，我听说它可以暖胃，便买了很多，想着寒假带回家给叔叔暖暖胃，调理身子。

回到家时，我兴高采烈地拿出胡椒根，却看到了墙上的叔叔。伴着冬季的冷寂，家里显得尤其安静。父母说不告诉我，是因为怕我不能安心读书，可他们怎么知道，我满怀希望与激动，却迎来荒冢般的悲凉，在灰暗的心情之下，恍惚了好长一段时间。奶奶每晚在低泣，深冬的风呜咽着白发人送黑发人的凄凉。我只能把眼泪深藏，不敢回忆，生怕星辰在泪光中破碎不堪。

　　叔叔走的那天，正好是圣诞节。墙角那株被人称为圣诞花的一品红，并没有像往年那样盛开，它耷拉着枝头，像年少的堂妹堂弟，在原本温暖的日子里，突然经历了一场严酷的霜降，瞬间被苍白覆盖。

　　书架上的书堆叠着幽香，那里夹藏着我与叔叔曾经的欢笑。我依稀记起叔叔跟我讲苏东坡与苏小妹对诗的故事；想起他在爷爷去世后写过很多悲痛欲绝的诗；想起他旧柜子上如珍宝般的书籍，如何启蒙了我热爱文学的心。他一生朴实善良，做过码头搬运工、开过拖拉机、补过鞋、卖过仙人板……不管生活多么贫困，都没压垮过他的精神，可是无情的病魔，却将他的音容笑貌，从我们的生活中掠夺得干干净净。

　　好想再次从诗稿中看看他，共叙旧日时光，表达从未说出的思念。家乡一般是在秋季祭祖，我却总是在春天想起他。因为我相信流逝带来新生，有如春风拂过叶落的枝头。

天堂的吻痕

秋阳正好，在迈过窗棂唤醒我的一刻，我刚好挣脱于一个情深苦重的梦。醒时一片安宁，未闻小鸟的鸣啾，不见梦中皓月，只有窗外的白兰，在秋风中抖动一些萧瑟，掀起平静的心湖一丝欲罢还休的惆怅。闲适的假期，我准时起床、吃饭、运动、看书、睡觉，不探寻世界的每一分精彩，不回忆苔花覆盖的往事。我极力不想起梦中的光景，不去想外婆曾经居住过的那条巷子，不去想那条巷子里徐缓而过的风，不去想曳起往事的银白发丝。然而笔端催生心里的波涛，在心湖深处，我又一次听到浪花的呐喊。

十年可以改变很多，却无法改变我的记忆。

那一年，大半个中国都在经历着一场大雪灾，而我一想起外婆那具没有气息的躯体，记忆就犹如在那一年的风雪中跋涉，久久不能温暖，久久不能舒畅。2008 年春节前的除夕，父亲发信息来告知：外婆已经离去。瞬时，满桌佳肴变成难咽的苦药，欢声笑语的节目变成烦不胜烦的噪声。在夜里遥望星空，我似乎看到外婆在天堂向我招手，那一头花白的头发在风中凌乱，如我曾经路遇的芦花。大年初一，到处喜气洋洋，人们的笑脸一如冲破寒冬在晨风中摇曳的春花，而我千里迢迢地赶回家乡，心中却充满了酸楚的泪。外婆再也见不到我，我再也无法唤醒她。除夕，本该是笑语盈耳，子孙绕膝；本该是家人团聚，灶暖饭热；本该是张灯结彩，烟花绚烂。可是，她却泪落病榻，形容枯槁，在喜庆的鞭炮声中，如一支残烛，一点一点地黯淡下去，直到变成一缕灰烬。

她终究没能熬过农历老年的最后一天。她在摔了一跤大腿骨折的那一刻起，就一直在等待着我回去。而我那时因为小孩刚出生，日子忙得团团转，对于母亲转告的外婆的每一个企盼，都麻木不仁地回答："过年再回去。"其实，我每年春节都会回娘家，这样的回答，无异于未答，我已经忘了外婆已经时日不多，忘了外婆在等我，等着她有生之年与我的最后一次相见。母亲那时刚做完一个大手术，身体尚未复原，未能很好地照料好外婆。在独自与草木同枯的日子，外婆开始大小便失禁，爱干净的她躺在病榻上，忍受着皮肉糜烂的痛，在顺从命运的等待中，只盼着她最疼的外孙女能够回去见她一面。但是，外婆等不到过年了，她用最大的毅力，坚持到了一年的最后一天，然而，她的外孙女还是没回去看她。她终于无力地闭上了双眼。尽管母亲哭喊着推着气若游丝的她，尽管她的泪水从眼角不断地流出，她却再也没有睁开眼睛看一下这个她曾经留恋的世界。

回家的步履沉重而匆忙。可是，一切都已经太迟。

推开那扇绿漆斑驳的木门，我看见外婆安静地躺在一张干净的床板上，没有支架，没有蚊帐，没有一点生的气息。阴暗的屋子里，有两盏煤油灯在燃烧，母亲说，那是给她照亮去往黄泉之路的灯。干净的白布盖着她瘦如枯枝的身体，沉睡的脸血迹斑斑。我无法想象那些血迹是从何而来，是否在生命的最后一刻痛苦难忍，狂抓身体以致伤痕累累；又是否无法放下心里的爱，与无常做了一番血泪喷涌的搏斗？没有人知道她闭上眼睛前带着怎样的哀痛。她睡着了，她安静地睡着，不再因病痛的折磨而呻吟，不再因冬日的荒凉而心碎。外婆，我回来了，你知道吗？我静静地跪在你床前，泪流满面地抚摸着你干枯的躯体，你知道吗？

可是，她再也听不到我的呼唤。

自小到大，我的记忆里就没有外公。在衣不遮体、食不果腹的年代，外婆含辛茹苦地拉扯大了四个女儿。几个姨妈都嫁去了外地，只有母亲在外婆眼前。小时候，母亲常常拉着我去外婆家。外婆家的那条巷子正对着一个小码头，常有清风徐徐，暗香浮动，由于人少，夜晚特别的宁静。我们去看她的时候，经常提一瓶蛤蚧酒，或是拎两个水果，或是一小袋辣酱猪耳朵。我常常坐在外婆的膝盖上，抓起外婆的手臂，不断地拿捏，那种温实与柔软，就像岸边拂脚的浪花让人留恋。她抱着我，灰白的头发撂在耳根后，在我脸颊边亲了又亲。她说她亲我一下，我就会长得更快，变得更聪明，这个秘密一直藏在我心里，而那吻痕里的温柔与甜蜜，更让我今生难以忘怀。为了让我得到她的礼物，她经常考我相同的数学问题，或者让我从1顺利地念到100。回答完或念完后，我往往会吃到甜甜的甘蔗，或是闪着奶油光亮的雪糕。在屋子后面的那个土堆，种着一些马齿苋，外婆经常摘下一把煮汤给我喝。那卵圆形的叶片脆嫩得让我垂涎欲滴，而煮出来的微酸的汤，更让我食欲大振。那时，马齿苋就是我的山珍海味，每吃一次都甘之如饴。在外婆家过夜时，她手中摇动着蒲扇，驱赶着战斗机一样的蚊子，我就在丝丝凉风和她的故事声中沉沉睡去……

每次山里的二姨父和二姨妈来到，都千声娘万声娘地叫，听得外婆心里甜甜的。后来，禁不住他们的软磨硬泡，外婆居然离开她生活了半个多辈子的小镇，收拾了家当去山里与姨妈同住。那时没有电话，我想见外婆，只能在假期，坐着汽车颠簸到城里，再坐上三轮车或自行车一路艰难地东拐西歪，才能到达姨妈家。

姨妈的家就在一个山窝里。我坐在表哥的自行车上，在尘土飞扬的山路，上坡又下坡，差不多一个多小时，见到外婆时我已经大汗淋漓。外婆比以前消瘦了一些，见到我来非常高兴，又心肝乖女地叫，好像怎么疼也疼不够。只是，她似乎非常忙碌，基本没时间理我，在姨妈家门口晒谷，并劳碌地做着一些家务活。我见她汗流浃背，心里突然被刺了一下。夜晚，萤火虫在门前飞来飞去，山里的树林在月下凝立成墨影。我望着隐没了山路的林子，问外婆："在姨妈家习惯吗？"她叹了口气说："日子回不去咯！"似有诸多的难言之隐，可我当时年纪太小，也不懂细问。与外婆一起睡觉时，我听见她整个晚上都在大喊："你要打我！老天看得到！"接着又呜咽一阵，继而又安静下来。我不知外婆受了什么委屈，辗转难眠。到了白天，我听到姨父骂骂咧咧的声音，外婆就在一旁抹着眼泪。我终于明白怎么回事了，可我年纪太小，只能握着拳头暗自愤怒，不敢为外婆出口气。

外婆就这么压抑地生活下来，我说回去小镇上住吧，可她说她的钱都给后辈花完了，她成了一个无家可归的人。以前养儿防老，外婆没有儿子，跟姨妈一家人住，却成为他们家的奴仆，苦不堪言。我回去后，多次央求爸爸把外婆接回来住，可是我们一大家子近十个人一起住，也没有地方腾挪。每次见到外婆，我一边暗中诅咒姨父姨妈晚年子孙不孝，外婆身上所有的痛都会在他们身上重演，一边安慰她说："以后我上了大学，毕业后在城里找工作，就把婆婆接到我身边！"外婆高兴地亲了亲我的脸："外婆没那么长命，你读了书好好孝顺父母就是了！我有乖乖这句话就知足了！"

可我并没有实现自己的诺言。多年过去，外婆不得已，想回到她曾经居住的那个小镇里生活，然而以前的房子早已被户主租给另一个人，父亲和母亲就把外婆送去了我家附近的养老院，隔三岔五地去看她。养老院的院子中央是一块水泥地，上面聚集着阳光，周边有一些破旧的花盆，种着一些自生自灭的植物，就如院里每一个角落行动迟缓、满头夕光的老人。与一些老人相伴，外婆在那并不太孤独、寂寞，那时她的腿尚能走路，小镇里车辆稀疏，有时她也拄着拐杖慢慢地沿着街道采撷一丝热闹与欢腾。

时光就这样慢慢落满灰尘。读大学后，每年寒暑假我都去养老院看望外婆，她经常颤颤巍巍地跟着我出来，一起去公园看那座古老沧桑的桥，在碧波旁边听一些鸟雀的歌唱，穿过公园，我再把她带到我家……多年来，她最高兴的一天就是亲眼看着我穿上结婚的裙装。那天，她坐在椅子上目不转睛地看着我，仿佛要在心里永远留住我的笑意，她那张沧桑的脸阡陌纵横，但是散发着特有的慈祥的光芒。

一个个片段，在凉意习习的秋风中忽而从遥远的记忆中穿梭而来。天空那美丽的云彩，似她曾落在我脸颊上的一道道吻痕，温暖而遥远。我时常感觉她并未离去，这么久了，她依然活在我的梦里。可是，每当想起她离世前的悲戚，我却又忍不住悲恸，并且不得不面对心中的羞愧。心有深情，却一直不愿意去写外婆，因为无法再次咀嚼想她的疼痛，然而我知道，我终究是要写她。十年生死两茫茫，一切已经逝去，我的眷恋，我所怀念的吻，和她深长的渴望，在十年前的大年初一，随着她进了殡仪馆的遗体，一切都已逝去。

然而，我唯愿她永无休止地出现在我的梦中，也许，这只是外婆能够借此与我相见的唯一心愿。

永远的春辉

　　紫荆在枝头绮丽着南国的冬天，却也在北风中零落一地，恰似我散乱的心绪。12 月 24 日，圣诞前夕，我与几位文友来到了殡仪馆，正式与文友李春辉告别。他静静地躺在铺满鲜花的棺木里，不再絮絮叨叨地跟我谈论文学；他熟睡如一个安稳的婴儿，回到与世界初始相遇的地方。门外阳光正好，松柏郁郁葱葱，似乎要抚慰每一个与逝者告别的人，而我的心却似有寒冰覆盖，难释心头沉重的悲伤。

　　一颗流星飞逝，留下短暂而耀眼的光芒，却满目悲凉。他还那么年轻，留下不计其数的作品，却向他曾经热爱的世界挥一挥手，转身拥抱了落日。他所到之处，总有惊世骇俗的举动。对于他尊重的人，他乖巧如一个听话的孩子；对于刀戟向他的人，他会雷霆万钧，毫不客气地还击。他虽然称我为弟子，我却从未叫过他一声老师。在我看来，他更像调皮而任性的孩子，性格耿直，不能容忍任何黑暗与污秽，对朋友却掏心掏肺，肝胆相照。在朋友圈看见他兄长发布的讣告之后，我甚至以为他又在调皮地跟大家开一个人间蒸发的玩笑。可是在那颗心不停地下沉之后，我终于确切地知道，他想休息了。与白血病抗争了近一年，他已疲惫不堪。

发病初期，他一直呕吐、不能吃饭，那时以为是胃病，我多次劝告他去看医生，好好生活才是人生大事。可他拖了又拖，依然整日钟情于文字，最后终于蜷缩在床上，才不得不去检查。那时我发表了一些作品，高兴之余，曾向他许诺：等他身体好点时就请他吃大餐。可他的检查结果却是：白血病——意愿里的身体好点，似乎变得遥遥无期。得知消息后，我开始居然认为是他在发挥天才小说家的想象——世间哪来这么多倒霉灰暗的事呢？他的妻子身患绝症离世了，他的一个朋友又患了癌症，一个学生又重病，他又得白血病。可是不管我怎样不愿意承认，这都是事实。因对文学有相同的执着，我们在微信里经常联系，却没有见面。在被疾病折磨的日子里，他曾多次希望我去看他，可他大概因为不堪折磨而无法控制自己的脾气，与我敬重的一位老师产生了一些误会，面对他的请求，我竟沉默，只叫文友转交一些慰问金。可是我心里却一直觉得愧疚于他，以致有一次他问我什么候去看他时，我的心竟如针扎般疼痛。

医院里的花开了好几茬，天空的星明灭了无数次，离世前的一个月，他说他又入院了，正在打吗啡止痛，希望我能够去看看他。我瞬间感觉到要永远失去什么——我想起了叔叔离世前也是打吗啡。

在医院里，今生唯一的一次相见。他已剃光了头，脸色苍白，可他多么高兴，炯炯有神地看着我，手舞足蹈、滔滔不绝地说起他的文学创作之路，忘了他不再强悍的身体已经不容许他这样亢奋。我静静地坐在那里，默默聆听，觉得他像一位亲切的大哥，却又像一个勇敢的孩子。是啊，他是多么勇敢，为了他热爱的文字，他竟与世俗抗争，辞掉工作，走上职业写作道路，并且不惧怕一无所有。这条路异常寂寞与艰辛，然而他坚持了20多年。不管世人怎样看他，他的眼里只有文学圣殿的火光，而他就是扑火的飞蛾。书斋是他的天堂，他在那里可以纯粹到不食人间烟火。

离开医院的时候，夕阳在远山如一团熔金。凛冽的北风飕飕地往衣领里钻，天气晴好，却异常寒冷。我望着医院大楼，斜晖镀着墙面，有金碧辉煌的迷离之感，我祈祷他的生命仍可以像熊熊火光一样燃烧，在他出院后仍可以在清晨的露水与晚霞的静谧中构思他天马行空的小说情节。然而，我不知道他眼睛里的光还可以闪烁多久，不知道他疼痛的双腿什么时候才可以再奔跑。

我的每篇文章发出来之后，他总会在朋友圈点赞，并且夸张地放上一串鞭炮的表情符号，从不会忘记说一句："妹妹，加油！"他极力把我的文章推荐给报刊编辑老师，并叫我好好努力，说他看着我成为省级作协会员的那天，他的任务就完成了。我心生涩意地告诉他：我写文只为喜欢与养性，并没有成名之心，希望他能好好活着，其他都是次要的。可是他说一想到死，这些都很重要。他一说到死，我心里却悲伤。

他出院后一个星期，又进医院了。我问他什么情况，他却没有细说，只说死不了，他还要勇往直前地走上文学之路。20多岁就在国家级刊物发表诸多作品并获国家级奖项的他，上帝赋予他横溢的才华，却又让他患上狂躁症、抑郁症，让他经历巨大的苦楚、无边的孤独，乃至拥有强悍而又虚弱的内心，绚丽而又短暂的生命。他是那样不被世人理解，但他的人生始终色彩浓烈，让人接触他之后就过目不忘。他曾说始终要以战斗的姿态对待人生，可是病后，他却变得平和、不争，甚至跟我说："黄老师

（一位学佛的文友）像天空一样广阔，往天空扔石头的人是伤害不到天空的。你要像她一样，不管有多少人妒忌你的才华，你都不必理会，只管用心地写好你的作品，我会把你带上康庄的文学道路。"我并没有他那样可以辉煌一世的才华，被人妒忌更无从说起，只是那一刻，我已然感觉到了他深藏内心的孤独与善良。他在病中仍在为其他文友推荐发表作品，大概是因为他想回赠帮助过他的人，其实我们都不需要他这么做，但是他能做的只有这个。

12月22日，苦寒冬至之日，一年之中阳气最弱的一天，他未来得及与我们告别，未来得及再好好爱一次亲人与朋友，就离开了这个世界。这天，距他出院才五天；这天，距他上次联系我的时间才一天。奔涌胸中的浪涛淹没了我，我想极力大声呼喊："你怎么可以这样！"可是回答我的只有寂静与茫然的黑夜。

送他的那天，他的父亲见到我时，紧紧地握住我的手说："春辉生前有遗言，一定要把你推荐给他的恩师和作协主席，你是他的学生中语言天赋最好的一个……"泪海决堤，我未想到他走得如此匆匆，更未想到他在危急的病情中仍不忘他的诺言。在他最后的日子里，我只是出于一个善念走近他，却换取他一颗真挚的心。他就像一个小孩，真实而纯粹，你若用拳头打他，他会扑过去咬你的手指；你若温柔地捏捏他的脸，他会把他仅有的一颗糖分给你半颗。

写下此文时，天空正下着雨，我的心也有细雨飘飞。他曾说希望他死后有人写文纪念他。他有太多未了的心愿，而我，就当作了却他其中的一个心愿吧。他像精彩的蒙太奇，强烈地冲撞着世人平淡的视野，哪怕他与世界告别的方式，都是这样传奇般出人意料。来如一阵风，去如一闪电，留给我们无尽的唏嘘与感叹。

愿他的心灵仍像云朵一样洁白，愿天空的安详过滤着他曾经的痛苦与执拗，愿他在天堂仍可以快乐地写作，愿他的光芒，像春天的光辉，永远停留在人间。

遇见你，就很美好

姑且把那时流过的苦涩的泪，当成岁月中珍藏的一帧青春的枫叶。即便如此，若有回忆，出现得最多的，还是蓝天、白云，和一个长相普通的男孩。

因小学六年级同桌时无意中握了一下他的手，我竟在初中把他放在心底埋藏了三年。怎么形容那时的日子呢？云淡风轻，花草含香？我依然清晰地记得，一颗情窦初开的心，怎样偷偷地欢喜，偷偷地悲伤。

不知何时开始，他的目光成了我生命中的一丝火焰，温暖、明亮，却又若有若无，忽明忽灭。只有短短几秒的对视，就足以把一分花田，当成一汪醉心的花海。校园里，停放自行车的地方，只要他看我一眼，我就仿佛听到一只水鸟遽然掠过水面，一声低哨后，湖面荡起的涟漪，一圈又一圈，如同用一把钥匙打开了一个原本平稳的世界，然后让人看到摇晃。

每天我总能遇见他。每天我总盼着遇见他。每天我们总是相视而过。我们未有一句言语，甚至可能从不知对方的心思。我有意无意地打听他在别班的情况，却听到别班同学取笑他，与某个女孩子很要好。从此我拥有了年少的单相思。但我还是喜欢看见他，喜欢看他穿着 T 恤，配一条深蓝的牛仔裤——他在闲暇时光到我家摊子上所买的裤子，喜欢看他的眼睛睥睨周围一切的样子，微翘的嘴唇显得有点傲慢，笑起来却又亲切而稍带羞涩。喜欢看他注视我时，眼睛笑意盈盈，又微露一丝腼腆。喜欢他写的字，甚至小学他写过的作业本，初中三年一直被我珍藏在抽屉里。

就这样从没有故事发生，发生的只有我心中的喜与悲。那年期末考试，我和他均进了全级前五名。站在礼堂上年级会议的颁奖台，他就在我身边。我分明感受到，一种异样的气息蔓延全身，我渴望在颁奖台上站得更久一点，让他身上的光芒，与我身上的光芒，彼此照耀，相互碰撞，互相温暖。

我对他关注度更高了。而我依然不知道，他有没关注过我。在单车棚，在校道上，他依旧把目光在我脸上逗留一会，但从不跟我打招呼。我开始做梦。梦见一个兵荒马乱的年代，他拉着我的手漫无目的地走着，坏人将要到来，百姓四处逃窜，街道上只剩我与他。而我并不慌忙，甚至觉得安心。我又梦见他紧握我的手，与我四目相对，并说："你很久未曾这样开心过了！"梦中是幸福，睁眼是失落，而我，从不敢靠近。

一个中午，我进入校园，从笔直的校道上望去，看见一个熟悉的身影，正在四楼走廊的窗边望向我的方向。是他，一定是他在看着我。那条校道，仿佛连接着我与他的心。我的心跳了起来，似乎也感觉到了他心脏跳动的频率。天空很蓝，荷塘飘香，云朵淡而飘逸。我微抬着头，一直看着窗边的影子，直到进了教学楼。走到四楼，果然他从窗边转过身，那目光，如一壶温热的酒，泼洒在我身上。我们一直互相注视着，目光不再躲闪，我第一次肆无忌惮地在他脸上默默地看，不舍把目光移开。那一刻，我如云飘，很想抓住他，让脚跟紧紧地踩实在地面，而他，依然不跟我说一句话。

似乎就这么结束了。我时而惊喜时而忧伤的心，在他后来的逐渐冷漠中，开始体会了黯然、多愁、幽怨。但似乎不久又平静了，毕竟，非有深情，学习才是第一要务。

在贫穷的山区，尽管成绩很好，但我们都似乎离大学太遥远，所以都选择了中专，以尽快出来工作。我们都去了广州，但已经断了联系。

初到广州，父亲带着我，挤进摇摇摆摆的公交车。站稳后，我一抬头，如梦一般，猛然望见他就在后面的椅子上。在陌生的城市里，我们竟在一辆公交车上相遇。他的父亲看见我们，很热情地打招呼。我又惊又喜，激动而紧张，不由自主地走向他，他也不由自主站起来，让我坐下去。我默默坐下来，椅子上残留着他的体温。而他站在我的身边，一直拉着扶手。我希望这辆公交车一直开下去，不会停下来，如果停，我希望我们能一起下车。可是中途他下车了。我们依然没说一句话。望着他的背影，我感觉到眼角有湿润的液体悄悄滑落。

世事多变，我后来又回到原来的中学读高中。一天，下课时，一位同学突然大声喊了一下他的名字，说他在窗外。我望过去，那张曾多次出现在我梦中的脸，在楼梯那边的窗口晃了一晃，转眼不见了踪迹。

我想追出去，但我知道他离我越来越远。高中繁重的学习任务之下，我开始把他放下。

后来，听说他家庭发生了变故，父亲早逝，他的肩膀担起了家的重任，且考上了大学。

上大学后的一个暑假，我回到家，走过电影院的宣传栏，一个男孩正俯身系鞋带。我一眼看出是他，摇响我青春风铃的第一个人。他依然是 T 恤牛仔裤，我的心头有热浪涌起，百感交集，想问他这些年过得好不好。他抬头的瞬间，也看见了我。我们四目相对，却依旧无言。

时光在那一刻回到初中，湖水轻漾，风带暖香。

一切都很美好。他冲我笑了笑。

影　子

　　说起以往，我仍是激动难捺："当年，跟你们一起去村子里玩，看见水塘里有一条绳状的东西蹿动，惊呼一声'蛇'！却原来是一头大水牛的尾巴！"接下来是满堂哈哈大笑……

　　每次回乡，与少时最亲密的好友沉湎于往日塘活水满的回忆，总有一番眉飞色舞酒酣耳热的畅言。那些青葱与欢愉，如经年的珍珠，擦去外表的尘，仍是润白光亮，莹洁生辉。

　　童年时，我一嚷嚷："捡糖纸去！"身后就聚集了很多小伙伴。折糖纸是我们的玩乐，把糖纸折起来，连成一串串的，成手链、成窗帘，或成可以悬挂的任何一种装饰品。我把她们带到镇里小医院廊道边的天井，或是一个拐弯处偏僻的角落，神秘兮兮地说："前几天我看见这里很多糖纸，五颜六色非常漂亮，够我们折个大大的门帘，今天居然不见了！"说完拍拍脑袋，故意满头雾水的样子。其实，我压根就没看过什么糖纸，或者只见过两三张，但我喜欢带着她们自演一出寻宝的戏，结果往往是一无所获，个个垂头丧气，只有好友兴致勃勃地瞪大眼睛问：真的？那我们明天再来，说不定又有一大堆！她闪亮的眼睛和好奇充分调动了我带队寻宝的积极性，只可惜，据她后来回忆，我根本就没找到什么宝藏，倒是带着她们经常闯祸，去捉弄邻居和一个外号为"党八股"的人。不过，大人对小孩的调皮多持宽容的态度，尽管上蹿下跳的，但我的记忆中却没有什么严重的后果，只有那些打打闹闹的笑声，依然在往日的天空延绵不绝。

因为父辈的友谊在我们身上延续，所以我们如影相随，久而久之，我们变得外形相似，气质相近。在学校，老师经常把我俩混淆，而对于外人，则更多以为我们是双胞胎。有一次她父亲带着她们姐弟俩和我一起上城里，店老板问："三个小孩都是你的啊?"她父亲大笑："啊哈! 三个都是我的，都是我的!"在彼此的潜移默化中，两个灵魂有了惊人的默契，常常说一句话，对方已经知道下一句。故我们把自己定义为彼此的影子，大多数地方，有我必有她，有她必有我。

她的名字有个"姬"，虽然老师说姬者美女，她却没有因美女化的名字而踱开袅袅婷婷的步履，而是跟着大步流星的我，一天到晚讨论《封神榜》中哪吒与黄天化哪个厉害。到中学时，我们一起迷上了武侠小说，自取了很多封号，比如我是小玄子，她是小桂子，或她是采花居士，我是梁上君子。彼此取闹的语言如那缓缓水流，让枯燥的学习生活多了几分生气与灵动。

斑斓的回忆中有黄安"青春少年是样样红"的歌声，也偶有青春的小雨与阴云。到了高一，我们又在同一个班，且为同桌。那时我们是班干部，常协助班主任管理班上的学习纪律。而处于叛逆期的男生多数调皮捣蛋，把我们称为"密探"，喜欢捉弄我们。比如早上一到课室，桌子凳子常常被他们摆得乱七八糟，不留一点空隙让我们进去。后来，我参加了全国作文竞赛和英语竞赛，均获奖，学校的大红榜上写着我的名字，本是多么光彩荣耀的一件事，可第二天我走进教学楼时，却看见我的名被人用粉笔涂抹掉。手里捧着鲜红的荣誉证书，红榜上却无端端被人侮辱（那时我认为是一种侮辱），我开始沉默了，加上学习压力大，精神萎靡不振，我的心里装满了冬天。而好友总是默默地陪伴着我，在我难过时，写些信件或小纸条夹在我书本里，让我明白，冬天除了落叶，还有安静的冬阳。那时，她也遇到一些青春的迷茫，我们俩就好像冰冷的空气中互相注视的两片叶子，极力用温暖的目光托住对方枝头的青绿。那是冬天，我们天天放学走出教学楼时，都看见一个高个子男生穿着一条短裤在跑步。20 多年前的冬天是寒冷的，穿一条短裤我们觉得怪异，但也觉得了不起，所以一边嬉笑的同时，一边被这样的坚韧打动，进而也互相鼓励，相信青春会更加美好。

学习任务繁重的高中，我们还一起加入了文学社、广播站，用清流一般的文字洗刷着点点忧伤。高中重点班的同学进进出出，有的进来，有的淘汰，所以对于高中的同学，我好多都印象不深，唯与她一起走过的那些日子，仍是记忆犹新。现在想来，高中那些浓浓淡淡的忧伤，都算不上什么事，可当初毕竟是难过的，也因这样的难过与陪伴，才让我们之间的友谊有了玫瑰的色彩与暗香。

她选择了文科，而我选择了理科。上学放学的路上，我们仍是形影不离，公园里的桃花开落几回后，我们迎来了生命中最长久的离别。她留在历史文化悠久的潮州读书，而我去了位于天涯海角的海南。流水东去，多少细碎的过往，都在书信往来中念念不忘；多少欢乐与忧愁，都絮絮叨叨成涓涓细流。鱼传尺素，驿寄梅花，在彼此想念的日子里，有时，我会收到她寄来的精致小礼物或风干的玫瑰花瓣，而我也会把校园里捡拾的一些漂亮树叶夹在信中寄给她。上大学后，彼此都始有人生的苦雨：求而不得、家境窘迫、亲人离世……然而,风雨途中,我们依旧默默扶持。此后,若我得意举樽,她是我杯中的一滴酒;若她失意歌哭,我则为她眼中的一行泪。

毕业后,她曾因工作问题失落一段时间,我虽未曾帮到她什么,却一直默默倾听,做懂她的一个人。而当我生活一地鸡毛时,依然有她,在远方为我牵挂焦虑,并说经济上有什么困难要跟她说。人生知己,二三足矣。经历了很多人情冷暖,她当年说的话一直铭记于我心。我知道,在最困难的时候,我还是有个去处的。前年,我说想回一趟家乡,她说:"快来!等着你陪我一起逛街!我好久都找不到一个合适的人来陪我了!"其实,我也一样,工作后,鲜有人可似她那样,与我挽手逛街,回忆往事,笑声荡漾。而即使多年未曾相伴,相见时,我们仍是说:"我是你的影子……"

冬去春来,我们都在各自的轨道上奔走,锅碗瓢盆的细水长流中,往日的记忆越来越薄。但是,生命中总有一些花香,会在恰当的时候,在记忆深处摇曳出清新,提醒单纯,提醒幸福。与她如影相随的日子,携手迎风的真情,那就是心中不可替代的美好。

浅浅的痕迹

生命如游丝细雨，而缘分就是游丝细雨交织的那个网眼。有些人过来，有些人过去，总在某个地点、某个时间、某个场景里交汇，在无数次的交会里，我们仅仅凭借一个眼色、一个微小的动作，就能交换彼此或疏或密的情节。这些情节也许不是喧嚣的青春飞扬，不是刻骨铭心的秋月残雪，却在你的生命中如悠悠碧水，那一层浅浅的绿，一直在你的记忆中静静流淌。

"落花已作风前舞，又送黄昏雨——"我坐在书桌前，对着镜子轻声念道。叶子则在我身后，拿着一把黄色木梳，认真帮我梳理头发。"以后你天天给我念诗，我天天给你梳头发。"对着镜中的我，她莞尔。宿舍外，斜阳恰在，雨落花飞。

青春年少的光阴早已消散无踪，大部分记忆亦已稀薄，唯有当年的这场黄昏雨，在每个雨溅暮色的时候，都从远方奔回我的记忆，在那一刻，让我变成怀旧的人。

那时，叶子说，她要到广东工作，而我也曾说，我要去湖南看雪。摇摇晃晃的光阴一去十多载，她终究没留在广东，我也没去湖南看雪。年少的初衷总是美好的，以为空间距离的缩短，便能获取友谊的长存。历经人世后，才懂得存留心中的挚情，是不因时空的长短而变浓或变淡的。

大学期间，我经常与她携手到操场瞭望星月，并演绎现代版的《数星星的孩子》：一颗，两颗，三颗，四颗……星空浩渺，海风阵阵，轻柔的夜色之下，一切是那样安详和宁静。叶子的眼睛在树叶的掩映下闪着单纯清亮的光。她常说："这样的夜晚真美好！"那时，我因一位亲人的离世在一段时间内不得开怀，而她并未跟我说太多安慰的话，只是经常对我说："走，数星星去。"不管是星稀月朗还是繁星密布，置身于天空下，望着深邃的天空与游动的云朵，郁结心中的愁闷都会瞬间消融。或许她就是借星星告诉我，每颗星星都是一盏心灯，抑或许是让我领略天空的深沉与博大，感受自我的渺小，从而摒弃一些无谓的悲喜。因受她的感染，那些或深或浅的忧伤，就这样在朦胧的夜雾中慢慢褪去，而后逐渐在星星的光芒里找到心的方向。

　　外表柔弱而骨子里不羁的叶子，写的字也是那样刚柔并济。翻开她大学时期的笔记本，一行娟秀而又有点狂放的字映入眼帘：只要你要，只要我有。看着这字，我总是会心一笑。那时，我们曾在一本书看到过这样描写爱情的一句话，而叶子认为这用来形容友情也再恰当不过，于是抓起我的笔记本，随手写下了这一行。我们之间并未交谈太多的心事，也未曾把友谊之歌唱得浓烈香醇，然而当我们彼此需要的时候，总是会毫不犹豫地陪在对方身边。犹记我第一学期身体不舒服时，她与室友二话不说帮我洗蚊帐、被单、衣服；犹记她的脚因感染发炎走不了路时，我骑着自行车载她去医院，一步步把她扶进诊疗室；犹记我们在食堂时，一起研究一日三餐吃什么更能节省伙食费……远去的记忆已如云烟，一些片段在脑中掠过，都是些飞扬的笑声：穿同样的衣服、一起去偷椰子、一起做伪球迷熬夜看世界杯、一起打羽毛球、一起去图书馆、一起在温暖的草坪上复习功课，我还曾经手执玫瑰，半跪膝盖，向她作求婚状引来众人发笑……

我们就这样相依相伴过了四年，青草蹿高、三角梅开得正红艳的时候，我们准备毕业了。叶子考上了研究生，而我正忙着找工作。找工作之前，她把她的奖学金全部交到我的手上，说："找工作需要钱，你先拿着用吧！反正我现在还用不上！"读完大学，我家已是家徒四壁，父亲东拼西凑也凑不足几百元路费给我，而叶子却在我们分离之际，毫不犹豫地把她近两千元的奖学金借给我。可能是因为这样的一份温暖与信任给我带来了运气，我寻找工作的道路并不漫长。等到我有能力偿还她的奖学金时，家境清贫的她却又叫我把钱寄给另一个同学，说另一个同学家里贫苦，急需用钱。

毕业前夕，我们经常去一家叫"相聚缘"的饭馆吃饭。我们既向往着未知的生活，又留恋曾经一起洒落的汗水与泪水；既遥望着远方的白云，又留恋校园里的一草一木。离别时，太阳热辣辣的，椰子树纹丝不动，似乎挂满沉默的离愁。而那一刻，我感觉四年的大学生活，自己未曾辉煌过，也未曾优秀过，唯一可欣慰的，就是结交了叶子这样品学兼优的朋友。她的学业和我的工作都有了着落，也许是因为期待着美好的明天，我们并未挥泪告别。青山常在，绿水长流，这份友情对于我们来说，是更长久的开始，而不是结束，因而我在心里默默地说："后会有期。"而她也不断地跟我说："保重！"

毕业之初，工资微薄、学生味尚未褪去的我不敢去逛那些大型的超市，只会在晚上摆地摊的地带闲逛、溜达。看到有漂亮的小发夹，或是一条镀银的样式精美的项链，或是一条围巾，都如获珍宝，买来寄给叶子。而她也非常珍视我这些小玩意儿，在给我来信的时候说："你的目光果然独到，我非常喜欢！"后来我去其他地方旅游时，看到一些琳琅满目的纪念品，买了一些千里迢迢地送给朋友，却被告知"太低档，只适合给小孩玩"。我在尴尬之余想起叶子的简单、满足，便明白了世间人有千种，并非每种友情都是真挚的，并更加坚定地要像叶子一样，保留一种不因岁月而改变的淳朴。

研究生毕业后，叶子留在了湖南工作，而我已在广东定居。虽然不是频密联系，那时的交通也不像现在那么发达，做不到经常见面，我们却熟知彼此的工作、恋爱、生活……我结婚时，为了做我的伴娘，她还不辞劳苦大老远地从长沙赶到我的老家。那天，她穿着蓝色花点旗袍，盘起长发，仰着那张含而不露的脸，袅袅婷婷如一朵蓝色的云，为我的婚礼增添了异样的色彩与光芒……

看似轻描淡写的友谊，认真品尝，却似一盏清茶，飘出若有若无的幽香后慢慢回甘。原来，每一个浅浅的印痕，都是用真心刻画。时光漫不经心地老去，而怀念的枝叶却在窸窸窣窣地生长。每当回望这些金色的云朵，就像在浮躁的尘埃里看见一缕安静的光，而这光，正好落在叶子恬静的脸庞上，落在她不悲不喜的语调里，落在她未有一点世故味道的眼神中。

后来，她对物质的要求仍是那么简单，书房的书却让人叹为观止。后来，她默不作声地考取了国家一级建造师、博士，在国际刊物发表的论文还引起美国专家的注意……后来，我们一起游西湖、赏林花、逛古镇，看湘江；再后来，当我沉迷于文字中时，我突然发现我的心也是那样笃定与安静，并像叶子一样，仍愿意相信世间一切的美好。

"天空没有翅膀的痕迹，而你已经飞过。"坐在浮云下的人，想另一个人了，她的心里是密密麻麻的痕迹，眼里却只有叶子一个浅浅的微笑。

（原载 2019 年 12 月 19 日《潮州日报》）

高三的云朵

　　"今天只有残留的躯壳，迎着光辉岁月，在风雨中抱紧自由……"一首粤语老歌，犹如一杯咖啡，在下雨的日子，氤氲着一丝醇香与苦涩，收罗过往的瞬间，打开我记忆的闸门。

　　那时，广播响起，Beyond 乐队的歌声就满校园飞。疲惫而枯燥的高中生活，黄家驹的歌声一直是心头的慰藉。沧桑粗犷的声音，在我看来，是一种生命力的极度释放。高中三年，我那被抑制的青春也在寻找一个释放的缺口，以至于喜欢上那样的呼喊，跟着唱起来时甚至歇斯底里。谁也不会知道，我一个文弱的女孩，在高考的重压下面无血色，心里却渴望与歌声飞翔，艳羡着凌空而飞的鸟与来往的白云。而作业总是高过理想，我经常逼迫自己待在小房子里头悬梁锥刺股般地学习，累了就望望对面的灰瓦，那里偶尔有几只鸟飞过。因为努力过于艰辛，理想过于缥缈，所以那些坚定信念、勇往无比的歌词，譬如"谁人定我去或留，定我心中的宇宙，只想靠两手向理想挥手"之类的句子，总会像细雨一样落入心扉，润泽着干涸与苍白的心。

　　到高三时，我在学校的文学社里投了一篇稿，名为《心中的呼喊》，痛述高压之下沉重的高中生活，写得句句血，声声泪。

编辑老师是我的语文老师，一位上身西装领带，下身牛仔裤或运动裤的眼镜男，大概是他外表的不羁与我内心的桀骜不驯有相同之处，那篇文章居然发表了。油印的小册子传到班上来，后来给一个同学偷偷地放在班主任的宿舍。班主任看到了之后，又苦口婆心地找我谈话了，问是不是我放的，我嬉皮笑脸地说："我知道您每期必看我的文章，我何必多此一举！"但是他不生我的气，婆婆妈妈地说了一大堆压榨我们的时间是为我们好的话。可我已被榨成人干，而且神经衰弱，天天精神恍惚，他说了什么我也未记入心中。所幸，那篇小文章还是发挥了一些用处，班主任此后剥夺我们时间的疯狂度终于有所下降。

虽然日记里都是声声哀怨声声叹息的往事，但我更愿意回忆日记本遗失的内容。比如音乐室里的钢琴声穿枝拂叶，如一股沁凉的溪水流过我们失血的心田；比如高中时我曾经写过一部相声，与一位文学发烧友自导自演，在元旦文艺会上引起全校师生的捧腹；比如与闺蜜在黑色恐怖日子里还东拼西凑，集全金庸的武侠小说，疯狂地迷失在英雄气概、儿女情长的江湖中……记忆最深刻的是在一个月黑风高的晚上，与闺蜜跟着几个男同学去看电影。当时已临近期末考，学习进入白热化阶段，大有箭在弦上、千钧一发之势，自己去看电影已是冒天下之大不韪，何况还跟着男生！只有一句话可以形容当时的心情：冒着生命危险。我们哆哆嗦嗦地走在路上，恨不得头上套个袋子，不被熟人发现，可又听着内心反叛的召唤，最终战战兢兢地走进电影院里，才松了一口气。记得那场电影是《侏罗纪公园》，巨大的恐龙把我吓得半死，回家之后，父亲淡淡地问了一句去哪儿了，又把我吓个半死。可在平淡单调的高中生活，似乎有这样的刺激才有一些叫青春的东西。

我一个立志从医的理工女，在数理化中浴血奋战三年，高考时却靠语文、英语拼命拉分，才上了重点本科线。原来预计分数能上二本线的我，本应举杯邀月欢庆一场，却迟迟不见录取结果。其他本科专科线的同学都已在电话中查到录取院校，只有我未知路在何方。一个电闪雷鸣、下着滂沱大雨的夜晚，母亲急匆匆地告诉我，我被一所农业大学录取了。这简直是晴天一声霹雳，因为我从未想过要从事农业的工作，此后整整哭了一个星期，过上了暗无天日的生活。父母怕我想不开，成天陪着我。后来才知，该学校有优先录取权，见志愿表格尾有我随手填的一个志愿，就早早把我的档案调走了……黑色的七月，是雷、是雨、是泪，却也是风、是云、是过往。

　　高考只是一场出发，不是结果。今天的我，在当年信手填报的专业里学有所成，并从之乐之。又是高考日，遥望那些逝去的云朵，那些艰辛与欢愉，只想说声：青春你好，人生永不言败。

（原载 2019 年 6 月 22 日《中山日报》）

如花飘落的光阴

白驹过隙的日子，不经意间，就去了 20 年。大学毕业至今，整整 20 年了。说起聚会，同学们都想到母校重捡一次如花飘落的光阴。而人世总是有太多意外发生，这两年的疫情，竟让相聚这样的心愿，实现起来如此艰难。因而，我只能在一座海滨城市——与母校校园气质相似的地方，做一次精神的回望，看看当初的路，当初的自己，为匆忙的日子弹弹灰、抹抹尘，为某个黯淡的角落，燃一丝光。

（一）

毕业十年，学校之名已经不复存在。华南热带农业大学，这座坐落于儋州宝岛新村的校园，守着一分质朴与安静，与城市保持着一段距离，因而浸沐过她柔和光辉的学子，自是带着天然本质的淳朴。记得大三下学期，我们班要去外地实习，我与几个同学途经广州的一间大学，遇见一个在此读书的高中同学。我们都穿着朴素，他见了我们，用家乡话跟我说：你们班的同学都好土啊！想想也是，我们与内地隔海相望，似乎繁华与喧嚣已被琼州海峡的海水淹没了一部分，而且学校在一个村里，因而这片土地带给我们的，就是纯净与朴实。加上同学们大部分都来自农村，与城市人的花哨洋气自然有一条鸿沟。但是，就是这样一个安静的地方，却人才辈出。这里被称为"两院"——华南热带农业大学（原名华南热带作物学院）和中国热带农业科学研究院。她从广州迁来，迁建当初，周恩来总理来到学校视察，留下了"儋州立业，宝岛生根"八个字。那时条件特别艰苦，学校却承担着国家的很多重大研究课题。两院人经过艰苦卓绝的努力，使我国成为世界上唯一在北纬 18°~24° 大面积种植橡胶成功的国家，为我国橡胶事业的发展做出巨大贡献。那一代人的踔厉奋发激励了后辈人，当我们来到时，这里已经建设成树影婆娑、教学楼明亮、区域宽阔、住宿条件良好的热带风情浓厚的美丽校园。只是，随着时代的发展，在 2007 年，她终又与海南大学合并，成了海南大学的一个分校。

尽管如此，我们还是习惯叫"两院"，因为这个名称，象征着我们飞扬的青春，在这里，四面八方的同学一起学习、生活、思考，融合着各种智慧、习惯、性情，大家相处融洽，犹如亲人。是的，我们是亲人，一起走过岁月的兄弟姐妹。人的大脑就是一个过滤器，即使当初有过痛，有过泪，经时间的过滤，最终留下的都是美好。

是啊，记忆中是春天里的云月湖，大家一起踩着自行车，吹着口哨，带着吊床，兴致勃勃，笑声飞扬，像快活的鸟儿在林间飞翔。云月湖安静得像个处子，娇羞地映照着柔柔的云朵，周边的橡胶林和木麻黄林，在风的吹拂下，低吟浅唱，与我们的笑声相和。我们在那里烧烤、照相、奔跑、有的则在林间挂起吊床，躺上去摇摇晃晃，跷着大腿悠闲地看书。那些照片上，我们个个都表情夸张，笑得龇牙咧嘴，眉间、发间、眼里都淌满春天的光芒。平时文静腼腆的我，站在喜欢调皮捣蛋的胡子与老佟之间，竟无一分矜持，双手交叉放在胸前，咧嘴一笑，是那样随意，又故意扮得老练、成熟，可那张脸，分明那样稚嫩，分明是一朵半绽的花！另一个被称为"才子"的覃同学，戴上一顶可以折叠的花布帽，土得掉渣，对着云月湖露出雾一般的眼神，瞬间又被抓拍。湖水很安静，带着春天的柔软，把丝丝温润渗入我们的心。时光不会忘记，这里曾有我们青葱的印记，多年后，同学们说起当年，还会翻开这一张张如诗烂漫的照片。

更难以忘怀的是大三的圣诞狂欢之夜。大家聚在专业课室里，煮了一大堆美食，在一张长长的白纸上，写下"圣诞狂欢夜"作为横幅。曾同学豪情喷涌、潇洒挥毫，大显一番书法家的风范；才貌双全的叶子也不断地在宣纸上练狂草，娴静之中自然流露了骨子里的坚韧与不羁；重庆美女丽霞则是入得厨房、出得厅堂，淮山、海带、豆腐、面条，一经她手，就变成珍馐佳肴；我这等闲人，到处晃荡，在阳台上看一眼月光的清亮，与风喃喃低语几句，便又走入香味与欢声俱全的课室，沉浸在属于青春特有的欢乐中。那张大合照，就是一张青春的彩绘呀，个个端着碗，眉开眼笑，飞舞着筷子在欢呼，大概是在大声叫"茄子"！

就是这些被珍藏的记忆，经常有意无意地在心里晃动，让人不禁感叹：葱茏的年华这般美好，为什么当时竟不知觉！就如春天要过去了，才无限留恋春天里梦幻般的斑斓，一个人要远别了，才又想起旧人的好。青春，多么简明而又多彩啊，她不应该随岁月远去，她应该藏在每个人的心里，我们要用膨胀着青春的灵动、敏锐的心，去感知生活中的每一份美好，那才是我们应该执着地寻求的东西。

(二)

美兰机场在海口的什么位置，建筑是什么样子，我已无从想起。只记得，十年前与同学们相聚，在飞机着陆的一刻，我的眼眶是湿润的。我心中呼喊着：海南，我回来了！我曾生活过四年的地方，有海水奔涌，有平湖如镜，有狂风暴雨，有日丽风和。荷尔蒙狂热挥洒的青春，爱与痛并行，遇高兴的事咧嘴大笑，有伤心的事痛哭一场，不管怎样，心中总是挂着一轮饱满鲜嫩的朝阳。

"青春的花开花谢，让我疲惫却不后悔；四季的雨飞雪飞，让我心醉却不堪憔悴……"沈庆的歌声又在耳边飘飞，大学的情景，在十年前，还是历历在目。云贵川、两广、福建、海南、湖南等多个省份的同学，不顾千里迢迢，甚至携着小孩，都奔赴海南儋州的宝岛新村——只为释放积攒了十年的思念。

激动之情溢于言表。毕竟，十年了。你们现在在哪里？过得可好？生活状况怎样？一大堆的疑问、一大堆的好奇在眼眸里闪烁，彼此追索的，不单单是校园里一筐一箩情深意切的往事，更是现在与岁月交织的丝丝缕缕。

相迎，拥抱，欢呼，惊叹。

十年前，我们除了纯真与梦想，什么都没有。十年后，我们实现了梦想，却遗失了纯真。毕业十年的时间，对于人生来说，是经历生活磨练的初始。此时，大部分人已经拥有了家庭、孩子，意味着将要告别相对自由生活的阶段，所以，那些开始积蓄风雨的脸，是那样迫切地想寻回多姿的年华，迫切地想要分享对人世与岁月的认知，包括险恶与善良、家庭的悲喜、专业的资源、友谊的延伸……

一改肌肤盈水的记忆，我们的眼角都开始有了皱纹，那不是岁月之殇，那可说是时光的韵脚在这里停留——不是吗？大家都变得更有韵味了！我们都不再是黄毛丫头，不再是棱角分明的愣小子，略带沧桑的脸上，凝缩着太多欲言又止的故事，我们都变成熟了！像一枚掩映在绿叶中的果实，吸收了风雨与阳光后，褪去了青涩的颜色，散满了诱人的芬芳。且看每一位可爱的同学的速写——

胡子：当年长得像布拉特·皮特，现在却变成"总统"（肿桶）身材，让同学们一看惊讶，二看惊叹，三看惊奇！以前嬉皮笑脸、学业不精，现在却成为企业家，但是，绝对不是土财主暴发户，而是一边学习一边创业，以非常精准的专业水平打遍海南无敌手，而且爱妻爱女，绝对是个事业型又重感情的好男人。

黄×权：大学时代就有一种领导风范，忍耐、坚韧，写得一手好字。毕业后，经历一番锻炼与磨砺，顺理成章成了公司领导人。他依旧是胸有浪涛，但脸上永远是壁立万仞的样子，更让女生们刮目相看。身材没变，为人低调，保持真诚的本性，容易让人产生信赖感。

曾×平：脸更方正了，尝过生活低谷的寒露，更显成熟男人的魅力。喜欢古典文化，钻研书法、研究国学，为增强自己的文化底蕴不懈努力。经常在群众中做工作，说起话来一摆一摆地，滔滔不绝。喝醉了酒说我没醉，举着酒杯表演一些行为艺术，以博自己开心，众人一笑。不忘记给妻子买沙滩裤，细腻情真，是好丈夫的典范。

覃×荟：集摄影、书法、口琴等高雅爱好于一身的才子，书香门第出身。毕业后，从未放弃过自己的精神追求，一直保持自己的风格。皮肤变白，身形依旧，一身运动衣，特显青春活力。侃侃而谈，让人想起一句话：三十男人一枝花。

韦×春：身材走形得让姐妹们痛心疾首，但依然乐观、开朗、豁达，尽显人格的魅力，不变大学时代"校长"（外号为校长）的本色。事业有成，单位骨干，且不辜负生活，常煲靓汤、炒精致的小菜，不再是当年在宿舍门口洗青菜像洗衣服一样猛搓猛搓的粗女孩。

叶子：男生宿舍点击率最高的女生。永远像一泓秋水，打饭的时候被饭堂的阿叔称为林黛玉。喜欢吹笛子，写得一手好字，超级学霸。言谈举止、一颦一笑与学生时代无异，将纯真进行到底。考取了博士，准备进京进修。内心感情丰富，恨离别，进入飞机时挥洒离别泪。

东皮：高级工程师、建造师、主任、副院长，一系列如雷贯耳的名称，让我无比尊敬地双手接过他的名片，战战兢兢、小心翼翼地放进袋子里。事业有成、家庭美满，刚刚喜得一子，是唯一生了个"建设银行"的男同胞，具有奉献精神。文质彬彬，专业水平高，人际范围广，有雄厚的实力当领导。

毛毛：乐此不疲地当"房奴"，房子一套又一套，令我等蜗居之人咋舌。吃苦耐劳，能熟练运用各种绘图软件，精通各种项目施工图。心地善良，贤妻良母，与丈夫儿子通话时，声音温柔如天籁之音。充实、忙碌，经常没时间吃饭，让我很想送她一箱方便面。

周×芳：一看就知道是养尊处优的家伙。脸上无一斑、无一痘，眼角无一丝皱纹，毛孔细腻，皮肤光滑，是最具有青春资本的女同胞之一。丈夫疼爱、工作顺心，与当年一样，喜欢哲学，对事物有特殊而深刻的看法。

魏×设：号称老鬼。鬼话连篇，鬼魂无处不在，天天做鬼脸，在工作中是个鬼才。曾因被人骗取设计方案而欲哭无泪，大声疾呼顿足捶胸。至今未婚，钻石王老五，皮肤白皙，有钱有才，是众多女孩的追求对象。拒绝与千万富婆缔结良缘，不爱慕虚荣，不贪图富贵，对婚姻慎重选择，深思熟虑，坚持自己的崇高追求。

黄×霞：大学时代地下工作做得极好，无一人知晓其恋爱史。工作后早婚早育，迅雷不及掩耳的态势让同学们望尘莫及。肌肤胜雪，不减当年，身材窈窕，工作稳定，歌声嘹亮，乐感特强，学生时代是宿舍歌星，现在是翻版王菲。因与同学依依不舍，离别时把早上 8 点的机票看成晚上 8 点，错过了班机。

胖子：超级奶爸，由"小胖"升级为"老胖"，对妻子孩子有着非同一般深厚的感情，常给孩子喂奶粉。绅士风度，游玩时懂得为女同胞服务，提水、撑伞、买零食，让女同胞感激涕零。歌声富有磁性，既温柔又狂放，喜欢汪峰的摇滚。

睿睿：在大学学院里从事人类灵魂工程师的工作。非常珍惜同学情谊，带着襁褓中的婴儿不远千里从贵州到海南，精神可敬可嘉。学生时代是美女模特，现在是美女妈妈，一双美腿走起猫步犹具专业水平。

老佟：由一个看上去游手好闲的白面书生成功转型为实干型精英骨干，现居海南，是胡琼同志的得力助手。比大学时代壮实、魁梧、成熟、稳重。爱惜声带，只喝酒不唱歌。

张×忠：世代忠实，永不叛国。大学时代与女生绝缘，比较沉默内敛，不显山露水，毕业后专业特长才得到充分发挥，天生我材必有用。疼爱妻子，重情重义。说起话来从容不迫，头头是道。

阿叔：伟岸，顶天立地，大男人。说话永远不紧不慢，做事永远不急不躁。细腻，体贴。为了我能吃上田螺，不辞劳苦，不顾自己饥肠辘辘，从远处打包回一碟碟色正味香的海螺。从细节处体现出其对同学的真挚情谊，可歌可泣。

……

至于我自己，大概是当局者迷吧！同学们对我各样美好的称呼我都觉得受之有愧，只送自己一句话：工作当中秀丽端庄，见到老同学原形毕露。

这些是多么鲜活的记忆！有人说同学聚会是一种攀比，在一张张笑脸下掩盖着一场心理上的暗自较量，然而，每一个成熟、优雅的身影，都托举着一个开阔的灵魂，那一张张真诚的笑脸，透露的都是出自象牙塔的纯净！十年了，我们都需要表达，需要回首。因为回首，我们相聚；因为相聚，回首才有意义。

（三）

橡胶林、植物园、椰子树、美食街、6 栋 201……我们回来了。

海风轻轻拨动了心弦，优美的曲调跟着心里的潮水起起落落。初到海南，校车把我们接到这个宝岛新村，路上的棕榈树笑傲蓝天，所呈现的热烈奔放的风光，让舟车劳顿的我精神为之一振。

记得在新生入学阶段，很多人在宿舍区门口摆卖海南工艺品和海岛风光照片。那一沓沓照片里，有椰林的黄昏、两院植物园、天涯海角、鹿回头……一瞥眼，我似乎听见海风沉吟，伴有浪花濡湿焦渴的心灵。

爱上这里，就那样不需要理由。

大学四年，在浪漫的校园未曾拥有一场刻骨铭心的恋爱，说起来多少有点遗憾，但这里结下的友谊，一结就是一辈子。

初来乍到，我对各省（区市）叽叽喳喳的同学保持着一定的距离。因来自山区，与外界的人鲜有接触，心理上有点害怕。

我写信给高中同学，说："很怕那些湖南人""很怕那些江西人"……

然而，正是这些起初让我有点害怕的人，用热情、开朗、友善打消了我的疑虑，且用她们与广东人不一样的性格特征，让我窥见了外省人的勤奋、智慧与胸怀。

由此，我喜欢上了率真开朗的老大、聪慧娴静的叶子、朴实艰苦的毛毛……

宿舍楼下，经常有羽毛球欢快地飞舞，我跟老大手中的球拍来回呼应不停，几个场合下来，精疲力竭却酣畅淋漓。每个毛孔溢出的汗，都是青春的味道，交融着芳香，治愈过黑夜中难眠的苦涩，也宣泄了心中浓淡的忧伤。

校园里，常有我们背着画夹穿梭的身影。蓝天下、绿树旁、老地方，我们粗糙的画笔，调和着明快的色彩，简简单单勾勒的一幅图，都是蓬勃与生机。那次在宿舍楼前画门楼和后面的青山绿影，我握着铅笔，对着宣纸不知该如何下手，斜眼看了一下身边的叶子，只见她把门楼后的树影涂得黑乎乎一大堆，不禁大笑："黑云压城城欲摧！"她对我摆摆手："去去去！"不一会儿，趁我不注意，她把脑袋探过来，同样看见我涂了一片黑黑的门楼，也回敬我一句："黑云压城城欲摧！"我们互相取笑，心无罅隙，白云发出爽朗的笑声，日子是一首简单而愉悦的歌。

宿舍区里的道路，我曾在夜里对着它，念起一句诗："这次我离开你，是风，是雨，是夜晚；你笑了笑，我摆一摆手，一条寂寞的路便展向两头了。"

忆起这些，再唱起《青春》那首歌，不禁鼻子微酸！

再次踏上绿云笼覆的校园之路，在图书馆前，走在那些风华正茂的学生中间，我们的眼神瞬间变得清澈。男同学并排坐在球场周边的石凳子上，迎向阳光，倾情一笑，我又恍惚看到了当年对着篮球架飞身而跃的小伙子。

刚入学时，师兄师姐隆重介绍的便是那座由石头砌成的教学楼。石头楼古香古色，石块砌成的两边阶梯在教学楼前连在一起，通往二楼，呈美丽的拱形，镂空花状栏杆古朴而优雅，沉淀在那些石块上的，不仅仅是岁月，还有书香。每年毕业生照相，必定把石头楼的记忆放在行囊中带走。而我们与它再次重逢，抚摸着石栏杆，似有诉不尽的思念悠悠。有一句话说"故乡的石头会唱歌"，这里，也算是我的第二故乡吧！我只能对着它默念：母校的石头会流泪！

进入一间教室，重新坐下来。重温旧梦，陶醉与温馨悄悄爬上我们的脸庞。张世忠同学说："十年前相识于两院是缘分，现在相聚于两院是情义！"是的，情义无价。只因了这一面的相见与诉说，才更好地诠释：同学之谊，山高水长。

我们意气风发，走过空旷的露天电影院。只是那斑驳如断瓦残垣的外墙，一下子刺痛了我的心。现在大概看电影都是在室内了，我不知学生们还会不会来这里，坐在石凳上，吹着风，头顶着满天星光，与同学，或牵着恋人的手，在大自然的怀中看一场回味无穷的电影。记得我在这里看了风靡全球的《泰坦尼克号》，久久回不过神来，内心也渴望来一场轰轰烈烈、至死不渝的恋爱。只是，四年时间，终究还是自己看花开花落，做一个旁观者，看别人故事的悲喜。就像这老电影院，容纳了很多个故事，却在岁月的深处，独自咀嚼那一份寂寞。

校园中的桃花心木、大叶榕比比皆是。在初春的时候，大叶榕的叶子落在地上，变成金黄的地毯，踩上去沙沙作响，那是一辈子都无法忘却的风景。以至我后来写文章，但凡想起美丽的场景，都是落满大叶榕叶子的路，都是跳跃着阳光的金黄。从种满大叶榕的校道一直走，就是植物园。植物园占地 32 公顷，来自于 40 多个国家的 1000 多种珍稀热带植物，在这里大放光彩。各种奇花异木，曾让我们大开眼界，向我们展示了植物世界的神秘与多姿。记得父亲把我送到这里来时，每一棵树，都是一个神话，神话周围，都是围观的人群。神秘果、见血封喉、檀香木、紫檀木、铁刀木……应接不暇的珍奇树木郁郁葱葱，我始知植物的生命犹如人的生命，每一寸树皮、每一片叶，都是经风沐雨的世界；每一个果、每一朵花，都是饱经忧患、蕴藏沧桑的内心。草木不言知冷暖，每一个区域有不同的群落，每一个群落都有它们守护的泥土与气候，就像人类在固有的土地上，守护自己的精神家园与文化脉络。

犹记上插花课时到处找配材，在路边的苏铁和棕榈树上，偷偷剪下一些叶子，或偷偷摘下某一花枝，那时，为了选取合适的配材，我甚至走到植物园门口。只是，插花实练时，我竟把那些鲜嫩的花与衬叶摆弄得乱七八糟，把插花的花泥捅得百孔千疮。第一次插花成绩不过关，徒有理论没有实践，原本想好很多诗句来为作品命名，没想到老师却拔起我插得凌乱没有美感的枝叶，随手扔到地上，让我心里着实难过了一阵子。倒是小毛插了个心形，缀满花枝，问我起个什么名字，我一看就戏谑说："心花怒放。"他听了哈哈大笑，最终自己起了个好听的名字，通过了老师挑剔的目光。幸好第二次插的时候，我弄来一个贝状的器皿，不再追求想象的奇特，实实在在地插了个造型出来，总算过关。也由此而知，任何一门艺术都要手脑并用。

回望沉淀在记忆中的美好，有同学说："接下来要五年聚一次！"其他同学又说："五年太久了，要三年聚一次！"于是，我们带着期待与念想，再一次在机场挥泪离别。是的，我们的血脉里，永远有一条牵扯不断的根，那就是两院人共同的回忆，共度的岁月。

（四）

十年一大聚，五年一小聚。对于下一个五年的见面，我如油量充足的发动机，浑身充满动力。

这一次，我们选择去广西。班上有四位同学在广西工作，因此，相见的同时，也当作一次轻松愉快的旅游。握着一张珠海到桂林的高铁票，走进快捷轻便的列车，似准备奔向一种难以言表的幸福。列车不断地穿梭在明明暗暗中，在每个站点稍作停留，又向下一个目的地驶去，如我们快速飞驰的岁月。我们坐上岁月的列车，不是也要穿越阴晴交替的日子，在某一个温暖的路口，稍作停靠吗？这样的停靠，就是沉淀人生、品味生活、梳理往事，譬如找一个有风的日子，邀三两知己，或同学，做一个追风的少年。

再次见面，已近不惑之年。深秋的银杏把大地装点得金明灿烂，大地之秋，尚且有如此醉人的风景，何况人生之秋呢？我们是不惧怕秋天的，与同学相处，不经意中流露难以抑制的激动与亢奋，心理年龄又逆流而上，回到 20 多岁的春天。我们还是笑语欢声，畅谈人生，一如当年不羁的风筝、奔跑的学生……

上次缺席的一些同学来了，见过面的一些同学未来。人生没有十全十美，我能做到的，就是珍惜每一次相聚的时光。五年的成长，使我们的群体中多了大学教授、高级工程师、董事长、编程高手……各行各业，不尽详数。尽管人世变迁，但情谊还是未曾改变。十年相聚时老大尚杳无音讯，此次总算华丽现身。她叽叽喳喳如一只飞跃的鸟，带领我们深情地歌唱秋天。毕业后踪迹莫测、差点淡出同学们记忆的翔子，居然从东北赶过来，很壮实地出现在我们面前。15年了，我们无法将他与学校那个文弱书生相连，但他就是他。岁月在我们脸上留下了痕迹，却也赋予了我们成熟与智慧，我们都有了哲思，有了对人生的回望与总结。不必惊异于我们的变化，因为那就是生活；也不必惊异于情感的不变，因为那是抵达我们心灵深处最珍贵的纯真。

山水甲天下的桂林，座座秀丽的山，波波灵动的水，在那微雨的深秋，氤氲出梦幻般的薄雾，在我们眼里飘荡。我们坐上竹排，看船夫撑起长长的竹篙，把我们带进灵山秀水中。"智者乐山山如画，仁者乐水水无涯。从从容容一杯酒，平平淡淡一杯茶。"酒与茶，经时间的发酵，都足以熏醉我们，熏醉相望的眼神。友谊如酒，也如茶，既有浓烈的醇香，也有清浅的回甘。我们如智者、仁者，满眼都是风景，你是我的风景，我是你的风景。细雨迷蒙，竹筏轻荡，奇山秀丽，江水清澈。看着你，看着我，我们醉在凝滞的时光里……

到了晚上唱 K 的时候，我突然想起大一刚入学时，准备与翔子合唱一首《我听过你的歌》去参赛，后来却因其他原因未参加。此时，正好可以了却合唱的心愿。拿起麦克风，我和翔子相视一笑，活泼的曲调从我们唇边传来："我听过你的歌，我的大哥哥，我明白你的心，你的喜怒哀乐……"此刻的歌声仿佛有一种穿透力，穿透 15 年的光阴，让我们回到当年。生命就是这么奇妙，尽管当年的记忆在生活中失散已久，但在某一特定场所，却又能突然从岁月深处蹦出来。从未想过奔走多年，会有这样一个温馨的夜晚，在同学们的欢呼声中，了却这样一个小小的愿望。而这奇妙，大概是因为情谊在，所以一切都在。

　　十年聚会时，我端起酒杯，对同学们说："人生得意须尽欢，莫使金樽空对月。"15 年聚会，我们在细斟慢酌中品咂岁月的悠长。如以后还能相聚，我依然要举起友谊的酒杯，与大家高歌一曲《友谊地久天长》。那些美好的光阴如花瓣徐徐飘落，也许有一天，我们不再记得时间镂刻的每一个痕迹，而花瓣飘落于泥土，却可成为岁月之树成长所需的养分，最后，成为树的一部分，为每一个跋山涉水的灵魂供一席浓荫。

岁 月 悠 悠

　　母亲一边擦着地板，一边流着泪："我就是做乞丐也要供你上大学！"那年冬天，我正在房间里写作业，母亲像看出了我的忧愁，既苦涩又坚定地对我说。她所在的单位梅县松口搬运站，由公有制转为私有制，众多搬运工人面临被裁员的命运。父亲已失业多年，靠着一个小摊档维持生计，而此时母亲也将下岗——望着远处的天空中层叠的云浪，我忽而觉得梦想变得缥缈。

　　20世纪90年代末，在粤东一个贫穷的小镇里，因企业改制，母亲不得不离开赖以生存的码头，跟着父亲一起摆小摊档卖衣服。然而他们都是老实巴交的人，没有伶牙俐齿，不会巧舌如簧，可想而知，摆摊经济每况愈下。

　　一天，为了说服一个顾客抬高一点价钱，他们苦苦地劝说着，甚至哀求着："阿妹，我这利润非常微薄，真的没钱赚，你再出多两块钱，就两块钱……"看着父母像讨钱一样卑微，我心里像打翻了五味瓶。人家做生意都是笑脸相迎，嘴甜似蜜，父母亲却是低到了尘埃里。这时，走进一个同行，天花乱坠、口沫横飞地大谈一番生意经，然后说："有钱便有一切。"曾经在灯光下辅导我学习，教导我文化知识比一切重要的父亲，居然附和着点头："是，是。"也许是穷怕了，以至后来我在大学校园里获得征文比赛二等奖，兴高采烈地打电话给父亲时，他第一句话竟是问："有没奖金的？"那时，有一本证书，一本笔记本，便足以令人激动兴奋，父亲这句话，无疑似一盆冷水泼灭了我所有的热情。我如泄气的皮球默默地挂了电话，想起自己"君子固穷"，父母却活在"金钱万能"的世界里，心里第一次颤抖。

父亲为了我的学费把眉毛拧成了疙瘩，我大学四年的生活便节俭得几近苛刻，也勤工助学，以减轻家里的负担。尽管如此，我毕业那年，父母还是由所谓的生意人沦落成捡破烂的老人。

那年七月，火热的太阳却无法捂热我冰凉的心。回到家，看见父亲苍老蜡黄的容颜，母亲因常年生活艰辛而发黑的眼眶，看见小小的客厅再也没有一件像样的家具，而变成堆满破烂的仓库，我久久回不过神来。接受一切现实后，沉默多时的父亲终于开口了："家里欠下一笔沉重的债务，你知道吗？""我知道。"我极力使自己平静。"爸爸就是当乞丐，也要供你上完大学。若是你以后还想考研，原谅父母实在是无能为力，再也供不起你读书了。以后的日子，你要管好你自己。"说完他又缄默不语了。母亲告诉我，家里烧不起煤气，父亲经常拉着板车到很远的地方去捡柴。一个深冬的夜晚，久久不见他回来，急得母亲冒着风寒到处找他。原来父亲因低血糖发作，全身无力，晕倒在北风呼呼的路上，很久没人发现……我努力地深呼吸，可泪水还是滑出了眼角。在母亲的低泣声中，父亲用平静的语调继续说："要好好珍惜你的工作机会，你妈很不容易。我胃出血时楼梯都上不了，没钱去医院，成天都躺在床上，全家的重担都压在你妈一个人身上……"我瞬间泪海决堤，在朦胧中，唯有父母亲鬓上的银光亮得刺眼。

风里来雨里去，哪怕看见路边一个矿泉水瓶，父亲也会两眼发光，如获至宝。为了求得一家商店的纸皮固定给他收，父亲低三下四，不管店主怎样对他呼来喝去，他都像鸡啄米一样对店主点头示好。有一次在一间药店里绑那些散乱的纸皮，店主把一批过期的药物扔到地上，父亲拆了盒子，把那些药取出来，继而踩扁盒子。这时，店主突然惊呼一声："你踩了我的花旗参丸！这么贵重的药物，你得赔！"父亲随即像做错事的孩子，战战兢兢地说："老板，对不起，对不起，我赔你就是了！"母亲气不过，想跟店主理论，可是父亲拉住了她，不但把那些过了期的花旗参丸还给店主，还问老板需要赔多少钱。那盒花旗参丸需要150元，父亲收纸皮的毛利只有1斤1毛钱左右，这意味着父亲得收1500多斤的纸皮，才能弥补那笔钱。他颤抖的手从裤袋里掏出用塑料袋包着的一沓散钱，那沓钱有着父亲的体温，还有父亲的汗水的味道。店主心安理得地接过从父亲脏兮兮的手中递过来的钱，满脸的不屑："快把其他纸皮绑了！"头发花白的父亲默默地弯下腰，母亲的眼里闪着泪花，可硬是没让泪流下来。

本应五彩斑斓的天空，我青春的调色板却因父母饱尝了世态炎凉而多了灰黯的颜色。幸运的是，我终于走出了那片曾带给我诸多温暖却也让我一直想逃离的山区。大学毕业后，浪漫的珠海接纳了我所有青春的仓皇与阴云。

虽然大学四年不在家乡，但学校处于城郊，我极少去城里，毕业时基本还是一个"乡下妹子"。来到珠海斗门，这里虽说不上繁荣美丽，但城市的气息深深吸引了我，那是家乡小镇所不具有的。

第一次走过黄杨河畔，水波缓缓，清风带露，堤岸上的绿树青翠逼眼，我荒芜的心田突然有点滴甘露坠落。极目望去，白云飘逸安详，水面波光闪动，心境竟开阔起来。第一次走进南天百货，服务员甜甜的一声"靓女"，不禁让我沾沾自喜，以为自己在别人眼中很漂亮。后来才知，在珠三角地区，"靓女""靓仔"都是对年轻人亲切的叫法。久而久之，我习惯了别人这样的称呼，也喜欢这样称呼别人，因为这样听起来友好而亲切，似乎带着一种乡情，正如家乡把年轻人都称为"细哥""细妹"一样。第一次晚上在办公室加班，回宿舍的路上，在巷道里听到扬琴二胡的声音，伴着韵味十足的粤曲，我即刻神采飞扬，疲劳感顿消，想成为曲调里左顾右盼的人。第一次走进新华书店，犹如回到大学校园里，即刻备感亲切，如饥似渴地阅读……

太多的"第一次"，带给我诸多的惊喜与感动。印象最深的，还是斗门的第一条步行街建成之后，感觉斗门瞬间拥有了华丽的气质。虽然这条步行街在立项之初多被人诟病，被称为"不行街"，可事实证明，它的存在，带动了经济的发展，提升了城市的品相。步行街位于新民路的一节，此前是水泥路面，坑洼不平，建成步行街后，中间有了个小广场，整条街铺了地砖，美丽的灯饰立在街道两旁，到了晚上灯火辉煌。两边有精品店、衣服店、皮具店、餐饮店……各种店铺如有巨大的磁力，吸引了众多的游人。路上也有移动摊档，经营着各类商品，如鞋子、雨具、饮品……我喜欢在这里穿梭，似乎湮没在琳琅满目的光里，便可忘却过往的伤。我最喜欢的，却是品饮移动摊档，更确切地说，是喜欢摊档外面的高脚凳子。那时，我的愿望，就是坐在高脚凳上，手里握着一杯"地下铁"奶茶或一杯果汁惬意地喝，然后转动着凳子，看各种行人的表情，看棚顶的遮阳布在风的吹拂下微微飘动，与茂密的芒果树漏下的光斑邂逅，享受一丝生活的悠闲，我以为这样才像城里人。

等到父亲第一次来了城里，我才有雀跃的心，想要与父亲一起享受这样的休闲时光。父亲来了，大包小包装满家乡的东西。结婚后，我与先生把父亲的债务还了，但他还是会收破烂，因为没有退休金，他不愿意每个月靠我给生活费，他说他要做到做不动为止。每当劝他不要再去收破烂了，他都是这样回答我，也轻而易举地刺痛我柔软的内心。

我带着父亲穿越霓虹闪烁的每一个角落，想给他买衣服、买补品。一件衣服、一双皮鞋要穿上十年的父亲总是摆摆手："衣服够穿就好了，不必奢侈。我身体还好，不要浪费那么多的钱。"他生怕自己成为我的负担。第一次跟父亲走过步行街，惬意的风迎面而来。我终于坐上了高脚凳——在我看来，这是浪漫而休闲的象征。坐在高脚凳上的，都是一些小年轻，只有父亲是白发苍苍的老者，看上去有点不协调。而我，就是要让父亲坐上他从没坐过的高脚凳，尝几杯他没喝过的果汁。那对于我和父亲来说，就是一次人生的享受。

买了房生了小孩后，我们的积蓄所剩无几。但父亲赶上了好政策，他已近 60 岁，只要一次性缴纳三万多元的社保，到法定退休年龄便可一个月领取几百元的养老金，还可逐年增加。尽管生活有点捉襟见肘，但我和先生还是一咬牙，把家里剩下的几万元全给了父亲。父亲终于成为一个生活有保障的人。在他看来，儿女的生活不可能一帆风顺，靠后辈是靠不住的，他怀疑的不是我的孝心，而是难料的世事。只有政府的保障，他才觉得万无一失。

母亲当初下岗时没有任何经济补偿，因工龄足够，所以到了退休年龄，也可以领上退休金。日子虽渐渐宽裕起来，但受父亲的影响，我还是不舍得浪费，时常把家里的可回收物收集起来，因而家里的某个角落，总是堆着纸皮、罐子、盒子或一些烂电器。但我并不是把它们卖掉，而是定期叫单位里的一个外省籍工人过来回收。他来自穷困的地方，因要积攒家用，常常在下班后去收破烂，或利用周末的休息时间去做一些零散工。我看见他终日劳碌的身影，想起了父亲，不禁起了怜悯之意，只是从不让他感觉这是一种施舍与同情。在他把布满污垢、捏着钱的手伸出来之前，我总是说："每次都占用你的时间叫你来帮我处理垃圾，实在不好意思，真的太谢谢你了！"我知道给予他的应该是尊重，而他也总是留存着劳动者的自尊，每每来我家收破烂之后，总是会拎着一些苹果过来，以示谢意。比之一些人演练过的笑脸、修饰得当的措辞，我更喜欢与社会底层的劳动者相处。在他们身上，我看到更多的淳朴、善良、勤劳、真诚。因为无所畏惧，他们对生活更加坦荡，活得更加真实。

母亲因为晕车厉害，极少来我家里。从家乡梅县松口，到珠海斗门，辗转 500 多公里的路途，一路肠胃翻滚，排江倒海般狂吐，对她来说似经受一次极刑。来了之后像大病一场，久久不能恢复过来。但人生之旅就像一朵花开的过程，凋谢之前，总有美丽的见证。我与先生买了小车之后，不久金湾机场就开通了珠海至梅县的航班。母亲总算可以常来我这里了，每次都由父亲带着。她小心翼翼地跨入宽敞明亮的机场，登上排场高贵的飞机，像进入一部人生的传奇。她做梦也未曾想到，昔日在码头搬运水泥，后来跟着父亲一起收破烂的她，居然可以畅游蓝天，俯瞰世间万物，看着冰山一样的云，不知是海还是天。

我带着我的老父亲，登上了张家界的险峰，拍下玉龙雪山的壮美，在澳门品尝各种小吃，在维多利亚港欣赏璀璨的夜景，在珠海渔女和日月贝聆听海的声音……父母终于搬离了原来每年遭受洪水侵袭阴暗潮湿的住所，在新居的阳台上遇见了灿烂的阳光。父亲种起了三角梅、杜鹃、海棠等各种植物，珍爱着每一寸阳光的美好。昔日对他横眉冷眼的人，在路上遇见了，居然热情地跟他打招呼。只是父亲对于人情冷暖早已淡然，他总跟我说："积善之家有余庆，作善之人种福田。"

岁月静静流淌，起初是天真烂漫的诗歌，后来是跌宕起伏的小说，现在是冲淡平和的散文。珠海斗门在 20 年间也变得众彩纷呈，风情万种，有了更多的绿荫繁花和商业区，处处流翠浮香，网红打卡点数不胜数。父亲来我这里时，我不再带父亲去坐高脚凳了，而是有时去咖啡厅，有时去看一场电影，有时去河边散步。那日，我跟父母在黄杨河畔漫步，母亲说起当初遭受的欺凌，又泪眼蒙眬。父亲安慰她说："都过去了，忍气人有福！"

我想我会像父亲那样，让自己的心守在生活的低处，如水之沐浴群生，水之恶盈流谦。秀美的黄杨河在身边流过，正是涨潮时期，货船经过时，划出的一道道水浪不断地向岸边涌来，那激荡的节奏，似在讲述一个时代的滔滔。这时母亲擦了擦眼泪，说："珠海到梅州的高铁开通了！我想坐一回高铁！"

（原载《大湾》2021 年第十三期）

袅袅清音入梦来

　　一弦清音，绕过白色的梁柱，如蜂蝶穿花，凉风拂水，如飞霞几片，阳光数缕。与古筝相伴，烟火中的生活不但满室生香，而且温婉润透，雅趣生飞。

　　多年来，琴音如一泓清水，洗去心中的繁杂与琐碎，也如一片月光，照亮长草的思绪和梦乡。

　　想起当初第一次抚筝，恍然如梦。拨弦几声，曲调未成，寥寥素音便如清泉淌过，屋内空灵顿生，心里也立发欢喜之情。古筝的面板是朴素的，古香古色中意韵深藏，琴首有游云惊龙的书法，琴尾雕刻有出水芙蓉。面板上有二十一弦按序排列，雁柱斜斜铺开，左弦与琴尾相连处，连成优美的弧线，如曲韵潺潺。

　　汉代刘熙在《释名》说：施弦高急，筝筝然也，故名筝。筝音铿锵粗犷或清丽委婉，激越刚劲或轻柔缠绵，在 21 根琴弦中施展得淋漓尽致。双手在琴弦上欢畅游移，有了调子，有了感情，有了回味无穷的韵味，一首曲子便有了它的生命与灵魂。初学时左手按弦，疼痛感甚强，柔弱的指尖与坚硬的琴弦相触，揉弦、颤音、滑音、按音……为了探索延绵不绝的神韵，指尖上裸露的皮肤义无反顾地奔赴一场酷训。疼痛、泛红、开裂，直到起了一层厚厚的茧，左手方能如水中之鱼游走弦上。而右手的花指、刮奏、琶音、泛音、扫摇等众多美妙的指法，又使曲子多了花香、水流、禅意、气势……东方的古典美在古筝上被演绎到极致。每一根琴弦含有一山一水、一草一木，每一个指法含有爱恨欢悲，闲逸淡远。

一友人曾问我："如今是否兴弹古筝?"而我并不知晓潮流之事，唯喜欢而已。一千多个夜晚，我未曾流连热闹街市，而是抱一颗钟情虔诚之心，端坐筝前，手指绑上温婉如玉的义甲，抬腕、托劈、抹勾、搓摇揉扫、花刮滑颤……日子的枯意渐少，阑珊渐生，撩拨一弦，如花香醉人，一曲下去，就迷失在花香袭人的园中。

各大筝派的风格，都让我深深陶醉。河南筝明朗高亢，山东筝刚劲铿锵，客家筝古朴大方，浙江筝淡雅含蓄，潮州筝清丽优雅，陕西筝哀婉凄楚……大概是因为潮州筝有南方人婉约细腻的风格，我尤为喜欢潮州筝。初学的《十杯酒》，弦声响起，就让我如梦如幻，曲中有浅浅的哀伤，如临行的告别和漫漫天涯路的守望；《开扇窗》如习习凉风吹送着暗香，还有阳光悄然而至的影子；而《寒鸦戏水》，则在我面前呈现一幅美丽的画面：夕阳之下的平湖，宁静、开阔，秋风袭来，一群寒鸦出现，在水面嬉闹、游玩，打破了原有的静谧……

在众多曲目中，《渔舟唱晚》慢板与快板的强烈对比，让我体会到"收发自如"的美妙。上半部分宁静朴实、悠闲缓慢，转而急促高亢，如有千军万马奔腾，最后又归于宁静，夕阳西下，帆影点点、江水悠悠……虽然这首曲子表现的是渔民丰收的喜悦，然而旋律里的跌宕起伏，大概也与我们的人生相同。首段如我们平和、安静的人生初始；高潮部分亦如人生太阳高悬的阶段，痛苦与欢乐，都在每一根琴弦激昂的音韵中；而曲子的收尾部分，就如历经沧桑过后的平静与喜悦。根据古琴曲改编过来的《梅花三弄》，则是曲调优美、平缓，飘飞着空灵之意，清澈透明的泛音演奏出超尘脱凡的意境，如在禅寺里，对着一株洁白的梅花，拂去红尘的俗念……不管是像《渔舟唱晚》那样收放自如，还是像《梅花三弄》一样禅意悠悠，弹奏一曲，便如参悟了一次人生。

古筝从古代的五弦竹制发展到今天的二十一弦木制，表现力越来越丰富，已不再局限于轻弹慢揉。现代歌曲《山丹丹花开红艳艳》《战台风》等名曲，就让我感受到了古筝磅礴的气势。虽然手指无法驾驭所有的情感，但弹奏时全情投入，一曲终了，往往汗水沾衣，神思飘远。我已不是生活中的我，而是曲中的我。

袅袅筝音，悠然心间。因为学筝，生活尚有活色生香的梦想。几年的坚持，我俨然成了"追梦人"。梦中有花絮斜飞，泉水汩汩。拂弦几声，我不禁轻吟："门前清浅水，风飘几片花。"这，大概就是琴音给我带来的见素抱朴的真意吧。

（原载 2019 年 12 月 12 日《潮州日报》）

迟到的钢琴

　　它优雅而沉静地立在百货店的橱窗里，三个脚撑起华丽的琴身，光亮的黄色表面，嵌着一排黑白相间的琴键，与我对视的一刻，马上索了我的魂。那是在小学二年级的一个夜晚，母亲带着我逛百货店时，我遇见了一架玩具钢琴。我的目光被黏住了。母亲叫售货员拿下来，叮咚几声脆响，便让我如痴如醉，喜欢之情溢于言表——可是十多块钱的玩具，相当于当时母亲三分之一月的工资。犹豫之中，母亲不忍心一口回绝，只说要回去问问父亲。

　　在那物质生活匮乏的年代，温饱都成问题，父亲哪会随便满足我这奢侈的愿望呢？可我对它魂牵梦绕，天天晚上，总要拉着母亲或姐姐的手去那家店里看一看它。看了几次，母亲终于不忍心，她偷偷攒够了钱，叫我不能告诉父亲，在一个星疏月朗的夜晚，把那架玩具钢琴搬回了家。犹如一个乞丐得到了一个珍贵的宝物，我狂喜了一个晚上。在叮叮咚咚的声音中，小小的房间似有淙淙溪水、清脆风铃，更有一颗雀跃的心。

　　虽是玩具，却激发了我对琴声长久的热爱。然而也终究因为是玩具，音域不够三个八度，长大一点后，小钢琴便不能满足我的要求了。母亲知道我藏在心里的秘密，有一天，她又从外面的小摊档上买回一台稍长一点的电子琴。二三十块钱的电子琴，在大人眼中，也是玩具而已，对我来说却是如获至宝。每周一次的音乐课，都是我最快乐的时光。那时学的是简谱，老师也没教我们太多的乐理，但我清楚地记住了渐强、渐弱、反复记号、全音符、二分音符、四分音符等简单的乐理知识。周围的亲戚、朋友大都不懂音律，也不会有人跟我谈音乐，那个年代，学习成绩好就是好孩子。而我就是这样的好孩子，除了读书，似乎没有其他的兴趣爱好，以至于对琴音深深的喜欢，只能像飘落的花朵一样埋葬在心底，并试图去忘却。

上五年级的时候，音乐课上老师搬了架风琴到教室里，我一眼瞥见它，内心就冲出一匹无法遏制的野马——琴，我眷恋的天使！我当时以为那就是钢琴，看见老师边弹边踩踏板，羡慕得浑身有一种抑制不住的冲动。下了课，风琴还没搬走时，我猛地蹿出座位，走到教室前面，无法自控地把手放在琴键上。我多么想试一下真正的琴是怎样的，可是我才把手按下去，老师就看了我一眼，说不能玩，我又把手缩了回来。我站在旁边，认真地数着有多少个琴键，还没数完，就来了一些人把风琴搬走了。我的失落，湮没在教室里的吵嚷声中，一个孩童心灵里还未来得及萌发的梦想，就这样悄然消失了。

不知从什么时候开始，家附近居然出现了一家电子琴专卖店。一天，我无意中走进去，那黑白相间的琴键马上吸引了我。我浑身激动，一看价钱，却又傻了眼——最便宜的都超过两百元，已经大大超出我家里的承受范围。一天，父亲的一个朋友说："小孩子喜欢就给她买嘛，不就几百块钱的东西！我想买给我家的，我小孩还不喜欢！"我在一旁听了，突然心里腾出一丝希望，希望父亲能够苟同他的意见，可是父亲尴尬地摇了摇头，说："小孩子玩的，哪用得着给她买这么好的！"心里刚有的微弱光亮马上又灭掉了，我听到了自己轻轻的叹息。

后来，母亲又给我换过一台几十块钱的电子琴，能够弹更多的曲子。虽然音色比较差，但对我来说已是莫大的享受。其时我并不懂得和弦与指法，只是自己按着谱子弹出来，就觉得快乐无穷。那时候的电视周刊里每周都有一首曲谱刊登在上面，这些曲谱，就是我弹奏的源泉。那时弹了好多曲子，如《上海一家人》《封神榜》《城市节奏》《雪山飞狐》等。记得在那炎热的暑假，我整个下午都在琴声中忘乎所以，虽然房间热得如蒸笼，我体内却有清泉流过。直到夕阳西下，母亲在楼下喊我吃饭时，我才惊觉时间已过。

到了初中，音乐课在一间大大的课室里上，我终于见到了真正的钢琴。漆黑光亮的外表，显得华贵而神秘，让人不敢轻易触摸。它端端正正地伫立在课室前方，像庄重的大家闺秀。掀开神秘的盖子，上面躺着安静的琴键，像容纳了人世所有的黑白。老师的手指轻触，即刻行云流水，余音袅袅，韵味悠长。一瞬间，我就被钢琴那华丽的气质吸引了，只是，我再也没有想要去摸一下雪白的琴键的冲动，只是远远地观望着这件可望而不可即的乐器。老师经常弹奏《献给爱丽丝》，上音乐课的路上，琴声若隐若现，如细雨般落入心间。优美的琴声让我忘情，上起课来也特别认真。那时，第一次知道了什么是音名、调号、音程……后来考试时，老师叫我们听他弹奏后，把谱写出来，全班同学就我一个人得了个大大的 100……

伴随我的琴音到高中便戛然而止，在紧张的学习中，我似乎忘记了自己曾经喜欢过琴，忘了自己曾经陶醉的乐器声。日子一晃而过，在大学毕业后第二年，一天，经过一家琴行时，看见有钢琴培训的广告，里面有几架端端正正的漆黑外表的钢琴，埋藏在心里多年的爱，突然排山倒海一样喷发。过了几天，我就拉上一个朋友义无反顾去报了名。50 元一节的双人课，10 元一个小时的练琴费用，对一个月只有一千多元工资的我来说，显然太奢侈，可是为了钢琴，我已经赴汤蹈火在所不惜。我经常去琴行练琴，别人总奇怪，问我为什么这么大了还来学琴，我也经常重复着四个字回答别人："喜欢而已。"学了一段时间，终于感觉经济上吃不消了，而且那时还想继续考研，于是在千般不舍与遗憾中放弃了。可我发现我已经离不开琴，于是买了一台雅马哈的电子琴，以化解对钢琴的浓烈之情。把一千多元的雅马哈电子琴搬回了宿舍，我才终于拥有了一架真正的琴。虽然考研复习的日子很紧张，可我还是"不务正业"，花掉一部分宝贵的时间用在练琴上。我用电子琴来练钢琴的曲谱，很快就发现琴键不够用了。再后来，考试复习进入备战状态，我又放弃了练琴，以后的日子，忙着工作、结婚、生子，那架电子琴在家里差不多成了摆设。生活忙碌起来，工作忙碌起来，人有了些许的浮躁，只能靠听听钢琴曲来让心灵沉静，而电子琴，只能用来弹奏一些简单的儿童歌曲给小孩听。

我以为我今生跟钢琴无缘了。

没想到小孩对钢琴同样一见钟情。他指下的声声琴音，似沉吟，似欢畅，似悲鸣，或柔和，或清脆，或铿锵，或恬淡，穿越时空隧道，带着我回到了过去，回到了快乐而单纯的时光。原来岁月流转，关于琴的记忆却未曾褪色。若把生命的旅程比作跋山涉水，那么对琴的钟情，就是一路旅程中山涧里从未干涸的缓缓小溪。

当那架漆黑光亮、有着华贵气质的钢琴搬进我的大厅，我不再像孩提时代那样有抑制不住的冲动去弹她，而是默默地坐在她旁边，轻轻抚摸她的外壳，然后把她抹得纤尘不染。掀开琴盖，优雅的琴键跃入眼帘——钢琴，你在我的生命中迟到了，因为我已经做不到十指灵动地在琴键上飞舞，但是，你来得也不算迟，在我对生命有了更深的理解，对琴音有了更强的感知力时，你似乎在冥冥之中，与我有了某种约定，悄然来到了我身边。

　　在我的生命中，我愿把所有的留白都交付予琴音。

谁叹杨花逐水

　　未识江南烟雨，却早早恋上江南烟雨中飘荡的越剧。我生在广东，长在广东，对浙江、上海的越剧却情有独钟。记忆中，在那座无虚席的影剧院里，父母带我看了前悲后喜的《五女拜寿》，催人泪下的《莫愁女》，自此，咿咿呀呀、缠绵悱恻的越剧，便如一缕驻足的霞光，映照着我心里的山、心里的水。

　　柔婉、缠绵、深沉、灵动的唱腔，在眼波流转、水袖轻舞间，如温润的水缓缓流，漫出最深的情，最切的意。桃红柳绿，烟雨迷蒙，长亭白堤，才子佳人，恰如其分地走进戏里，伴着韵味十足的唱腔，景与情，相得益彰。越剧是属于江南的，也属于每一个温婉的女子，属于每一个痴情者，属于每一缕飘过青瓦白墙静窗幽竹的风。

　　越剧里的小生，大都由女子扮演。眉清目秀，面容俊朗，举止儒雅，曲调以情带腔，或舒缓圆润，或刚柔并蓄，或热情奔放，每一字、每一腔、每一板中都寄着浓浓爱意。花旦则是脉脉含情，云步轻移，眼眸似语，欲说还休，兰花指轻捻，细腻传神的动作将含而不露的感情，表达得摄人心魂。云肩下淡雅的绸纱青衫，飘逸柔美，我似沾了一身江南的古韵，如痴如醉。

父亲说："越剧里的唱词，实在是太美了！"由此，我寻来吴侬软语的词句，依了那浓郁的诗情画意，渗入骨髓的魂，感受着情缱绻、意缠绵。"绕绿堤，拂柳丝，穿过花径；听何处，哀怨笛，风送声声……"王文娟扛着花锄，把黛玉的哀愁唱成细雨霏霏，落入我的心里。"一寸芳心谁共鸣，七条琴弦谁知音"，听到此处，本是无忧的年华啊，也被轻轻染上愁绪。"林妹妹，我来迟了！我来迟了——"徐玉兰扮演的贾宝玉，先是轻声呼唤，后来"千呼万唤唤不归，上天入地难寻见"的呼天抢地，把我带入极度的悲怆中。急速表达心绪凌乱、悲痛欲绝的紧张节奏，把悲剧气氛渲染得淋漓尽致，我也成了越剧里的痴男怨女。

　　爱上越剧，一发不可收拾。

　　小镇里没有戏台，我开着黑白电视，打开录音机，边看边录，还匆匆记下一些歌词。虽然零碎而散乱，于我而言，却是甘露与花香。笔尖画不下陆游与唐婉令人心碎的眉眼，老录音机里转动的唱片却录下了《钗头凤》的悲郁凄凉。后来，转动在磁带里的，还有鲤鱼精的一往情深，梁山伯与祝英台的绵绵情愫……一天，经过一间唱片店，宝玉娶亲的唱词"总算是，东园桃树西园柳，今日移向一处栽"，如春日浓郁的女贞花香，向我扑面而来。跌宕华彩婉转美妙的腔调，轻而易举地定住我匆忙赶路的步履。四季如春却秋霜暗藏的大观园，恍然置于我面前。小镇里难得有越剧的唱片，我惊喜万分，如在粗砂中淘得金子般狂喜。

　　正值初三毕业，房间里除了堆叠的书本、作业外，还充溢着越剧细碎的唱词。我不止于听，还想唱。《天上掉下个林妹妹》《黛玉葬花》《问紫鹃》等片段慢慢地耳熟能详，我也终于模仿着着徐派小生和王派花旦的唱腔，天天在房间里放声歌唱。时而曲调激昂高低起伏，音域宽广，感情如江河奔涌；时而绵长温软如泣如诉，节奏平稳，感情如涓涓溪流。学习紧张的日子，光阴如水清淡，我的心里，却有温柔的雨、青绿的山，有斜阳深巷、小桥流水，那片灵动的天地无人知晓。

也许是一种缘分，大学宿舍的一个福建女孩，居然跟我一样，也是不折不扣的越剧迷。她带来一大堆越剧的唱片，有《碧玉簪》《紫玉钗》《孔雀东南飞》等名剧的片段，时常戴着耳塞，迷醉在江南烟雨中。我借得几盘，自是眉飞色舞，看黑色的磁带缓缓转动，呈现山，呈现水，莺燕呢喃，风月无边，便跟着轻轻吟、深深醉。范派小生的情韵又把我痴迷得一塌糊涂。"人去楼空空寂寂，旧日恩情情切切——"《孔雀东南飞》的一段曲，寂寥、悲戚的腔调，在我心里藏了多年，以至于后来随口哼唱越剧时，第一句便是焦仲卿的惆怅与哀愁。宿舍里，福建女孩跟着唱片唱，绮丽明媚的曲调因她天生五音不全的嗓子，被唱得陡峭崎岖、起落不平，不得圆润。然而，我却听得明白，听见她走调的曲子里冷雨敲窗的淅沥，洞房花烛的喜悦，俏皮轻笑，离愁别恨，和她对越剧深深的热爱。

那一年，已经毕业。在佛山工作的福建女孩在一个晚上兴奋地打电话给我，告诉我尹派名家茅威涛要来粤演出，问我是否同去。茅威涛是著名越剧表演艺术家，她要来粤，我心里岂能不激动！我最喜欢她唱的戏，行腔流畅、气韵悠扬，俊雅的扮相，更让人赏心悦目。而我竟不知因何事未能成行，只在当时的报纸上，关注着大篇幅关于她的报道。后来的越剧小生，有了赵志刚等优秀男性青年扮演，但我还是喜欢茅威涛那样的女子扮演的小生，戴着书生帽，一支竹枝或一把纸扇，衣锦还乡或书剑飘零，都儒雅俊俏，风流倜傥而又底蕴深沉。

福建女孩一别经年，毕业十年聚会后再未相见。越剧亦如水袖扬天挥舞后一个转身，渐行渐远。我的心中渐隐了江南烟雨，在生活的大戏中追逐着奔涌的激流。一晚，突然想起久违的越剧，古老温润的旋律又在心中回旋。网上点开一段，伴奏的二胡低回幽怨，迷离的气息弥漫开来，一听便不能自已，最终，发现自己入戏太深，竟是满脸泪痕。谁真情，谁假意，谁肝胆相照，谁笑里藏刀，谁谄媚逢迎，谁强作欢颜？我竟不能一一辨别。生活本是一部大戏，我们活着的每一天，都在演绎着自己的角色，又观看他人精彩的演出。到曲终人散之时，戏场谢幕了，人的一生也就结束了。终究是戏如人生，人生如戏！

在现实的戏台中，江湖的刀光剑影，已抹去越剧里一声温柔的喟叹！

但越剧依然能打动我的心。传唱了一百多年的越剧，积聚着越来越浓的韵味，那是我们从未停止追求的美。中板、慢板、快板等各种板式中，古典隽永的唱词，诗情画意的表达，如唯美的白月，在最静、最深邃的地方。只要你愿意启开心灵的舞台，爱情的千古绝唱，依然属于你的生活。

谁叹杨花逐水，掬一捧往事碎如风。戏与生活，我已然分不清。

快乐的厨娘生活

  自婆婆回乡后，下厨做饭的任务自然落在我的肩上。一条围裙系住我缥缈的神思，此前看书写诗的时间，大部分用来盘算：中午买桂花鱼还是瘦肉，晚上百合炒西芹还是清蒸海鲈鱼，花旗参炖乌鸡汤还是枸杞叶滚瘦肉汤？这不，刚吃过早餐，又奔向市场，在活蹦乱跳的鱼虾档和新鲜粉嫩的肉块档之间流连。

  天天下厨，锅碗瓢盆，才真正体会到"人间烟火味，最抚凡人心"。早上，冒着热气的鸡蛋瘦肉汤面端上桌，看孩子吃得吸溜吸溜的，作为母亲的满足感和自豪感油然而生。未结婚时，每每孤独来袭，我就唱刘若英的《当爱在靠近》："真的想，寂寞的时候有个伴，日子再忙，也有人陪着吃早餐……"如今歌词中向往的生活早已实现，且家中有老人照料着一日三餐，当初的幸福感却似乎已被日子磨平。现在重新走进厨房，在啪啦啪啦的锅中铲起一盘盘色正香浓的菜，引来先生与孩子的啧啧称叹，丢失在厨房里的存在感又拼命膨胀。大概是，当你做菜时，会产生一种期待，在菜色的搭配、味道的浓淡、营养的比例中大展身手后，有人与你一起分享，并陪你慢慢品味，你的辛苦有了回应，你的期待落到实处，这就是幸福。

日子一遍遍刷新，食物也一遍遍刷新。清甜白灼虾、蒜蓉豉汁淋鲍鱼、盐焗鸡、辣椒炒花甲、苦瓜炒肉片、粉丝蒸扇贝……花样层出不穷，孩子也表现出少有的好胃口，好像摆在他面前的是珍馐美馔，大有饕餮之势，这激励了以前一进厨房就脑子一片空白的我。砧板上的声音越剁越有劲，甚至菜下锅时瞬间的爆沸声也成了动听的音乐，我因此哼起了小曲。一阵是广东音乐《旱天雷》，一阵是轻快活泼的《康定情歌》，一阵是优美舒畅的《平湖秋月》，有时甚至是气象开阔的《我的祖国》。似乎只有这样，才能跟锅里欢快的滋滋声、噼啪声应和成美妙的厨房交响曲。

我跟孩子说："劳动最光荣。"受我的感染，只热衷于读书的他也热爱起劳动来，吃完饭搓筷子、刷锅、洗碗，还会帮我淘米、做饭、洗菜、拖地，做一些力所能及的事。那天快到家时，正是暮色四合、华灯初上，我在马路边一抬头，望见对面家里厨房的灯已亮，孩子就站在窗边忙乎，顿时一股暖流、一股笑意，从心头浮起。虽是天寒，却觉岁暖。

吃乃人生一大乐事，为此，我认真煲起了广东老火汤。此前，婆婆为了省煤气，经常把汤滚沸不久便上桌，而现在，我终于可以好好研究老火汤与人体阴阳的平衡关系。滋阴、清热、润燥、温补……各式各样的汤料、功效，像有魔力一般吸引着我反复研究并实践。广府饮食文化姿彩绚丽，而且注重养生，再忙碌也要煲汤，这就是广东人特有的生活品质。慢火细熬的老火汤，时间长，火候足，温润、清甜、醇厚，它带着禅意与智慧，存在于我们的生活中，如同我们的人生，经过心血与时间的慢慢熬煮，才能品出好滋味。

那日看《浮生六记》，看到沈复在一个下雪天登黄鹤楼，遥望汉江来往船只飘摇，如叶落水面，载沉载浮，觉得人生渺小，热衷于功名利禄的人到此也不免心头一冷，望江息心。看完，我嘿嘿一笑，合上书本，走进厨房。生活的意义在于生活本身，对我来说，系起围裙，打开炉火，在煎炒烹焖中端出一盘盘香甜可口的菜，把日子过得有滋有味、活色生香，就是红尘俗世给我最大的褒奖，那些虚名浮利在温实的日子前不值一提。为了一日三餐，我忙碌而快乐到没有理想。

以前对吃麻木的我，也学着先生慢慢咂摸："这种米香一点，那些青菜比较有菜味，这鱼骨头有甜味……"

一日，先生回到家，我正在厨房里哼着《红梅赞》，他笑道："你的围裙都是红梅花，是在赞自己吗？"我低头一看，围裙上红梅朵朵，如春天的霞光，不禁嘴角一扬，大笑："当然！我放下诗书，在厨房里抡起锅铲，也是发光发热的有为青年！"

冬 日 之 花

　　路边的甘蔗惬意轻摇，顶上散开几片舒长的叶子，像头戴一顶绿色的花冠。沿路叫卖的小贩，利索地削着坚硬的蔗皮，露出鲜嫩多汁的白玉身，引得我与文友们停下了飞奔的车轮。走出车门的一刻，空气中飘浮着一种隐约的甜味。几只麻雀停在田埂边，又往空中扑棱着翅膀飞腾而去。在摊边挑挑甘蔗与红薯，看看垄边的草，探寻水里的鱼，观望冬日里的枯黄与碧绿，时间就这样变得缓慢了。

　　到了黄杨山脚的一个农庄，一眼望去，心湖忽而就有了微澜，是一种不易觉察的心动。"苔痕上阶绿，草色入帘青"，若可以隐居，我便会选择这样一个绿浪涌动、远离喧嚣的地方。自在的阳光，散漫的思绪，葱葱郁郁的果园。登临的台阶，几只黄狗在安静地打盹，见有人来，张开惺忪的睡眼，竟是那样温顺地张望。

　　文友们的惊喜与欢呼接踵而来，轻捷地登上石阶，主人从屋子里迎出来，阳光的肤色衬着炯炯的目光，他身上衣着朴素，言语随和，笑容亲切。若有长衫，我定会误认为是陶公。我们把带来的玉米等食物放在石台上面，便如快乐的鸟儿飞回大自然一样，迫不及待地逸散在丛林中。石阶上去有一个休息的平台，上面摆放了几张大的桌子和陪伴的长椅，背后靠山，旁倚清池，往前眺望，可见南方依然青葱碧绿的荔枝林。阳光在树叶上尽情地跳跃，也肆无忌惮地吻着我们的脸，似乎要把深藏在我们内心的寒冷彻底驱除。新鲜的风、深切的呼吸、流转的眼神，此刻，我突然觉得生活简朴但内心富足是多么幸福的人生，而这样的幸福往往只在一念之间。虽不在南山，生命到了此处，却是一样悠然、闲适、清净，仿佛所有生活的真相都在这里还原，所有的虚浮都在这里沉淀。园子里的质朴拉开了你与红尘的距离，摒弃俗念，便闻到了东篱的菊香。

更为难得的是，绿树掩映下，一群志趣相投、坦荡率真的人，欢聚在一起畅谈文学与人生，全然不见生活中无形的面具，更让人参悟万法自然、一切随缘的真谛。静时怡然自得，笑时酣畅淋漓。诗酒花茶，琴棋书画，各种雅致，皆在心中。

太阳渐渐升高，一番笑谈之后，喜爱音律的文友唱起了意韵悠长的粤剧。宽广的音域如周边的青绿，覆盖了庄园。叶子轻轻颤动，似乎应和着这深沉悠远的声音。歌毕，余音缭绕，久久不散。这个返璞归真的农庄，经由粤韵的点染，更具一番古典美。

几位文友下厨和女主人一起洗弄食物，我们一群人则绕到了平台后面的山径。荔枝树与菠萝蜜树在后山林立，满园的绿色让我忘了这是冬天。阳光飞舞，将冬天的沉重与凝滞酝酿成一坛醇醪，穿行其中，我们便如在酒香中沉浸，醉不知归。一片斜坡上，几块磐石交叠，我们顺势而爬，如飞絮散落在上面。从高到低，从左到右，或立或躺，或蹲或坐，形同十八罗汉，情态各异。笑声让如酒的阳光发酵得更加香甜，我们如冬日盛开的花朵，在一年将逝之时，抛落积攒了一圈年轮的心事，轻盈地撷取每一缕欢畅的阳光。欢快声中，主人拿起手机，给我们拍下了这飞扬的瞬间。

山路多砂，一不小心就会打滑，拐着几根主人砍下来的甘蔗，学起"铁拐李"，借着一连串的笑语，绕着菠萝蜜树走了一圈，就登上了山。白云姗姗，山风无语，心旷神怡的天地，所思所想不再含糊不清。我说快来高歌一曲吧！我们的高音女王悦悦便站在山边，伸开双手，豪放地唱起《青藏高原》。我们也跟着一起放声歌唱，歌声越过林间，在山上飞翔，流云也似乎在倾听……音刚止，那边却大笑起来，原来何老师竟不小心滑落到下面的山坡，正扶正他的近视眼镜，狼狈地看着我们。他站立的身旁是一方秀竹，大概是对竹喜爱之极，以至于他奋不顾身地靠近……

这个冬日，北有踏雪寻梅，南有探林觅芳。这个静卧山脚的农庄，因了我们盛开旖旎的内心，园子里沏满了甘洌的芬芳。

（原载 2020 年 1 月 23 日《潮州日报》）

我的春天开在你的夏天

　　待到闲时，春已暮。春天短暂得如囫囵吞枣地读了一首诗。群芳纷沓已成昨日，因未留一处闲情，虽目睹铆足劲的花朵开启一场若梦的繁华，然而未用心徜徉其中，终究觉得春天只在梦中轻轻地拂过衣袖，醒后便了无踪迹。

　　"弄花一年，看花十日"，那些好看的花儿，积蓄了一年的力气，只为在春风中肆无忌惮地打开自己。这样的绽放，却是浮光掠影，当人们深情地爱着春天时，春天又转瞬即逝。是的，木棉在早春开放，如今枝头的火焰早已熄灭，只剩下一些白色的棉絮在树底欲说还休，我轻轻踩过，就像踩过一声叹息。串钱柳仍然红彤彤地挂满枝头，但已经耗尽了力气，更不用说我喜爱的黄花风铃，风靡几许晨昏，亮黄如几片脆弱的玻璃，早已碎了香魂，隐匿在时光的深处。开到荼蘼，芳草盈野，绿树成林，这固然是极好的，只是缤纷丽影已模糊，没有花，便不成春天。与春天擦肩而过，就像丢了礼物的孩子，做梦也想要寻回。

　　走向郊野，大自然似乎要怜悯我这个遗失了礼物的孩子，满足我觅得零星花朵的愿望。一阵风拂面而过，我竟然隐约看到一座亭子后面有花影晃动。绕过去，一丛火红的夹竹桃，如一个不速之客，未与我有任何招呼，就莽莽撞撞地闯入我的眼帘。如茵草地上，在繁花落尽的时刻，它似乎忘了光阴的存在，以明亮的笑脸竭尽所能地绚烂着。深粉色的花瓣重叠相依，绽开浅浅的羞涩，又不失坦荡。它们聚在枝头的顶端，从清瘦的叶子中钻出来，这边一朵，那边一朵，似乎想围困剩下的春风。虽然花朵算不上繁茂，但在万花消瘦的四月，它们似乎独占了春天。夹竹桃是平凡的花朵，公园中、街头绿地都能看见它们俊俏的身影，只要是向阳处，花朵都开得忘乎所以。因其平凡，若在平时，我对它留意甚少，可是此时，只因它不经意地拯救了我内心的一分寂寥，我看它的目光就突然多了一丝温柔。

我想我应该是感激它的。十多年前的一个夏天，家人因一场重病入院留医，在那艰难的日子里，我天天坐着公交车在医院与单位之间奔忙。在医院里有一片宽阔的草地，那里有一大片夹竹桃开得如火如荼，红的、粉的、白的，一枝枝缤纷的花团爆发着旺盛的生命力，在夕阳的映照下，如一支命运的交响曲，演奏着绚丽与宁静。那时，看一眼满树的云霞，纷乱的意念突然就不再挣扎，心里的嘈杂声也随之消失。在这些花朵的安抚下，我的心在茫茫海浪上似乎看见了岸，又有了听鸟鸣、嗅花香，看流云的冲动。

那时是夏天，而现在是春天。回过神来细想，原来夹竹桃在春夏秋三季都是开花的，而并非春天独有。我不禁哑然失笑。夹竹桃花开着，春天走着，我欲挽留的岁月，欲驻足的美好，都在夹竹桃花的热闹中悄然消逝。但是，转念一想，今日所见之花不但让我拥有了春天，而且让我曾经拥有过坚强的夏天，心里忽又释然。也许，春天老去并不可怕，可怕的是，再也没有一颗感动于平凡事物的心。也许，春天未曾走远，它只是以另一种方式将蓬勃递交给时光。

季羡林先生曾有一篇文章《夹竹桃》，赞美了夹竹桃平凡之中的韧性。而眼前的夹竹桃，并不需要我赞美什么，它自顾自地开着，与葱茏同在，与飞鸟相依。

把嫣红的花瓣揉进光阴，春天就住进了心里。悠然的风中，夹竹桃散发出清幽的香气，如一支空旷的曲子，在时间里绵长而悠远。有花相伴，总是好的，不管是春天，还是夏天。那么，还是念念那首有意思的回文诗吧：赏花归去马如飞，去马如飞酒力微。酒力微醒时已暮，醒时已暮赏花归。

春已暮，天已暮，我不盼时间重来，因为我的春天正开在你的夏天。

且 听 花 吟

风雨兰

(一)

不是为了在芬芳的夏日里喧嚣，在人们差不多忘记它的时候，一阵疾风骤雨催生了朵朵粉嫩的红。

在那寂寞的角落里，在那破败的砖瓦间，风雨兰，我很早之前就认识的植物，始终像一堆普通的草，在我的熟视无睹下杂乱无章地生长。因不是盆栽，故不像吊兰那样轻盈雅致，也没有大花萱草那样的柔媚，它，只是一堆毫不起眼的墨绿的草。

可是，生活从不忘记给人制造惊喜。一个雨水初停的清凉的早晨，在我漫无目的地张望时，一抹抹粉红突然点亮了我的眼。风雨兰开花了！那堆天天落在我眼角的余光里，却被我遗忘了的草，在一个风雨之夜过后，用它朵朵略带羞涩的轻盈的粉红，不用一点造作的姿态就吸引了我的目光。花蕊鹅黄，张开的花瓣点缀着晶莹的露珠，像一个少女初次展露她羞涩的情怀。

它始终是沉默的。一束束兰草习惯性地生长在从不引人注目的角落里，就是在经历风雨过后而开出的花朵，也是美得那样不张扬。不是为了争妍，它是在沉默中积蓄自己的力量，最终在合适的时机，向人们展示它从未外露的美。

（二）

我终究在那个废弃的花槽里，挖了几棵风雨兰回来，剪去株底一些枯黄的老叶，然后种在阳台上那个浅绿的陶瓷花盆里。培上一些土，再用花洒浇上定根水，顺便冲洗叶片上原有的泥尘。看着水慢慢渗下去，盆土湿润了，叶子似乎喝足了水，一株清爽而充满灵气的植物便在眼前摇曳着。

细长的叶片轻垂，绿意流淌，斜开的花朵浅笑嫣然，柔弱而美。刚刚还是路边的无名草，瞬间就落得楚楚动人、清丽脱俗。我的喉咙里似乎有一股清甜的液汁流过，暗藏的欢喜从眉梢露出。把风雨兰放置在阳光下，它似乎在灿烂中回忆起悠悠往事。我突然想起那句诗：昨宵苦雨连绵，今朝丽日晴天。愁绪都随柳絮，随风化作轻烟。

此后的日子里，每当我走进阳台，为它浇水或剪除一些老叶时，总是惊叹于它那安安静静的美。我并未时刻关注它，而它却似乎感恩于我的一点用心，在些许的水分与阳光中，从一个"乡下姑娘"长成"小家碧玉"，把我的阳台装扮得淡雅葱绿。或许，幸福就是这么简单，只需要一些阳光、雨水，与一颗感恩的心。

就算你的人生有深深的寂寞，有浓浓的忧郁，也要像风雨兰一般，在沉默里绽放自己的美丽。何况，生活总是从不忘记给人制造惊喜呢！

向日葵

春风的软指一扬，向日葵便迫不及待地绽放金黄的梦想。朵朵向阳开，层叠的花瓣与阳光对语，倾诉着隐隐约约的心事。春风和煦，金黄的精灵熠熠生辉，在我的第二家乡——珠海斗门的西堤公园的南端一路延伸，充满朝气的脸庞一笑倾城。因了它们的存在，黄杨河畔更富一番跌宕起伏的美，犹如一段准备草草收场的故事，却突然来了个柳暗花明的情节。

慵懒的春日，暖阳渐高，堤岸边的游人也渐渐多了起来。蜂蝶轻舞于每一朵花的芬芳。一朵朵小太阳在枝头分娩，蕴藏着无限生机。灿烂的向日葵向南铺展，像一首一气呵成的热烈之曲，相伴于黄杨河轻吟的水波，奔放而温柔，欢愉而宁静。自从有了这条绚丽的彩带，绿色长廊西堤公园就更显得生机盎然、多彩多姿。游人络绎不绝，纷纷流连于这片城市里的田园风光。

这样勇敢而美丽的花朵，却拥有凄美的爱情传说。故事里总是两个断肠人，相爱却不能相拥，一个化作天上的太阳，一个化为地上的花朵，生生世世都在遥望。而我更愿意认为它们是后羿射下的太阳，在这里找到了归宿，给人间诞生了无数璀璨的希望，又无言地遥望前世的故乡。

"更无柳絮因风起，惟有葵花向日倾"，不管传说如何凄美，向日葵在生活中给予我们的寓意总是积极向上的。它始终仰望着太阳，如同告知我们在这岁月的长河中要学会仰望、勇敢追求，人生才有更多的内涵。记得小儿在参观了"百万葵园"后，在作文中写下：我也要做一朵小小的向日葵，热爱生活，充满热情地追求自己的梦想。年少时固然充满激情，但肉身日益衰老之时，我们是否也依然跟向日葵一样，坦荡、勇于追求，这才是我们内心是否持有力量的关键。永远保持旺盛的求知欲，在一个自己未知的世界中探索行走，才能做一个不被岁月打败的人。

风起之际，向日葵迎风摇曳，朵朵欢颜用一种光芒照探着游人或喜或悲的内心。在三月，望着堤岸边梦幻般的金黄，心会有刹那的年轻，会有瞬间的跳跃。记得十多年前来到这里时，西堤公园只是一条简单的绿色长廊，青青草地，上面列植一些遮荫的大树，如此而已。几经洪水暴雨的侵蚀，绿树却越来越繁茂，加上近几年的改造，西堤公园在岁月的风霜中更有一种沉淀的美。浓荫覆盖之处，笛声悠扬，曲韵婉转，疏朗开阔之处，娇花欲语，流光飞舞。而这些向日葵，曾以大家闺秀的姿态在葵园里供人观赏，现在竟也悄然走向我常漫步的西堤边上。一朵、两朵、三朵，一片、两片、三片……数不清，望不尽，黄灿灿，亮堂堂，使西堤公园不但具有庄重的气质，还有热情灿烂的梦想。

在宁静的黄杨河畔走过一春又一春，花儿艳丽了一季又一季，日益美丽的西堤公园诉说着城市的变化，展现了这座城市劳动人民的勤劳与智慧。而这些开在西堤边上的向日葵，向阳光全盘托出对远方的热望，似乎在默默倾吐着这些年来，斗门绿化建设中探索的勇气与力量，低语着人们对美好生活的追求与向往。

（原载 2019 年 3 月 31 日《珠海特区报》）

绕过阑珊的春天（组章）

（一） 菊花

原来，菊花也是开在春天的。细细的花瓣密密匝匝，清雅，莹白，似开出一种人世间最为神圣的情感。此刻，她与秋霜无关，只与春天的雨水有关，与装满胸腔的雨水有关。

春意阑珊，熏风醉人。花瓣上，一颗露珠隐匿，经太阳的探照，就有了安静的光芒。四周青松的回忆变亮了，墓碑下安睡的灵魂，也变亮了。

一只蝴蝶飞来，与菊花长久地相对。不可言说的秘密，在沉默的相伴中不言而喻。春风眷顾了荒凉，如同菊花，眷顾了碑下的寂寞。鲜衣怒马的少年不见了，只有青绿的蕨，遗忘了前世与今生，在山上漫无目的地生长。

菊花想哭。可是她没有眼泪。

这一眼对峙，孤独而漫长。这一刻偎依，温馨而短暂。小妇人烧着纸钱，逐字逐句地说："我知道：他还活着，还呼吸，他绝不会成为忧戚悲伤的人。"

雨说下就下了。下成一条银河，下成晶莹剔透的思念。灰烬欲飞，随之又被雨水打湿。菊花流下了泪。蝴蝶依旧未飞，菊花与它一起，聆听大地的悲伤。在大地震颤的弦音中，菊花，轻微地起伏着潮湿的胸膛。

（二）桃花

寥落三两株，落满风与阳光的影子。经过的时候，我听到银铃般的欢笑。这些与春天有关的女子，薄影轻摇，一声浅笑，就占尽郊野的风情。

花瓣上必有细碎的私语，诉与春风。时光静静的，桃花就在这里醒着、睡着。偶有路人用柔和的目光注视，花芯便闪过一丝悸动。

香气明明若有若无，凑近鼻息一嗅，却就醉了。一树桃夭，为谁而开？那些浮在风中的诗句，为远道而来的人，安下一颗风尘仆仆的心。我与她交谈，说起一片云霞，说雾一样的心事，说一个春天的早晨，听一声鸟鸣的简单与了然。

杂花生树，春天美得有些凌乱。葳蕤的季节，似找不到一处留白。可是，看一眼桃花的嫣然、娴静、温软，和花瓣里安睡的露珠，心里就生起了空灵之意。

树枝上开出春天的誓言。为了爱，她总在证明，一场怒放，一场欢喜，一场零落，一场悲哀。

如可以与桃花一起，再开一次，在三尺方寸间，守住一片安放青春的色彩。桃花，我愿锁住晨昏，坐在花前，与你同醉。

（三） 黄桐树

尖峰山上，浏览过云朵的语言。乍暖还寒的风里，触摸过古老的时光。

我相信，神祇的光芒在上面闪耀——要不，一颗普通的种子，如何生长成五百多年的传说？云霞喷涌，热情张翕，瞻之如苍龙盘旋，每一根遒劲的枝条，都描摹着岁月的沧桑。五百年，沧海桑田，物换星移；五百年，顽石覆绿，碧水断流；五百年，尘世如梦，回首当歌。而初衷不变的神秘黄桐树，仍驻留在尖峰山上，花花叶叶，朝朝暮暮，固守成一尊横亘光阴的雕像。

低头微笑，仰首流云。辽阔与深远，尽在树身的斑驳；生死与荣枯，尽在沉默的绿苔。四季迭代时，青草惶急，群芳乱阵，你却以从容淡定，泅渡世间的辗转起伏。众人无法丈量你所经受的风暴肆虐，在你面前，人世之痛都是空中飘浮的一粒尘。

佛说，把我化成一棵树，五百年的回眸才换来今生的擦肩而过。沉默不语的黄桐树啊，你今生与谁相约？穿越五百多年的爱恋，写在尖峰山的群青深处。

无法环抱的树身，如储藏着绵绵不绝的生命力。顽强与睿智，伸展成四面交错的树枝，托起一棵树的梦想，也托起几个世纪生命的厚重。风过处，你招手流云，倾听云朵的呼吸。

而我此刻靠近你，也听到了你的呼吸。

就让我调一张素琴，和着风雨的吟唱，为你弹一曲穿越五百多年的禅音。

直到燕子双栖，暮色四合。

（四） 相思花

路遇被雨水打落的相思花，犹如邂逅一场深山里的春色。

芬芳徐落，满地碎黄。不忍踩踏朵朵静卧的梦，却仍踩疼，相思花的一段回忆。

而在仲春，似乎不应有垂怜。

雨后空濛的山中，呼吸与鸟鸣同样欢畅。绿风含着水分，润泽枯萎多时的思绪。那一边，山谷的草，野性而毫无秩序地汹涌。

没有比绿更浓的色彩。

逼人的翠浪中，几枝横斜过来的相思，不经意间，就搅碎了心湖。满树暗金，一地迷离。潮湿的空气中，收敛着几分疼痛，几许落寞，轻易掳掠了我们踏青路上隐逸的爱。细长的绿叶间，朵朵黄色小花含蓄而朴素，悄悄打开一种情愫，仿如年少时，在印着淡墨花痕的素笺上，曾经抒写的千言万语。

有人捡起柔弱的金色绒球，有人与树合影，有人在山中呼喊。风掠过，似有一把旧钥匙，轻轻启开了背影模糊的青春。呵，那些云烟，那些涟漪，还有，那些含英的岁月。

流动的灰云，仍蓄满相思的泪水。看一眼，我却不知如何用一些轻叹与旷达，去换取一纸，湿漉漉的温婉。

山水梦里叙流年（组章）

霞山观霞

　　褐色的松针是秋天落下的沉思。若有飞翔的话语，山必定不是沧桑的。石阶如练，贯穿于山的经脉，打通丹田，在黄昏，指引着我与氤氲流岚对视。

　　这是我爱着的霞山。飞霞片片，彩雾迷蒙。山林泽光，归鸟轻啼。

　　华丽的枝头已在深秋谢幕。唯有霞山上的霞光，依旧朝来晚现，从春到冬。落日的轮廓模糊不清，耀眼的金黄与橘红的雾霭相融。这多像一句遥不可触的诗。我永远看到它浪漫而温馨的表面，却不知它燃烧而幻灭的隐喻。

　　一声秋风打破思考的僵局。飞鸟滑翔，优美的弧线倏忽而逝。松树的绿针挽留挂在枝头的熔金，可无限好的夕阳啊，托起瑰丽的希望，又沉落遥远的黛山。

　　湖水以蓝色的眼睛深情凝望。漫天的红霞，开启一场浩荡的对白。松林之下，我目送野菊轻缀的石径，把梦弯到云蒸霞蔚的远方。拥抱一分山巅的高狂，莫叹秋风悲凉，又怎经得泪洒衣衫。

任落日西沉，霞光渐隐。鸟儿衔起一缕天光里的孔雀蓝，陷入一片常青的相思林。

而我的相思，暮云里的爱，只与落日的光辉同在。

尖峰泄翠

步履如你岁月里的坚不可摧，才可一步一铿锵，向前蜿蜒，不回望。仰望莽莽苍林，绿瀑流泻，世间的林林总总，如身后草坪上轻浮的风筝，随风而去。

山林环翠，捡拾一路欢歌与汗水。登山道上，多少繁芜丛杂，被踏成盛放的杜鹃。苍穹在密绿间显露一隅静谧，思绪如鸟凌空。聆听绿浪的低吟浅唱，秋风把季节的故事娓娓道来。

在这里，碧峰擎起庄严的誓词，清溪唤醒怡然的情怀。浓荫遮日，绿云环绕，尖峰山啊，靠近你，就靠近了一个不老的传说。

山道漫漫，行色并不匆匆。健步如飞，或是步态从容，都仿如攀登必经的人生。

豁然开朗的一瞬，山风长啸，白云招手。俯瞰万物，楼如柴盒，车如蝼蚁，江河如练，路如格网。

呈一篇秋天的颂辞，我依然看到连绵绿意，如与春天相遇。在巍峨的尖峰之上，拂去岁月之尘。想起一个含泪的微笑，恍如隔世。

云峰牧云

名曰"云峰"，却是草地如茵，河畔临风。翻开《诗经》的一页，若有女子在此种柳植花，浣衣濯足。

解开心中千结，蓝天下，我自在高歌一曲。曲调缱绻，草尖凝露，引来蝴蝶翩跹。白云笑我的痴狂，我叹白云的飘忽。

"秋兰兮青青，绿叶兮紫茎"，捻起一缕清风，青草绿叶是我纯粹的底色，流云朵朵是我放牧的诗歌。繁英几簇，挡去车的洪流，我偏于岸边的草地，聆听静水流深。天光云影与秋水相照，彼此深入内心的寂寥。

道一声"白云，你好"，似有笛音流淌。悠扬之声错乱了时空。恍惚间重返奔跑的童年，稆子飘香的山上，碧空万里，白云悠悠。九月九的思念，如经年的老酒。秋风徐来，云层离散。愈来愈淡的云朵下面，思念愈来愈浓。

云峰公园里，自由呼吸的不止青青草地，还有薄如秋风的我。端起一杯乡愁，把絮状的语言托付给云朵，让那些破碎的记忆与鸿雁的归期，飘荡到故乡的双眸。

黄杨拾浪

如果在流水上撒下几瓣菊花，看见晶莹泪斑的，是潜藏的鱼。

如果在黄杨河边抛落几许往事，看见怅惘岁月的，是雪白的浪。

斜晖脉脉，以一吻之柔漫过水波。碎光点点，轻纱朦胧。披一身秋凉，且行且歌。拾一朵浪花，且梦且吟。

往返的水浪激起欢腾与寂寞。停泊的木舟，曾经的起伏不为人知。浪花的微笑，唏嘘世间风华，卷起旧事如烟。波光潋滟的浅处，拂一指温柔。涛声轰鸣的深处，掬一段前尘。而秋霜未至，清愁无痕。回望处，一曲豪歌一杯酒，几番风雨几回晴。

黄杨之水，梦中之魂。浪里有霞光荡漾，浪里有深沉怀念。不语的堤岸，从日出到日落，铭记行人的悲伤与喜悦。秋光里的鸟，从此岸到彼岸，拍打光阴一路的风尘。与水共存的许诺，从开始到结局，解说人生的厚重与沧桑。打捞不起的时光，从青葱到凋落，纷呈高低不同的风景。

夕阳西下，允许我琴音萧索，放浪轻狂。采一片晚霞放在即将盛开的夜，我饮尽长风，与秋水共叙流年。

告别华家池

　　宿舍所在的那条街，听到的都是砌长城推长城的麻将声。而我的房间里，灯光漂过的四壁，苍白得有点寂寞，一如蜷缩在我心里那份难言的孤独。工作两年后，我的生活中除了书还是书，在这座小城里，我在精神上还是水土不服。所以在某一天，我不顾一切地请了三个月的长假，像背水一战的壮士，带着一去不复返的气概，跑去杭州进行考研复习。

　　离开的时候正是国庆，到处拥挤不堪。记得广州火车站的人流，都涌聚在"统一祖国"的大字下面的广场，像蚂蚁一样徐徐爬行。我也是茫茫蚁群中的一只蝼蚁，汗流浃背，因心里燃了一盏希望的灯，而拥有巨大的勇气，想要放弃安稳的工作去过苦行僧的日子。我竟也不知为何做出这样的取舍，也许，是一位师兄跟我说"你学那些钢琴有什么用？还不如走出去跟领导的老婆多交往"这样市侩的话给我带来的窒息感；也可能是听到某位老领导闲聊时说"娶老婆要找个实用的"如此现实的话让我咋舌。总之，我感到人群的无趣，身安此处，心如浮萍。而通过考研离开这里，便似乎成为一件顺理成章的事。

　　随着汽笛的长鸣，绿皮火车启动了。在"咔嚓，咔嚓"的节奏里，外面的风景有秩序地在眼角呼啸而过，山、水、庄稼、田野、楼房转瞬即逝，只剩下模糊的绿和黄。车厢里的人群，笑着、交谈着，或闭上眼睛享受着耳塞里的音乐。在这个长假里，人人脸上都沾染着喜悦与轻松，我却依然捧着我的英语书，认真地记着单词。

（一）

××大学华家池校区。

叶子在这里读研，一位博士师姐在外地实验，她帮我租借了她的床位，让我有个落脚之地。两年多未见叶子，她还是扎着马尾辫，明眸皓齿，一脸单纯，很符合我的想象。细雨迷蒙，像穿越了一个季节，在广东还穿着 T 恤，到了杭州马上就换成冬天的外套。校园里非常安静，一池碧水笼罩在雾里，岸边杨柳依依，弥漫着梦一样的气息。曲折蜿蜒的驳岸像优美的弧，在视线里若隐若现。这就是美丽的华家池。工作时一直渴望拥有的环境，近在咫尺时，我却突然有点适应不了这样的安静。望着透着寒气的湖水，我想起了那座待了两年的岭南小城。

因叶子的舍友们都外出旅行了，我暂住她的宿舍。假期结束后，我见到了她们，一个个叽叽喳喳，像绿叶间穿梭的鸟儿，学生稚气未褪。我突然感到放松，好像我所想要寻找的纯净，就在这里存放。我应该是属于校园的，我心里对自己说，并为自己多日来的心无旁骛感到欣慰，认为不久之后，自己也将成为这校园里的一员。

我过上了流水账一样的生活。

夜晚，我挤在叶子的被窝里，宿舍熄了灯，正欲睡去，听见一个女生在电话里吃吃地笑着："是吗？我真的漂亮吗？那你老婆呢？我比她漂亮吗……"声音更小了。

黑暗中，我因对研究生学历无比坚定的向往而静如止水的心，突然有了一丝摇晃。

也许，在社会的熔炉里，象牙般的光亮、纯洁，也会随着滚滚的烟火，化作一摊灰烬，而我们内心尚存的洁净，便是灰烬上的叹息与余温。第二天，我像有洁癖一样逃离了叶子的宿舍，将东西搬到叶子为我找的博士师姐的宿舍。

钥匙插进锁孔，门"吱"的一声开了，一个女人穿着红色的内衣内裤，正站在穿衣镜面前比试着衣服。我懊悔自己的鲁莽，赶忙关门退出来，然后定了定神，再敲门进去。"你好。刚才真不好意思。"接着向她解释我为什么来这里。"你好。"那个女博士冷若冰霜地说。这时，她已换上了时尚的毛衣、短裙、靴子，正站在镜子面前梳理着略带卷曲的长发，神情甚是傲慢。

"你为什么要考研呢？"恭维了她几句之后，她神色稍好地跟我聊起来。

"对现状不满，想让自己更进一个台阶吧。"我含糊得有点高大上。

"如果当初能找到好工作，我也不想读博那么辛苦。考研读博之人，大部分都是因为找不到好工作来躲避现实。你工作稳定，且是事业单位，为什么还要离开呢？"

我为什么要离开呢？我的心被撞了一下。就为了找到有共同话语的人吗？硕士生、博士生，让我羡慕而敬仰，而这个女博士所羡慕的，却是我的工作。我的所谓鸿鹄一样的理想，忽而像损伤了翅膀，飞起来有点失衡了。

一天，从自修室回来，女博士唉声叹气地坐在床边。"怎么办？我的手机丢了，我都不敢叫家里寄钱了。"她双眉紧锁。靠家里寄钱？我有点惊愕。"你——平时不去做家教吗？"我迟疑地问她。"以前做过一下，但钱太少，就没去了。外面可兼职的工作，工资也太低，不想去。"她稍黑的脸庞带着忧郁，宽大的嘴巴嘴角下垂，在生活面前露出难以把控的焦虑。不知为什么，那一刻，我对她博士生身份的崇拜，就像一片秋叶，从心头落下来，落到厚实的土地里。那里，有劳动者的低微。

宿舍里另外一个女博士莉莉在逃课一个多月后，终于从上海的男友家里回来。她脸蛋圆圆，一头短发，皮肤白净。宿舍有了她，空气也活泼流动起来。我以为短暂的热闹之后，日子会恢复以往的平静，可是，我固有的平静的节奏，却因一个不和谐的音程而突然变了调。

每晚 12 点多，当我无限接近睡眠的时候，宿舍门"砰"的一声就开了，接着宿舍亮起了灯，刷牙、洗脸、冲厕所的声音冲撞着我平缓的心跳。我像一辆驶入隧道中昏昏沉沉的列车，突然遇见车祸，一声尖叫狠狠地把我从轨道上甩了出去。光线刺激着我的双眼，还刺激着我神经衰弱的大脑。翻身，躲开光线直射的方向，好不容易等到关灯，耳边又传来她与男友火烧火燎的声音："今天干吗去了？想你呢，你想了我吗……切，去你的……"电话粥熬了半个多小时，我数着羊，背我的英语单词，终究无法把她的声音从我的耳边驱逐。半夜里，我辗转反侧，听到了莉莉的磨牙声，咯咯咯地响。

每天清晨早起，我蹑手蹑脚地，对着一面夹在书架上的镜子梳头发。后来，我发现那面镜子居然不见了。那面镜子在莉莉回来之前，一直夹在那里，她回来后几天，镜子不翼而飞。难道她故意把镜子藏起来？我不敢往下想。

莉莉经常买水果回来，每次回到宿舍，都见到她与那个女博士在一起吃水果，言谈甚欢。而我，在她们面前却像空气般不存在。哪怕我主动跟她交谈，她也对我爱理不理。奇怪的是，之前的那个女博士，在莉莉回来后也明显跟我疏远了起来。

严重失眠了一段时间后，我跟叶子说要搬出去。叶子有点气愤，认为她是故意的，因为她与叶子的师姐有点矛盾，可能现在把矛盾转移到我身上。我无暇顾及她们之间的关系，考研的任务此时重若泰山，一切不良情绪都要靠边站。我只认为因我是一个外人，在此打扰了别人，所以还是选择躲开。叶子为了给我省一点住宿费，她又搬去了另一个去了外地实习的师姐的床位，让我睡她的床。换回叶子的宿舍，我的睡眠又恢复了以往的规律。

在叶子宿舍睡了两天后，我拿着钥匙，打开那间博士生宿舍的门，搬回我的东西，看见书架上那面镜子又重新夹在那里。

（二）

日子有条不紊地进行着。英语，政治，专业课，一轮一轮地轮流着复习。但是，该死的化学方程式，还是显示了天书的本领，像一个个调皮鬼，挤眉弄眼地在我眼前晃动，却跳不进我的脑海中。

在叶子的实验室里，看着她手里的量筒、量杯，我忽而有点陌生。其实，我并不喜欢待在实验室搞研究，也不喜欢变幻莫测的化学，更不喜欢枯燥精深的高数。我为什么要考研？我再一次问自己。就为了提高自己的学历，或者成为研究人员吗？不，我只是想离开那些麻将声，离开常常饮酒寻欢的同事，离开五光十色的旋转灯映照着各种脸孔的酒吧。单位里的同事多数是小学毕业、初中毕业的一线工人，他们粗俗、热情、小心眼、计较，却也善良、勤劳、朴实。虽然我被他们包围着，如一颗明珠，但我却有无边无际的孤独，我害怕被这样的孤独淹没。考研就能摆脱心里的孤独吗？若是自己成了研究生，但是没有一点创造财富的能力，还要靠父母的血汗累叠人前的优越，那又怎样？我逼迫着问自己那些埋藏在考研的雄心壮志下面从未深入思考过的问题。

心猿意马中看完了书本，我给小P留了言：安静，天冷。日子紧。

小P也留了言：注意保暖，冷暖自知。

日子就如水悄悄流过，甚至没有一声叮咚。时间和生活都静悄悄的。虽然寒冷，实验楼前那片绿色的草坪却依旧绿意盎然。小P打个电话来，问我钱够不够用。在那座四季如春的小城，小P像我精神上的一棵救命的稻草，说不上心里有共同的东西，但起码对文字有共同的喜欢。他只是我在小城里认识的一个网友，他文字里的干脆、利落与调侃像极了他的面容——白净、斯文、冷峻而又带点玩世不恭。我与他之间只知道彼此的工作单位，了解不甚多，难道我的钱不够用，他会寄钱给我？我本想谢谢他的关心，却突然心血来潮，想做个试验，就顺口说："不是很够。""那你把账号发给我吧，我给你汇钱过去。"我随即把账号发给了他，觉得自己脸皮甚厚，但我知道我需要的不是钱，而是一个试验的结果。

第二天，我果然收到了他的一千元汇款。风吹乱了我的长发，我突然有了一丝感动，感动于在那座远方的小城，还有人会在我空洞的理想下面，不像其他人一样给我空洞的鼓励，而是给予我生活中实在的帮助。平静的心湖也似乎随风起了丝丝波澜："谢谢你。我不需要钱，我需要的是信任与真诚。"我发了个信息给小 P。

"知道。"他的信息简单得不能再简单。

由于想要联系导师，叶子介绍了 L 老师给我。L 老师是我们读大学时的老师，后来考上了这座学校的研究生，跟我所报考专业的导师甚是熟悉。第一次见 L 老师时，他穿着一件羽绒服，戴着金丝眼镜，身材稍胖，额头的头发往上梳，略有点光，40 来岁的样子。我和叶子请他在一间饭店吃鸳鸯火锅。席间，我们说起了湘菜的香辣，川菜的麻辣，杭州菜的鲜滑清爽，还有广东的老火汤……由于是同一所大学里来的，所以 L 老师对我和叶子显得格外亲切。当他得知我报考专业的导师是他熟悉的一个老师时，便说："没问题！我会帮你联系导师的。"我以茶代酒，敬了他一杯。L 老师笑呵呵地看着我，拿着白色的瓷杯跟我碰了一下。鸳鸯火锅热气腾腾的，让我感觉不到一点的寒冷，有 L 老师在这，我的心似乎踏实了一些。

叶子即将毕业，元旦过后，她就提前离校去找工作了，我独自在华家池的校园里编织着似乎触手可及而又隔着千山万水的梦。

三个月的日夜终于过去了。我进了考场，考场寂静无比，我在桌面放了只手表，时时刻刻、分分秒秒提示着我战斗的紧迫性，我却感觉浑身轻飘飘的，没有戴盔甲，敌军一枪一炮似乎就可让我粉身碎骨。考最后一门科目时，我忘了关手机。考试快要结束时，我听到熟悉的手机铃声在考场的讲台上欢快地响。我抬起头来，看见监考老师在讲台上一大堆书包里猛翻，翻出了我的书包，拿出手机把它关掉了，然后把我的书包放在另一个角落。铃声响了，考生们纷纷站起来，安静而有秩序地离开，大家的表情都特别祥和宁静，因为一切都已经尘埃落定。

　　我走上前去，找不到我的书包，就问了下监考人员。"是这个吧？你知不知道这样会取消考试资格的？"监考老师拎着我的书包严厉地问我。我被吓了一跳，连忙说不是故意的，请求老师原谅。监考老师严肃地教育了我一番，终于没有对我进行登记。我松了口气，走出考场，打开手机看是哪个天杀的打电话给我，一看，是 L 老师，不禁一愣，这么重要的考试日，他会不知道吗？

　　赶忙回电。他在电话的另一头笑呵呵地说："哦，我以为考试已经结束了。我正与你的导师一起吃饭，在招待所餐厅，快过来吧！"这么快就见导师了？我匆忙赶过去，整理了一下紧张的情绪，终于来到了我报考专业的导师面前。导师红光满面，精神饱满，我不敢多语。"来，先喝杯酒吧！"L 老师说。我这才看见，每个人面前都放着一杯啤酒。我举起酒杯与大家碰了之后，一口气把杯子里的啤酒喝完。"好酒量！"L 老师说。我突然有点不好意思，说："不是，一路赶来，太口渴了！一听要见导师，也紧张，压压惊。""你们听，厉害吧？口渴了把酒当水喝！"L 老师一说，大家就笑了。一席饭在比较轻松的气氛下进行，我心里却一直忐忑不安，害怕自己言语不当，给导师留下不好的印象。

　　散席后，L 老师问我考试情况如何，然后说："都考完了，就放松放松吧！今晚去唱卡拉 OK，唱个通宵，怎么样？"我有点犹豫，跟他并不相熟，拿捏不准他的意思，但终究还是答应了。"这样吧，今晚我们先去看场电影，再去唱歌。"我的心又即刻别扭起来，可我还是不懂怎么拒绝。工作两年多，我没学会逢迎，只懂得服从，所以在老师面前，我依然是个乖巧的学生。

吃过晚饭，L 老师准时来电。他把我领到校园里幽暗的小道上走着，聊着，我觉得有点滑稽。明明两个应该在灯光下谈事的人，却在幽暗的地方故意制造暧昧的气氛，天空里的寒月肯定在嘲笑这不伦不类的场面。我的脑子渐渐空白，因为无话找话，对我来说是一种煎熬。

到了电影院，赵薇主演的《玉观音》正在上演。场内安静无声，巨大的屏幕在变幻着安心的喜与悲，动情处，谢霆锋演的毛杰跟安心在车里面深情长吻。我突觉周身不自在，一颗心七上八落。这时，L 老师突然把他的手伸过来，抓住了我的手轻轻摩挲。我预感中的事终于发生，浑身像热锅上的蚂蚁。容不得我多想，我下意识地把手抽了回来，发了个信息给小 P，叫他打电话给我。L 老师再次把他的手伸过来，紧紧地握着，我无法挣脱。这时，手机响了，谢天谢天，小 P 来电了！我有了个很好的借口走出去。跟小 P 低语了几句后，我回到座位，然后彬彬有礼地跟 L 老师说："L 老师，我室友回到宿舍，忘记带钥匙了，我要回去给她开门，真不好意思。"不管他如何反应，我一溜烟跑了。

夜色越来越暗淡，我越来越茫然。梦想！可笑的华家池之梦！

电视里随处可见的镜头就在我身上上演，只是，故事一点都不动人，庸俗无聊的剧情让我恶心。湮没在寒冷的夜色里，我独自一人走着，铺天盖地的孤独向我侵袭而来。我想起南边那座温暖的小城，想起一线工人黝黑的脸，吸纳着阳光的草帽，布满泥土的鞋，有一种异常的芬芳萦绕在我的心头。回到宿舍，我已经满脸是泪，拨通了叶子的电话，我告诉她我演了一出不合格的戏。叶子在电话那头沉默片刻，告诉我，L 老师曾经叫她出去散步，并把手放在她的肩膀上。可是，像小龙女一样单纯的叶子居然以为是长辈对小辈的关爱。我冷笑两声，告诉叶子，那是一头狼，像羊一样温文尔雅，潜伏在人间春色中寻找他的猎物。

那一刻，我就收拾行装，打算次日即刻离去。小P再次打电话来，问我有没有离开电影院。我告诉他我已回到宿舍。小P说："你有没有他的导师的电话？把他的无耻行径揭发给他的导师！"我无语，过了会才说："没有必要了。你能保证他的导师跟他不是同一类人吗？"

华家池，梦中的华家池，我千辛万苦千里迢迢来靠近你，小心翼翼地寻找美丽、纯洁、高贵，你却掀起华美的衣袍，让我看见里面的虱子。登上飞机的那一刻，风和日丽，女研究生，女博士，L老师，尽消失于我的脑后。社会本来就是一个大染缸，哪里会有象牙塔，哪里会有净土呢？南方的小城，我就要回来了。

（三）

回到小城时，小P已经休年假回家乡了。过完春节回来，我把1000元还给小P，只是他坚决不要，他说："去买台电视吧，不要再沉浸在自己想象中的美好世界里，不要再做你的单纯梦了！"

同事叫我去酒吧，我也会叫上小P一起去，但是我不敢靠近他，因为他太跳脱，太敏锐。就一直这样不咸不淡地交往了几个月。一日，我正在QQ里跟叶子聊天，小P来了。我赶忙发信息给叶子："医生来了。"小P是医学院毕业的，在某机关单位工作，我给他起个简单的称呼，就是"医生"。他喜欢冒充我去跟我的好友聊，那天，我又把位置让给了他。可是叶子没有会意到我说什么，以为电脑面前的是我，就回个信息："你不是说跟他不合适吗？怎么还在交往?"空气突然有点凝固，尴尬的笑容僵在小 P 的脸上，他"嘿嘿"自嘲了两声，呆坐了会儿，就离去了。从此，再没找过我。

考研成绩出来后，L 老师发个邮件给我，问我考得怎样，尽快跟他联系。我考得不理想，也不想再争取什么，直接删除了邮件。至此，有关华家池的一切都与我的生活无关了，包括小 P 的问候，一切都隐匿在岁月的深处。

我留在了这座温婉的小城。想起初来乍到时我就患重感冒，一线工人阿姨煲了汤水给我喝，一个工人大叔领我去医院的情景，突然有了一种从未有过的温暖。人与人之间，懂与不懂都不是最重要的，重要的是心里有爱、有光，脚步才有方向。同事们依旧语言粗俗，我却跟他们打成一片，成为一名踏实的基层干部。生活中的一切都没有变，所改变的是我的心。后来，我也终于明白了一个道理：你去适应了一个原本不能适应的环境，才可主宰你的生活。

华家池不复出现在梦中。

花 中 语

（一）

阳光透过海棠嫣红的花瓣，静止的美，午后的暖，截止了悲伤的流动。但是在空旷的草地里，悲伤依然存在——庚子年的春天，涌过时光之轴的泪水，已被万物铭记。

凤仙、海棠、矮牵牛，在花锄舞动后，百无聊赖地绽放在公园里。春燕轻盈，绿草如茵，花儿却点染着深切的寂寞与悲凉。王阳明说："你未看此花时，此花与你的心同归于寂。你来看此花时，则此花与你的心一同明白起来。"生命与生命之间，需要互相注视，才不会孤独。春天应有人面与桃花，然而这个春天，人影稀疏，天地沉默。尽管如此，我依然相信花开的声音可以弥补人间的这种寂寞。因此，我依然为这座城市奉上芬芳，不管有没有路人驻足，只为生命的绚丽与存在。花谢后，波斯菊与百日草的种子，如生命的河流上流淌的星光，闪烁着希望，又被温暖厚实的手撒进了泥土。

2020年的春天结束得仓促而潦草，但春天落下帷幕时，花苗到底从泥土里探出头来，用一片葱茏重启了大地的繁盛。在花影的晃动中，我的生命却陷入了泥泞。

阳春三月，我高烧40℃。

正是"新冠"来势汹汹的时候。3月6日，我穿着与气温不相宜的厚外套，去医院做了核酸检测。医生建议我住院，我因为经常光顾医院，心里对病房有点抵触，所以坚持门诊治疗。回家吃了药，瘫倒在床上，全身的关节依然疼痛难忍。昏昏沉沉到了晚上，头痛欲裂，在一阵阵的寒战中，想起"生不如死"四个字。握着一大杯热水，我吃了一粒艾司唑仑，期望能在睡眠里暂别痛楚。可是睡眠四分五裂，断断续续只维持了一个多小时，半夜复又高烧，从冷战中惊醒。

第二天，我蜷缩着，每一处骨节都疼痛无比，轻轻触碰，如一座大厦即将崩裂。已是温暖的春天，我知道路边的木棉正燃烧着火焰，可我身上却有深入骨髓的冷。盖着厚厚的被子，一切梦想都显得多余，生命与意志力在疾病的折磨下会变得多么脆弱，它经受不起太多的突如其来。那一刻，我真的挺佩服绝症患者，不知他们怎样持续那种抗争。对我来说，只想忽略抗争的艰难过程，结果已经不重要，是好是坏，是生是死，但求快快来临。

所幸检测结果显示，这次高烧与新冠感染无关，是身体某一器脏被感染所致。我渴盼医生的药物能击退在体内大张旗鼓大呼小叫的细菌，积极地吃药。退烧药把飙升的体温降了下来，药效过后，体温又升上去，一身又一身的汗水湿透了衣服、枕巾和床单。躺在床上，如躺在沼泽地里，随时可以掏出水分来。头发湿得一绺一绺的，满脸的汗，让我觉得自己像电视剧里难产即将死去的妇人。放在床头的衣服有好几套，犹如枕边凌乱的书本，需要时随手一抓。家里人都很紧张，尤其是孩子，也没心思上网课,在我的房间进进出出,细致入微地帮我倒水、拿药、探温,甚至问要不要喂我吃粥。看着个子渐渐长起来的他,棱角分明,眉宇间有股英气,眼神透着急切,心中忽而涌过一种难以言说的暖流,以前自己疼惜着他,现在他来疼惜着我,这便是爱的回报。虽然身体不断地寒战,但我也感觉到了春天的气息。

晚上,先生把床褥都换了,期待我有一个好的睡眠,可是,安眠药的药效又只维持了一个多小时。此间做了一个梦,梦见我在医院突然晕倒,感觉很多人围过来想救我,可是我虽意识尚在,却无法醒来。人死之时不知是否也是这样,灵魂还在感知一切,身体却再也无法苏醒。头痛引起肠胃不适,睡前如翻江倒海一样吐,退烧药的作用下又出一身汗,换了一套干的衣服,晚上因低血糖又出一身汗,又起床换衣服,并强迫自己喝一点牛奶。此番折腾下,天就亮了。

三八妇女节。虽然疫情让世界安静起来,但在朋友圈里,还是有一丝快乐的气氛。下楼准备去医院办理入院手续时,双腿有点发抖。先生扶着我,像扶着一个脚步颤巍巍的老太太。算一算,已经三天三夜没睡过觉了。七日先生去医院拿核酸检测报告时,跟医生说了我的情况,医生说如果过一天还没有好转的迹象,就要来住院。成败在于八日这天,早上我突然想吃点瘦肉粥,以增强自己的抵抗力,希望节日里能发生戏剧性的逆转。可是体温还是一路飙升,好不容易聚集的信心又溃不成军。在楼下,先生叫我等一下,他去把车开过来,我连站立的力气都没有,只好裹紧棉衣,戴上帽子,蹲在地上,像个失意的民工落魄街头。无聊之际,我看到了蚂蚁在忙碌地搬运东西,这些微小的动物,力量何其弱小,对外来危险的抵御能力何其差,但它们积极地活着,感受着短暂生命的美好。

到了医院，背上有微汗，体温似在下降。难道是因为"三八节"给我带来运气？我又打起退堂鼓，跟医生说再验一次血，如果指标显示有所好转就不住院，医生也同意。等待化验结果的时候，我和先生去了食堂买餐。因为疫情，不能在里面聚集吃饭，我们只好提着饭盒，来到停车场后面的草地上，在一块雕塑旁边坐下来。我无精打采，先生挤着笑容对我说："没想到这样陪你过三八。"我回过神来，看着他渐白的发丝，想起这么多年，我生病总让他一惊一乍，总让他来收拾残局，便也对他一笑：这样挺好，很有纪念的意义。在草地上与他一起吃便餐，想起"相依为命"四个字。生命哪有那么多的感人肺腑和波澜壮阔，平凡点滴的温暖才是生活的真实。

　　化验结果出来后，我还是需要住院。走进病房的一刻，我不再抗拒了。积极配合治疗，是唯一的选择，在生命面前，没有太多的讨价还价。我在病房里等待着百日草和波斯菊开花，等待挨挨挤挤的热烈，挤走我内心的苍白。

　　同一病房的病人有患有肺疾的老伯、老太太，也有年轻的妇人，有癌症患者，甚至有接二连三的红斑狼疮病人。在我记忆中，红斑狼疮病人只会在《第一次的亲密接触》这样的网络小说里出现，而我在感染科的病房里，居然与他们互为病友。世事有太多的始料不及，你今天会遇见谁，明天会怎样，都无法确知。就像这个春天，疫情的阴霾笼罩着天空，很多活得好好的人，说死就死了。因此也会想过，如果死，灵魂会归于何处？可是孔子说："未知生，焉知死？"生活因为有太多的未知，才值得让人去追寻、去探索，才具有无穷的魅力，让多少人不辞辛苦，都要把日子过下去。想到此，我安下心来，病愈之后，用心浇灌生活的土壤，我便能看到长出怎样奇异的花朵。

医院里电视与蚊子的轰炸声，又让我的睡眠支离破碎。好在三天后，病情终于趋于平稳，喝开水不会再吐，开始想吃肉了。一个朋友说：当你受的苦比较多的时候，上天就会为你安排幸福的出现。我是相信这句话的。一周后，我终于出院了。但身体已经大伤元气，出院后好长一段时间内，天天走几步路就气喘吁吁，晚上虚汗不止，总在大汗淋漓中醒来。

但所有的幸与不幸，都在时间中流逝。

我只记起，夏天将至，我的身体渐渐恢复了些元气时，百日草和波斯菊开花了，芬芳灿烂，生机勃勃，因为它们，我深切地爱着温暖的人间。

（二）

在苗圃，那块黄泥地里，一垄垄醉蝶花又在工人的巧手下绽放。那轻盈的丽影迎风招展，拂去生活中多少琐碎与寡淡。我看着幼小的花苗慢慢长大，结蕾，在明亮的阳光中绽开粉嫩的花瓣，心里有一种莫名的感动。生命之路会有泥泞，但泥泞之中也许绽出芬芳。

当围拢枝头的一束束花瓣蔓延草地时，我却又进院了。

犹记得当初在一家医院做脑部 CT 检查时，看了报告后走路腿软的感觉。我只以为神经衰弱，万没想到脑子里长了个东西。医生表情柔和地安慰我："没事的，不用害怕！"可依然有阵阵眩晕向我袭来。

决定手术的时间是在初夏。

朋友在信息里跟我说，把核磁共振室里那些嚣张而冰冷的声音想象成草原上的马蹄，而我就在草原上飞驰，这样，沉闷的时间会快过一点。

躺在空冷的检查床上，虚张声势的轰鸣声向我的耳膜涌来，每一分钟都似拔刃张弩，出鞘见血。医技楼外面的草丛里，阳光在眨巴着眼睛，微风轻拂，虫子唧唧，而我躺在那台机器中，思绪却与初夏的美好相违。朋友所说的马蹄之声，在我听来，更像锤子敲落下来盖棺的声音，而我，就是躺在棺木中的那个人。

大约一个小时后，我昏昏沉沉地起来了，脑袋微晕。五月的阳光带着醉人的芬芳，熏得我脚步有点踉跄。我百无聊赖地在医院的北区里走了三圈，温柔的风吹醒了我的大脑，抬头看见瓦蓝的天，缓缓移动的白云，有一种重回人间的感觉。

入院已有多天，准备术前的各项检查，而手术未开始，病房里的各种嘈杂已把我的精力消耗殆尽。有一个病人打呼噜可列为恐怖级别，呼噜声持续均匀也就罢了，偏是先低沉，后来来个惊天动地的瞬间，缓缓落下之后，又急速上升，如爆炸的蘑菇云散在病房，像垂死之人回光返照的一搏，又像武林高手反复练习狮子吼。我昏昏欲睡的心本在静谧中安稳地跳动，被这海啸一样的声音猛然撞击，就突突突地跳起来，听到后面，有了如坐跳楼机失重的感觉，很想在下坠的过程中，哪一处他的呼噜声突然停止，而我也可以平稳地着地。可是他每晚仍在香甜的梦中练着"狮子吼"，他要做手术，也是因这呼噜的毛病。我憎恨着这呼噜声，又怜悯这特殊的病友，忍受几天下来，被折磨得形销骨立。

所以，在草丛里安顿片刻成了心灵的需要。我的心需要打坐，需要在阳光里取得一种寂静的力量去成就一些勇气。

医生说在头上开个口，需要剃掉一部分头发。尽管已有心理准备，但当护士按照医生的定位在我头上把头发剃掉一大绺后，我还是眼泪汪汪。那一刻的茫然失措，就像面对风暴袒露一颗怯懦的心，却不知如何去遮挡。一绺一绺的头发掉落下来，明显感觉有风在头皮上驻足。我用手紧紧攥着它们，握着它们的温顺与柔弱，有一种难以割舍的感情。这些头发在我身上依附了几十年，成了我生命与感情的一部分，怎能轻易地丢弃它们？那一刻，我明白了人要做到断舍离是多么困难，一绺头发尚如此让我伤心。仓皇中我把它们塞进一个袋子里，顶着武侠小说里怪人一样半秃的头，依照医生交代继续做术前各种检查，接受各种目光的审阅。

　　进了手术室，各种管子连接到了我身上。我不知什么时候上了麻药，医生拿一个碗状的东西盖住我的脸，让我深吸几口，说是高浓度氧，只有两三秒的时间，我立刻感觉到窒息。此时，我却感觉到心脏跳动迟缓起来，呼吸仿佛不存在，应该是麻醉药发挥作用了。曾几何时，我多次做过这样的梦，梦见自己呼吸困难，无法叫喊，最后在窒息中死去。巨大的死亡阴影笼罩着我，我大声呼喊：心脏很不舒服，心脏很不舒服，要窒息了！医院外的凤凰花应该惊艳着这座城市了，我还可以在某日来到树荫下，拾取那伞状的花瓣吗？那一刻，我多么害怕死去，多么希望医生知道我的恐惧，让我重新获得强有力的呼吸。快丧失意识的瞬间，我想起《流浪地球》里的一句话：你在平原上走着走着，突然迎面遇到一堵墙，这墙向上无限高，向下无限深，向左无限远，向右无限远，这墙就是死亡。就在我无助地喊了几声后，我陷入了无边无际的黑暗中。

　　我不知道医生怎么用手术刀切出我头壳的一块，把脑袋里生锈的音符取下来。我已完全丧失意识，天堂与地狱之路都无法自主选择，我不知道我的魂魄去了何方。我感觉不到存在，在那未曾去过的深渊里沉沉入睡。如果说此生让我重载信念与希望的是什么，那就是我沉睡了几个小时后，跃入我眼里的第一缕光。在那缕光中，我似乎看见了春日里的碧草，幽窗前的翠竹，黄杨河的水波。那是生命的亮光，带着一抹欣喜，一丝感动。我还活着，在迷糊中，我心里对自己说："我还活着！"

这个黄昏对我来说，是一次重生，因为在几个小时之前，我真真切切地体会到了自己被死神摁住的感觉。

我被推出手术室，先生随即过来，紧紧地握住我的手，那掌心温暖，一如往日他牵着我的手过马路时恒定的温度。他关切地问我："感觉怎么样？"这时我清醒过来，觉得阵阵眩晕，只能对他默默地点了点头。进入病房，身上重新接上诸多的管子。麻醉逐渐消失时，剧烈的痛围住了我的头颅。此刻我如孙悟空，而不知真相的唐僧在远处默默地念着紧箍咒。一阵恶心，我躺在病床上吐了起来。先生赶忙拿着塑料袋装我的呕吐物，然后用纸巾抹干净我的脸。迷糊中，我又被推进了 CT 室，进行术后检查。在医院的廊道里穿梭，我的头又一阵阵眩晕，接着不知吐了几回，先生一路忙不迭地装我的呕吐物，擦我的脸……

回到病房后，他一直坐在我的床边，紧紧地握着我的手。我痛得忍不住轻声呻吟，但从他的掌心里感受到一种力量，一种敦厚的善良，一种简单持久的恒定，一种玫瑰花巧克力不能换取的踏实。由于头痛欲裂，手术当晚，我彻夜未眠。千万个脑细胞被深夜里的呻吟激活，我相信那一晚我的脑子里飘过万字长文，可是无力记录。心电监护仪时不时发出预警，先生每次都紧张得像触电一样从椅子上跳起来，观察我的呼吸情况，帮我翻身，盖被子，换枕上护理垫，用棉花蘸水湿润我的嘴唇……极为煎熬的一晚终于过去了，晨曦带来一丝片刻的宁静，初夏的风透过窗棂稀释着病房里的浑浊与沉闷。先生的眼睛布满血丝，在深深的疲倦中打了个呵欠。

　　包扎在头上的纱布血迹斑斑，粘在头发上的血块已干，像摩丝一样让我的头发僵硬起来。用手一捻，那些血块即刻变成褐色的粉末，塞在我的指甲缝中。这时我感觉额头与脑门都有磕碰摔伤般的疼痛，轻轻一摸额头，竟然有个伤口，而抬起的手腕，也留下了三个针孔与一片青瘀，不小心触碰，痛得我龇牙咧嘴。

　　在先生一口一口地喂我喝水时，医生来查房了。他们笑意盈盈，说很快就能恢复，叫我不要担心。这让头上裹满纱布的我百般宽慰。不管怎么疼痛，我终究是他们手术刀下一个成功的作品。对于我来说，他们身上的白衣服，就是五月一道最明亮的阳光。

　　恰逢孩子的网课结束，要回校上课，先生没法分身两头跑。正在愁虑之际，一个平素来往甚少的朋友，主动承担起了帮我们接送小孩的任务。孩子也不用我们操心，每天依旧准时上学，认真完成作业。在暮晚时分，总会在电话里问我："妈妈，你今天怎么样？"听着他那乖巧懂事的声音，那些辗转难眠之夜的雾霾渐消，露出了星光。

　　术后脸部严重浮肿，而且由于伤口的影响，头部血液循环不通畅，出现整个脑袋麻木现象，手也有好几次突然麻木无知觉。一想起周身不适，日后不知能否继续在文字里畅游，焦虑就不请自来。一位朋友得知后，连忙帮我咨询专家，并教我诸多调适心情的方法，让我的精神逐渐强健起来。

　　慈父般的恩师在远方天天挂念着我，生怕我在病中有太多惆怅，发了一首《明月清箫》的曲子给我听。幽静空灵的箫声使我在疼痛中有了难得的平静与醒悟，明白经历这场身体的劫难后，不妨做一个五蕴皆空之人。

　　江湖之大，可以一字之小，缩短心灵的距离。几位文友不间断的鼓励，如一朵持续不败的花香，在我的生命里停留。虽然疫情防控期间医院不允许探视，我却感觉到她们无时无刻不在我身边。她们与我一样看着无用的书，写着无用的文字，却在彼此的人生困境中，做一对最有用的翅膀，助灵魂飞翔。

还有诸多意想不到的关心和问候，如冒芽的春草，不经意间染绿了我的视野。手术刀不仅打开了我的头颅，还打开一个神秘的锦囊，里面盛满五月的阳光、花香、爱和感动。

拆线后，脸部的浮肿终于慢慢消下去，我从镜子中认出了自己。龙舟雨已经下了好几场了，在这茫茫雨水中，我仿佛做了个梦，在梦中头发不翼而飞，而梦中发生过的疼痛、恐惧与爱，却从此被岁月存留。明天，五月的阳光依旧会来，记忆中的凤凰花不增一分不减一分。

（三）

夏秋交接之际，我给这座城市种了向日葵。层层叠叠的花瓣，如上天的神来之笔，把大地描摹得神采奕奕。一朵朵金黄的小太阳，立在街角，立在河边的公园。昂扬的生命涨溢着青绿的阳光，看着绿叶和金灿灿的花朵，我心里又有了庸常之外的蓝天。

褐色的花芯收纳着阳光，欣欣向荣的景象颠覆了"萧瑟兮，草木摇落而变衰"的悲秋印象。但几场薄凉秋风，却又把我吹进了医院。支气管哮喘在冷暖交替中寻我而来，即使我一年四季都在小心翼翼地防止它的贸然造访。

自有一年因工作累倒身体后，咳嗽就如家乡雨季必定要涨的洪水，在冷暖交替的季节，定期侵袭我的身体。而每年发作时，办公室整栋楼都听得到我咳到无法止息的声音。我渐渐地怕办公室里凉爽的空调，怕路上的灰尘。有一年发作，我竟觉得到处是灰尘呛着我，办公室、路边、家里甚至床上。猛烈咳嗽后，往往是气若游丝，大汗淋漓。而夜晚发作时，便一宿难眠，到天亮时魂飞神散，全身无力。用了很多偏方，无论是昂贵的还是廉价的药物，都无法治愈。这让我想起鲁迅写的《父亲的病》，难道要找些原配的蟋蟀？

多年前，我被诊断为"支气管哮喘"，自那，我就以哮喘病人自居。所有的止咳药都无效，即使轻微的咳嗽，也必定到医院住上几天做雾化、打止喘针才能好。

国庆假期，秋风渐起。觉得肺部不适，像有蚂蚁挠着一样痒，咳嗽声一响，我的脑海中即刻闪过一句话："邓丽君死于哮喘。"我承认，我是怕死的人。

刘备有"三顾茅庐"，而我在庚子年，是"三顾医院"。

医生用听筒听了一下我的呼吸，说要住院。在意料之中，但还是无比沮丧。因为在10月3日那天，我刚写下：秋风轻拂，万物皆安。而5日我就住院了，这是一个让人笑不出来的冷笑话。

在医院里，我与耄耋老人共居一室，咳嗽声不绝于耳。有一个是阿尔茨海默病患者，我每一声咳嗽，都会换来他目不转睛的注视。他是那样饶有兴趣地看着我，似乎想从我身上唤起一些回忆。而我也看着他，想从他浑浊的目光中读懂一丝人生尾季的悲凉。虽然我们在同一个病房，但我确信我是属于夏天的，而他属于冬天，我坚信我们之间隔着一个季节，因为我还有太多的炽热要给予人世。

白床单，白病房，白色的心情。昏沉中，我似乎闻到灰烬的味道，一种落寞与疼痛自暗处升起。我安静地倾听针水流进血管的声音，那像上帝的指令。打平喘针时有点胸闷，如有巨石压住，我突然想起五月手术时麻醉的感觉亦是如此，心头掠过一丝阴影。姑妈就是在输液过程中安静离开人世的，想到此，我紧紧拉住床边的按铃，以防万一有什么不测。

2019 年在另一家医院住院时，咳到快断气，最后呼吸困难，碱中毒，我曾经一度以为自己快要死去。自己要求出院然后半夜转院到市人民医院急诊科，医院却没有床位，值班医生给我开了止咳药和抗过敏的氯雷他定，叫我回去，白天再到专科医生那里看。奇怪的是，一片氯雷他定，居然让我睡了一晚相对安稳的觉，虽然中途也咳醒，但不至于剧烈地咳到快断气。所谓百病成医，那时，我就怀疑自己的咳嗽是一种过敏性的疾病。

这一次，我希望能够门诊治疗，叫医生给我开抗过敏的药，可医生还是让我住院。这是让我手足无措的疾病，每次症状甚微，但来了医院就难以出去。次年春天，我又开始发作，我决定换一家医院试试。中医院一位专门治疗支气管哮喘的医生没让我住院，而是开了中成药止咳水和抗过敏的药，居然吃好了。自那以后，但凡稍有咳嗽的苗头出现，我就自己买些抗过敏的药和防止哮喘的药，就止住了来势汹汹的病情，避免了动不动就打激素止喘的过度治疗。但这都是后话。

一位 80 多岁的慢阻肺老人在病床上百般担心，不是担心她女儿太辛苦，就是担心自己好不了拖累家人，一天到晚忧心忡忡，唉声叹气。她的女儿大概是教师，在床边极力抚慰她，时不时用手摸摸老人的脸，整理老人花白的头发，耐心地跟她拉家常，像与小朋友讲道理一样温柔地说些不用担心的事理。一天，老人的女儿还用标准的普通话为老人朗诵了一篇美文，关于秋天，关于人生。这大概是我听到过的最动听的声音，也是最好听的文章。一切坎坷与豁达，都在这声音里流动，一切爱与感动，都在字里行间表露。那位知识分子女儿，为她母亲上了一课，也给我上了一课。原来生活处处皆风景，哪怕在白色的病房里。

我在她的声音中沉静下来，对自己说：活着，生命当如花朵般绚烂。生命就是此时此刻，就是呼吸着的每一分一秒，我们拥有这一分一秒，就是拥有了很多不可复制的唯一。虽然，有很多的无可奈何，但还是要热爱活着的每一天，唯有热爱，方能度人度己；唯有热爱，方无辜负。

重复着雾化、打针、吃药的日子，那天护士跟我说："明天可以出院了！"我如在阴暗的天空下突然听见一声嘹亮的鸟鸣，有了划破阴云的轻松与愉悦。我想念那些向日葵了。

（四）

"这么多昂贵的证据，尘土/使我们相信难免一死"，博尔赫斯的诗，是清醒，是人生的沉淀，有一种说破尘世的力量。生命终要归土，我们尽力地发光，生命才能厚重而坚挺向上。

到了冬季，我仍继续种花。一锄一铲之间，朴素的情感倾注在紫罗兰嫩绿的叶片中。细长的绿叶往上生长，紫色、玫红的花穗淡雅多姿，岁末的光阴，尤其清晰而明朗，看得到枝枝叶叶的纹路，生命也变得更加澄澈。四季更迭，时光滔滔。年头到年尾，我爱着芳华不断的花丛，看花自低语水自流。

这花，是生命的颜色，是世界存于我心中的底色。她们陪着世人度过艰难的庚子年，也陪着我度过庚子年的风雨春秋。不管是岁月静好还是风起云涌，我都会守着一片泥土，默默播撒芬芳的种子。也许会算错花期，犹如人生的诸多意外，但只要有花，生命的深处总有惊鸿一瞥的绝美。

绽　放

　　路上如此寂静，在树上跳跃的鸟鸣尤其显得响亮。每天上下班，都要经过这一排整齐的白兰树与芒果树。白兰树在阳光中闪烁着耀眼的青绿，芒果花也开了，金黄的花穗在前所未有的静谧中摇曳着生命的喜悦。纯良的动物与植物，并不知道2020年的春节，对于我们来说是多么的艰难。惴惴不安点的恐惧、家破人亡的悲凉、催人泪下的感动，以及各种质疑与愤怒……夹杂成一股洪流，天天在人间奔腾。

　　阴魂不散的病毒，在本该喜气洋洋的日子，瞬间把死亡带到我们面前。喜与悲的反差太大，生与死的距离太近，我们都是芸芸众生中的一员，没有足够的心理准备去应对小说、电影、电视中才有的生离死别。每天关注着疫情，心情也变得紧张、焦虑，甚至有一种不可名状的压抑。今年春天，涌流着多少无法干涸的泪水，让我们明白：生态失衡之时，人类不再是世界文明的缔造者，能够活着，也只是一种奢望。

　　元宵节那天，母亲说了一句：记得去年的元宵好热闹，你们带我去看民间艺术大巡游，还吃了好吃的肠粉。我心里咯噔了一下，目光从忙碌的工作信息中收回来。我突然忘了去年的元宵是怎样的，我又做了什么。望了望窗台上的绿萝，才想起去年的这个时候，街上曾是锣鼓喧天，旗帜飘飘，精彩纷呈，人潮涌动。而现在，街上如此冷清，公园里的花寂寞开无主，我们的内心又是多么荒凉。我已连续工作多日，每天带着疲惫回家，忘了春天曾经如此美好。这一刻，我是多么想念熙熙攘攘的日子，想念游人欢笑的春天。

父母已在家宅了多天，对于腿脚疼痛需要适度锻炼的他们，天天宅家实在是无奈之举。何况母亲一直牙疼，为了减少出行风险不敢去医院治疗，只能靠吃消炎药与止痛药暂时控制。但在大敌当前的形势下，父母却没有一丝抱怨与不安，反而叫我安心工作，不要担心他们。他们在家看电视、拖地板、洗鞋子、喷洒消毒水，把家里的卫生搞得妥妥帖帖。我大年初三赶回来上班，初始未料到疫情如此严重，也把他们从老家带了出来，原以为过个十天八天就可以带父母去游玩，结果却天天在家。既然如此，我只好叫他们在屋子里来回走动，去阳台上晒晒太阳，看看几盆植物开花。回来后天天上班，也没时间陪他们，元宵节这天终于可以轮休，我不再匆忙地吃早餐，而是一边吃一边跟他们聊起去年元宵时，花市灯如昼。母亲兴趣盎然地说起那些表演，可是想要再次见到，又要在下一个春天了。

吃完早餐之后，我想起母亲经常头晕头痛，于是对她说：我帮你按摩一下头部吧。母亲的目光闪动着欣喜，她乖乖坐下来，把一头灰白的头发呈现在我面前。这一次，我端详了母亲的头发，曾经的乌黑已变成灰白，浓密变成稀疏，头皮依稀可见。我心里一酸，自我工作后，我是第一次如此亲密地靠近母亲，认真审视她的衰老。我给她头部的几个穴位来回反复地轻轻按揉，又给她搓了下肩膀、脖子，再给她捶打僵硬多时的腰背，然后拿起她的手轻轻甩动，捏了捏她的手掌，再逐一拉一下她的手指。母亲像小孩一样任我摆布，她说酸酸麻麻的，很舒服。我的眼睛在那一刻就湿了。是灾难，让我们懂得了与亲人相守，懂得了珍惜平凡的生活。想想封城后颠沛流离的湖北人民，与死神赛跑的医护人员，顶着风雪守在高速路口的警察，因过度劳累牺牲在抗疫前线的工作人员，广大防疫战线上的乡镇干部，一线劳动者……他们在寂静得疼痛的日子里，激起高昂的旋律，力拨天空的浓雾，为我们带来一方安宁与纯净的蓝。而我在他们的守护中尚能在家中与母亲如此亲密地靠近，是何其幸福。

人间有大爱，卷帘有小爱。生命再平淡，平静的依偎也是单纯的歌唱，是嘹亮的一声鸟鸣，是忙碌奋战的守护者的慰藉。

日历里的春天已到，然而我依旧手脚冰凉。因为冷清，第一次，我感觉春天是如此遥远。窗棂边的三角梅，往年的颜色是水红色的，今年却开出了深红色。莫非它也知道，大地泣血，它需要以更浓重更热烈的色彩，来迎接这个蹒跚而来的春天？此时母亲说了一句："那花开得真好看。"我走过去，握住了窗台上的一缕阳光，回过头来，看见母亲的瞳仁，正悄悄绽放着一个春天。

柔软的阳光

二月的阳光多么柔软，柔软到万物为之动容。冰河开裂，枯草返青，老树发芽，虫豸欢唱，一切粗粝都被新生的柔软所代替。封住公园的铁马与警示栏被拆除了，意味着春天正在打开，我因此想去阳光里看看二月的花。

心头涌起一丝欢欣之际，一个朋友却在群里说她非常焦虑恐慌。自疫情暴发到现在，作为医护人员的她，一直默默地承受着巨大的工作压力，累倒在抢救室里抢救多次，可从抢救室出来之后，又继续冲到抗疫前线。发信息给我们时，她又累倒了，心率达到每分钟110次，正躺在遵医五院的病床上。

另一个朋友发了张照片来，说天上一个月亮，水里一个月亮。她正在黄杨河湿地公园里跑步，看见美景就赶忙拍下来跟我们分享。她说每天在村里排查疫情，压力非常大，需要通过跑步来缓解一下情绪，顺便寻找一些栖息的诗意。

还有一个朋友说她整晚没睡。她在抗"疫"期间与社工们一起开通"疫情心理咨询热线"，帮助人民群众消除疫情带来的各种困惑、苦恼及恐慌心理。这还不够，整个晚上，她还在想着能否做更多的事情，为抗疫工作尽一份绵薄之力。

一些酸楚、感动与欣慰倏忽而至，我的眼眶湿润了，杂陈的五味在这柔和的春风里轻轻飘游。这二月的阳光让人如此感动如此舒畅，大概就是因为融入了她们点滴的爱与忧愁，才让这个春天显出非凡的意义。

那日，母亲因牙疼发了一点低烧，在这疫情蔓延关头，我着实吓得不轻。所幸当晚烧就退下去了，也没有再复发，心才如石头落地。前些日子，听弟弟说为了让隔离区的空气更流通、光照更好，他与同事要去那里修剪树枝。听了之后，我的心又悬起来，怕他防护不够，瞬间觉得病毒离亲人太近。虽然日子过得风吹草动，然而春天终是要来临的。

"挺住，意味着一切。"在大家的默默付出与坚持下，疫情终于趋于缓和，复工复产的日子到来了。街上的车辆与行人渐多，商店也纷纷开门，生活又开始奔流不息，充满了温暖的烟火味。此刻春风浩荡，在园林部门与花草树木相伴多年的我，在这座热爱的城市里，与同事们撒下充满希望的种子，待人们可以驻足公园，观花吟诗，乐音飞扬，用相机定格美好的时候，用一处处的姹紫嫣红，为大家缺失的本该色彩斑斓的春天记忆，补上烂漫的一笔。

二月的阳光弥漫在楼宇之间，那里闪烁着一点一滴汇聚起来的爱，那里萌发着草木急迫冒芽的希望，那里充满着人民对最终战胜疫情的期待。柔软的阳光中，春天在生长。

与陌生人说话

　　"嗨！小姐！"一声招呼刹住了夜幕下我急匆匆的单车轮。"不要与陌生人说话。"我脑中忽而闪过这句话。可是我却鬼使神差地停在那两个陌生男子旁边，问他们有何贵干。那时，我是一个心怀美好愿望的青年，对这个世界充满热爱，在闪烁的星光下数着微薄的工资，转着欢快的单车轮，准备去充满艺术气息的琴行里学钢琴。

　　"太难得了，太难得了！"两个人当中其中一个瘦子对我说，"请问××广告公司在哪里？"我刚来这座城市不久，对这里并不熟悉，所以一脸茫然："哦，我也不太清楚，好像就在这条路吧。""真的很难得，我们问了好几个人了，但没有一个人愿意搭理我们。本地人好像不太友好。""是不太友好。"我微微一笑，想起初来乍到时自己所遭受的冷漠与白眼，不禁与这两个陌生人产生了同是天涯沦落人的感觉。

　　正想离去，瘦子又对我说："我们是从南京下来办事的，在中山出了交通事故，车被扣了。现在急需跟老总联系，但我们手机没电了，能借一下你的手机吗？""骗子！"这两个字在我脑中又一闪而过，可我略微迟疑了一会儿，却不由自主地把手机借给他。"喂，老总，我们现在在井岸……"瘦子转过身，拿着手机嘀咕着。我没认真听，在一旁有点焦急地等待他把手机还给我。"不好意思，浪费你的时间了。"过一会儿，瘦子把手机递过来。"请问去珠海机场大概要多少钱？""啊？珠海机场比较远，估计打车会比较贵。"我看他们那落魄相，居然暗暗替他们着急。"真的不好意思，我们现在急需钱用，小姐你能不能把身上尽可能多的钱借给我们？"千万个受骗故事从我脑中一晃而过，可是眼前的瘦子和胖子，神情焦虑，满脸颓然，汗流浃背，竟让我不能产生丝毫的怀疑。自然，在充满温情的灯光下，我把钱包里仅有的几十元悉数给了他们。

我准备走，瘦子又说话了。他一脸无奈："我们的手机没电了，但我们急需用手机，时刻要联络那边的业务，一旦联系不上，我们杨经理——"他指了指身边的胖子，"他经营六年的事业就要毁于一旦了！"他一副哭腔，简直要流泪了。我那玻璃一样的心差点要跟着他的心一起碎了。"小姐能否好人做到底，把手机借我们用一个晚上？"我心里说绝不可能，可嘴里却不懂拒绝："这个——可是我也要用啊！""当然，小姐绝对有不借给我们的权利，如果你不放心，我们可以把我们的手机和手表全都押给你，但这样我们就变成了一种交易。小姐你应该是真心帮我们的吧！"听他说得恳切，我犹豫不决，虽然怕自己受骗，但更怕自己拒绝一个需要帮助的人。在他们你一言我一句的攻心术下，最后我心一横，把手机递给了他，还接下了写着他电话号码的纸条。自然，到了琴行之后，那淙淙流水一样悦耳动听的钢琴声也没有冲刷掉我整晚的沮丧。

毕业之初，网络还不甚发达，在我对这个世界还未懂得设防的时候，手机就这样被我轻而易举地送给了别人。从那以后，我常告诫自己：跟陌生人说话是危险的。

后来，此类事情见得多了，我才知道自己是个彻彻底底的傻瓜。当然，这个世界并未因一个人的善举而改变一点什么，我却因这个世界而改变了善良的尺度。

多年后的一天，我从一间中学经过，两个陌生人满头大汗地拦住了我，说他们从外地来，钱财给盗了，现在流落在外，希望我能给点钱给他们回家。可他们是蹩脚的演员，没等他们说完，我瞪了他们一眼："我的手机就是被这样骗走的！"其中一个很生气地说："你这人怎么这样说话！我是见你像个学生，比较善良的样子才跟你说！"我冷冷地说："你们在学校附近，就是想对学生行骗吧？"说完拂袖而去。三番两次地遇到骗子，原来就是因为我的样子看上去比较善良？回到家拿镜子左照右照，练习改善自己的表情，怎样变得凶一点，成熟一点，冷漠一点，让人难以靠近一点……

在与社会慢慢磨合的过程中，那颗曾经晶莹的心也不再透明了，也与外界之间竖起了栅栏。很久很久，也不再有陌生人来靠近我，我也少与陌生人说话。后来，我在青少宫接小儿时，一位小姑娘走过来说："阿姨，手机能不能借我一下？我想告诉我妈妈我下课了。"我想起多年前的经历，有瞬间的犹豫，但看着她扑闪的眼睛、清澈的眸子，还是把手机掏给了她。她三言两语说完之后，把手机还给我，并灿烂地对我笑笑："谢谢阿姨！"刹那间，我的心又明朗起来。

陪着孩子成长，我的心重新变得柔软，在充满童真的世界里，我又看到了真实、洁净、悲悯、善良。在一次与孩子一起去公园的路上，我看见一位步履蹒跚的大爷拄着拐杖走过来。一步没站稳，他突然猛得摔倒在地，四脚朝天地躺在路上。我惊呼一声，孩子说："妈妈，快！快去扶那个爷爷！"我匆忙走过去，这时旁边的一个女孩子见到此状，也走过来帮我一起扶。那是夏天，我们把他扶到阴凉处坐下来，问他家在哪里，可有家里的电话？可他似中风模样，吐字困难。我心里有点焦急，想离去，但孩子拼命说："我们走了，这个爷爷怎么办啊？"看着这个说话不利索的老人，我也着实不放心。正准备打110，有一个中年男人疾步而来："哎呀，急死我了，原来在这里！"旁边的我告诉他事情的经过后，他对我千恩万谢。我本来正愁着跟陌生人说话不知会不会惹来麻烦，但看他满脸感激，心中又马上转为欣慰，而更让我动容的是，孩子在帮助别人之后脸上无比愉悦的表情。

后来，因买房需要资金周转，先生准备向一位久未联系的同学借钱。我不抱什么希望，因为熟人都未必肯借，何况近乎陌生的一个人。先生说，他只是想做个试验，借不到也不必失望。出乎意料的是，那位同学居然把钱转了过来。我突然有点感动，感动于在这样比较陌生的状态下，他们之间还可以有这样的一种信任存在。

也许，素心向月，在这栅栏林立的人间，还是有很多的温良，会像一束光，照见我们心灵最初的底色。因此，有必要的时候，我还是会跟陌生人说话，并传递一个微笑，或一双善意的手掌。

追 寻 简 单

　　年少时期，获取快乐非常简单，有时是一本书、一个面包，有时是一缕若有若无的花香，有时是口渴时的一瓶矿泉水，甚至是在商店的橱镜里看见自己惨不忍睹的走姿，也会扑哧一笑。可是随着岁月渐长，我们却越来越不容易快乐。李渔在《闲情偶寄》里说："人能以孩提之乐境为乐境，则去圣人不远矣。"确实，人的一生，能保持童真，持一种简单的生命状态，并不是一件易事。

　　持简单的生命状态，需要我们守护初心。"初"字是多么美好的字眼，它纯净、晶莹，通透，没有一丝的尘垢。"初阳""初恋""初花""初见"，在很多的"初"面前，总带着开阔与美好的想象。可是离生命的原点越远，人心就越复杂，而初心里的柔软、感恩、明亮、知足，似也难以循迹。

　　《小王子》里有一句话："每个大人的心里，都藏着一个小孩。"这小孩，就是我们在遥遥路途中丢失的童真。在现实面前，我们头脑里存留的往往只是经世致用的东西，对于俯身可拾的闲趣，经常视而不见。尤其是欲望二字，更会诱惑一颗原本纯净的初心变成魔鬼。贪欲在每个人的体内潜伏，若不能把握好心的方向，魔鬼便会在灵魂里流窜。沉迷于对物质、金钱、名利追逐中的人，都不会有细腻的情思去感知草芽冒尖的悸动、蚂蚁搬家的忙碌、蟋蟀唱歌的灵动……所以，若心中少了真，生命便少了趣。可是大多数人总是在得失中比较，在不满中追逐，在名利前算计，等到哪天真正有疼痛感了，一路回望，才发觉自己追逐的越多，失去的也越多。春花摇曳，落叶飘零，都是一种风景，只有怀着初心的人，或者摔了跟头醒悟过来的人，才会知道这不仅仅是风景，更是一种难得的简单之乐。

爱情亦然。一部《山楂树之恋》之所以隽永经典，是因为在那个没有物欲的年代，一份简简单单的爱，一颗晶莹的初心，就唤醒了我们丢失已久的纯真与朴实。爱情如果附上太多的条件，就失却了真正的美好。若我们的爱，从初见的欢喜出发，在细水长流中守护，又哪来这么多的婚变与反目成仇呢？在婚姻里失去幸福，最大的原因，就是失去了一颗初心！

简单的生命状态，往往也是一种坚持的状态。

一位大学同学工作后，一直坚持着学生时代的兴趣爱好：书法、摄影、口琴。只要有闲暇，他都与这些为伴。虽然生活不富裕，但日子活色生香。

多年前的一天，他发了一张照片过来，并附言：今天见到一高人，在雨中吹笛，水平不错，忍不住拍下来与你分享。打开一看，果然是一痴人在雨中吹笛。那人神情专注，披一件单薄的风衣，立于翠竹前，手持笛子置于唇边，陶醉于婉转清流。我不禁被感染，只为那样简单的气息、物我两忘的境界。看到那张照片之后，我忽而感到自己被塞满的心有了一处空白，那里猛然间有悠远的回音。也就在那日起，我从纷繁的生活中剥离出来，找回了钟爱的文字与琴音，并坚守多年。

坚持所得不是一个目标，而是一个过程。它让我们甘于寂寞，默默耕耘，带给我们不一样的意义——也许是一个领域的成就，也许是幸福单纯的生活状态，也许是淡泊出世的人生情怀。不管怎样，能坚持的人，终归是因为杂念太少，拥有一颗沉静的心。在他们的心里，世界明朗，精神富足。蒲松龄说："性痴，则其志凝，故书痴者文必工，艺痴者技必良。世之落拓而无成者，皆自谓不痴者也。"所谓性痴，就是心无旁骛地坚持一件事，并陷于痴迷的状态。艺术家、科学家、文学大师，哪一位不是性痴者呢？他们从寂寞中走来，坚持躬耕于精神的领地，淡泊于虚名浮利，最终反而站到了山的巅峰。相对于三心二意的人来说，他们拥有更多简单的幸福。而我也幸是一位痴人，虽未有所成就，但因在爱好中默守一份欢喜，即使生命中披霜覆雪，心中也尚存一丝温暖。

简单是生命本真的回归。大道至简，悟在天成。至深的道理就在简单的事物中，而悟者，是懂得生命真正色彩的人。任世间风起云涌，他闲庭信步，回归自然，率性率真，岿然不动。

如茫茫白雪中的一点湖心亭，越是简洁的画面，越有高远辽阔的境界，只有一个至简的人心里，才有常人所不能企及的高处。

历代文人历经世事沉浮，都喜欢寄情山水，过一种返璞归真的生活。苏东坡竹杖芒鞋的洒脱，陶渊明采菊东篱的悠然，正因有了大彻大悟。当我们在红尘俗世里挣扎得太久，在都市的霓虹中迷失自己，在忙碌中已经听不到心灵的呼声，我们也不妨让自己返璞归真，简单做人。简单，能让我们身心舒展，觅得一方净土；能让我们面对烦琐沉重依然豁达乐观，留一分从容淡定。简单不是肤浅，它是经历人世沧桑后，灵魂深处的至纯至朴。

雨后的天空，开阔而高远。正如人心，一番洗礼后，便是澄澈。

佛曰，人悟道有三阶段：勘破，放下，自在。我想，以出世之心，处入尘之事，这便是我们想要追寻的简单吧。你的心简单了，这个世界就变得简单。

第三辑

书斋浅谈

时光倒影
……

沉郁的大提琴：历史和黄壤深处的爱与疼痛
——读耿立散文集《青苍》

一部好的作品，必定经得起反复阅读与咀嚼，如一块璞玉，越摩擦越有光泽。耿立老师的散文集《青苍》就是如此。近日，重读《青苍》，我又陷入恍惚迷离之境，如遇沉郁的大提琴，在低音区里行走在苍茫之中。他的文字领着我走进迷雾般的历史，在揭开真相的冷峭中，字字见血，却又句句情深，涌动着民族的骨血之爱。同样，他的文字又把我带到厚实的黄壤平原深处，聆听驴鸣的悲情，在对土地的尊重和父母的辛酸无奈中，交织起对故乡既爱且痛的复杂心绪。无限的苍凉与沉郁，化作一颗悲悯之心，引发我对乡村沉沦对乡土文化变迁的影响的思考。

"青"代表竹简汗青，"苍"代表苍黄土地。一脚踩在历史的纵深之处，一脚踩在平原的广阔之中，历史和乡土是耿立老师作品的两条脉络。他在雄浑宽广的文字中漫游，把对历史人物灵魂的真实还原与乡土记忆融汇于此书，掂在手中，就是一部沉甸甸的由"情"字书写的血泪篇章。书中包括序言共有 28 篇文章，关于历史的篇章有 14 篇，乡土散文有 13 篇。在这里，有众多烈士在风雨飘摇中的至情至性和血性担当；有汉奸在可恨之外令人恻隐的一面；有对佛性的诠释；有对故土的思恋和人性扭曲的痛诉。一曲低沉的大提琴在这里蜿蜒迂回，一些哀愁、一些悲伤、一些踉跄，透着对生命与人性的反思……

"路是脚踏出来的，历史是人写出来的。人的每一步行动都在书写自己的历史。"个人的历史最终汇聚成洪流，成为时代的历史，因而解读人物内心，以人之小窥见史之大，更能洞悉时代与各种灵魂互相激荡产生的必然，对于传承人物风骨，推动历史演进，有现实的参考意义。在书中，作者以鲜活的人物形象及细节重构历史记忆，揭开历史遮蔽，还后人一个青葱真实，并予后世以启发和警醒。在浩然之气中，历史事件荡气回肠，跌宕起伏，让人久久萦索于怀，掩卷沉思。

刀光剑影与烽火边城已成为尘埃纷扬，唯有那一串串熟悉的名字和一股股英雄气仍在历史的天空回荡。秋瑾、林觉民、赵登禹、张自忠等忠骨从历史的深处走来，以真实具体的形象出现在作者的笔端。历史重述的意义在于还原真相并警醒后人，对制造历史事件的当事人的灵魂进行剖析。这剖析不但是个人的，还是民族的。如《缅想的灵地》中，以压抑的愤怒揭开杨靖宇将军被功利主义者、机会主义者的"这号中国人"杀害的事实。书中说："有的伤口能被岁月所掩盖。有的记忆却为时光重新撕开。"如果任蒙昧的罪恶逃逸于历史，这将是时代的耻辱。故面对将军之魂，作者用沉痛的笔触燃烧着愤怒的火焰，把将军牺牲的真实细节浮于水面，促使我们深层次思考该如何塑造民族之魂。再如《守夜》一文，以卡夫卡的举火棒者的形象入篇，展开叙述了投湖老人梁济亦歌亦哭、报国无门的悲惨命运。梁济守的是清醒与光明，"殉的是一种理想与道义，是一种人的责任和人之为人的文化的规定和符号，他殉的不是清王朝的政治政权，不是皇帝，殉的是天下"。这是令人动容的一句话,梁济与屈原一样,选择了水,这让我想起不久前成都大学党委书记毛洪涛以死对抗顽固坚实的利益勾结链的事件。毛洪涛也选择了水,他试图用沉没的身躯托起世人灵魂的上升,与梁济的死如出一辙。历史总有惊人的相似之处,社会的良知在任何时代都是一种需要,故《守夜人》作为一种现实观照,有 种反思与启迪的意义。各种英雄人物刚柔并济,书中大量的细节为我们补充了我们对于历史人物直观感受之外的、他们不为人知的一面。《绝调》中,我们看到了林觉民情意绵长之外的血气方刚,广州起义后视死如归的豪迈气概。他与荆轲相似,豪气干云却准备经历生离死别。篇尾与意映卿卿儿女情长的场景回旋,让人读出了撕心裂肺的痛。《悲悯的佛性》中写了粗犷的鲁智深纤细的一面。"青青翠竹,尽是法身,郁郁黄花,无非般若",他的佛性不依赖于外表及形式,而在于内心,其善、其真性情感染着读者的心。除英雄人物之外,书中还有对各种复杂命运的叙述。在动荡不安的时局背景下,个体起伏的命运及复杂心理活动使他们的人物形象血肉丰满。《临终的眼:萧红记事》中四处流浪、体验着人生诸多辛酸的萧红短暂而璀璨的一生,让人读出血溅荆棘的美与痛;《饮刀求一快》中汪精卫的才华与抱负让人感叹,然而"卿本佳人,奈何做贼",经历布满暗礁的人生,经过火与血的淬炼,却最终投敌,成为历史的耻辱,唏嘘之后带一丝凄婉的意味。在作者的叙事抒情与议论中,耳熟能详的人物不再是教科书上扁平的名字。

乡土文学渐显式微的今天,乡土写作仍是耿立老师的一大旗帜。他从黄壤平原深处长大并走出,对乡土前后的变化,有着深入骨髓的体会,因而也更具有代表性。他有着浓厚的乡土意识,对故园充满了感情。文字充满独特的魅力,不管是炊烟、麦田、光、草、萤火虫还是驴和土地，在他笔下都是灵性与温情的化身。故乡是祥和的、诗意的、温暖的，但同时故乡也给过他彻骨的痛，因而"在歌赞里，有泪水有鞭痕"。

故乡之所以是精神上的根，是因为我们生于斯长于斯。对亲人的爱，对亲人的生活状态的回忆是乡土文学中不可或缺的元素。《风吹歪》中回忆了父亲与风之间发生的几件事，温和中带着凌厉。风吹散了麦子，吹倒了父亲，颗粒全无的痛如针尖扎心。在作者带血的回忆中，他透过父亲看到农民生活的艰辛，农人对土地的热爱和尊重。"在老年，父亲还是执意留下三分地自己种，他说庄稼人一看到土地，一看到庄稼，有点小病小灾也会立马就好，如果一天不看到土地庄稼，那他心里就憋得慌。"质朴的文字传递着温度，写出土地与农人唇齿相依的关系。《致不孝之子》则是缅怀母亲的悲歌。作者出生时，贫穷逼得他们走投无路，然而这个生养他的故乡，却未有一丝温暖去救赎人性。"因为我的生，就必得父亲的死，就非得父母遭受屈辱，并且使这屈辱浇灌我成长。"家境的贫寒，人性的扭曲，母亲的苦难与死，落笔情深，读来不觉泪眼婆娑。让作者更痛的是亲情的不可靠，亲人对母亲的榨取。文章感情真挚，字字蘸染着悲伤，富有强烈的感染力，让人看到农村真实的面貌，既有诗意的田园风光，也有各种复杂的人性甚至罪恶。作者朴素的情怀包括对万物的悲悯，对各种生命的敬畏与尊重。《一头来自异乡的驴子》中，动物与人之间的感情感人肺腑。在这里，驴对关心它的父亲怀有深厚的感情，怀一颗感恩之心，三番两次寻找旧主人，最后父亲在驴即将遭受宰杀的命运时把它赎回，让它自然死去。文中有一股温暖的色彩抚慰着人心，因为卑微的生命得到了关爱。驴实际上也代表了父亲，代表广阔土地上的农民，和广大社会底层的劳动者。关爱驴，就是关爱卑微与弱小的生命，是对自然乃至社会和谐的尊重与维护。故乡是游子灵魂的栖息地，对故土的思恋是每个游子的宿命。然而城市化对乡村及小镇的摧毁却让游子的精神无法返乡，因而作者笔下，乡村文化的挽歌唱出了游子失去精神家园的痛。《谁删减了夜的浓度》《谁的故乡不沉沦》等篇章中，描写了自然环境的污染、城市化的冲击，使象征着乡村的事物逐渐消失，萤火虫、鸡鸣、斜阳流水、蛙鸣溪头荠菜，都将成为梦中呓语，这是每一个怀念故乡之人心中巨大的痛与遗憾，"是一种大地的整体失忆和乡村历史的短路"。但作者也不是纯粹停留在怀念旧事物的程度，而是站在另一个高度思考生态平衡的问题，新农村建设一体化的问题，乡村的精神质地问题。

历史与乡土都是深重的话题，如果文字太过于僵硬，读者就难以体验阅读的愉悦，但在《青苍》中，全书都呈现一种"诗性美"，文字浑厚大气而又诗意绵长。如在《白夜》中"我曾看到一张摄影，雪裹着的木屋，是夜，红红的灯光从窗棂漏出，而天是童话的蓝，迷离，迷蒙。我想，我是一滴流浪太久的泪，在这样的屋子可以安置"；再如《赵登禹将军的菊与刀》中"春天的时候，浑厚的平原多被猩红或莹白的颜色大肆侵没，层层叠叠，气韵非凡，如一片莽莽苍苍的锦缎鼓荡着阡陌，那是从明代就名甲宇内的牡丹。到得秋日，菊花就会燃烧起来，在柴草垛、河畔沟渠、晴天碧空，黄的粉的升腾如烟雾"。此类充满诗意的文字在书中俯拾皆是，不论是长句还是短句，不论有没有修辞的铺陈，诗性的美都闪耀着熠熠光芒。作者不但能发现美，还是制造美的高手。如写赵登禹将军篇章的结尾，他提到三种结局：成大德高僧，成菊花凋零，或骨血延续。其实无论哪一种，将军都是会死去的，都是一种悲剧。悲剧本身就是一种美，但作者却对这种美做了升华，使之成为一种悲壮的美。余秋雨说："没有悲剧就没有悲壮，没有悲壮就没有崇高。"作者把结尾处理成电影镜头般崇高的悲壮，把我们的审美体验推到了极致。

物有必至，事有固然，因一段需要治愈的岁月，耿立老师的文章总能让人读出真、读出痛。字里行间，浸透着浓郁的感情色彩，笔墨雄浑，藏着无尽蕴含。苍凉沉郁的风格，犹如坚定稳重而低调的大提琴。繁华喧嚣与之无关，细细斟酌，都是华丽深邃而又不失亲和力的乐章。循着低沉的旋律，似能找到一种冬日午后的光辉，厚实而温暖。在绵长悠远的音符中，作者的思考亦深远而沉重。爱与疼痛，在迂回最终喷薄的曲调中展现得淋漓尽致。

书中多数文章篇幅较大，洋洋洒洒动辄上万字，而文中知识的广博，使人觉得作者亦是一部探索不尽的"百科全书"。不论是从思想还是艺术上看，《青苍》都是难得的经典之作。

（原载《大湾》2021 年第 9 期）

一条江的奔跑与突围
——读耿立散文集《暗夜里的灯盏烛光》

"江声浩荡，自屋后上升。"《约翰·克利斯朵夫》书中的江，给活在平原深处的耿立老师带来气势磅礴的想象与探寻的渴望，因此，自他与这本书交谈的一刻起，他的体内就注入了一条江。

翻开耿立老师散文集《暗夜里的灯盏烛光》，我仿佛听到一条江的涛声轰鸣。泥土、迷茫、惶惑、苦难、追求、颂唱，在滔滔江水中，或沉或浮，连绵成开阔的气象，撞击着读者的心灵。这条江浩浩汤汤，载以浓烈的情感与气韵，在他的体内冲撞、奔涌。这条江也摄住我们的神思，跟随他在精神的高地里自由奔跑。我们被他的江水裹挟，与他一起经历飞浪击石、暗流涌动、旋涡深卷。他是不甘囿于洼地里的水流，他是翻腾的江水，一路在突围，一路在前进，把乡间的逼仄与窒息抛落于身后，直到奔向浩瀚的海。

因为奔跑，我们感受到了酣畅——有着追寻的勇毅与吞光的野性；因为突围，我们感受到了骨血——有着血脉的偾张与精神的硬度。

心有大爱，家国情怀，是耿立老师作为知识分子的使命与担当。对道义、正义、自由的追求，造就了他的文章气贯长虹、纵横捭阖的气质，这也是一条浩荡的江所具有的特质。"知其不可为而为之"的孔子，是民族精神的引路人，也是耿立老师的精神坐标。他所写的苦难背后，都是一颗忧国忧民之心，一颗拳拳赤子之心。他对自己所写的底层人物，表达的都是一种关爱与悲悯、崇敬与颂唱。俯身土地的人，永远值得尊重，他们勤劳、朴实、坚韧、勇敢，既有着羊的温顺，也有着狼的血性。不管是父亲，或是姐姐，还是錾磨师傅、福来等底层人物，在耿立老师的笔下，除了痛之外，还有善。叶兆言说："善根是文学存在的基础。"这善也是耿立老师所要带给我们的至美。这些被生活磨成粗粝的人，揭开层层伤痛之后，我们看到的都是根植于内心深处的善良与纯粹。耿立老师来自平原深处的土地，深谙每一颗像庄稼一样诚实卑微的心，对善良的底层人民充满了同情，进而也鞭策着他向往光明与正义。作为书名的《暗夜里的灯盏烛光》一文，就是此书要表达的旨意，通过追溯孔子的一生，呼唤民族的良知与精神的重塑，"让古老文化的礼义廉耻与道德的品格，重新在我们的血管里涌流"。

是江，必定除了浩瀚也有水的柔软。他在《温柔走进良夜》一文中写道：如果，我们不温柔祈祷，温柔以待，而让孤寂、贫穷、苦痛盛行，这是我们的生命之耻。对于耿立老师来说，良夜里有美好，也有悲剧、灾难、不义。小儿的早夭，就发生在一个夜晚。因医疗条件的落后，早产的孩子在没有暖气的、极寒的夜里逝去，这无疑是一个沉重的打击，但他在文中说："要知道在这世间，有人供奉金钱权杖，也有人供奉心中的律令与星光。"他就是一个供奉星光的人，不管生活以何种沉重来对待他，而他在悲愤之后，终以悲悯与温柔与人世相待。温柔是化解苦痛的有效方式，在飞沙走石的夹击中，他找到了与生活相处的方式，就是心中有光，用温柔祈祷世界。

耿立老师身体里的江水，以抽刀断水水更流的韧性，一路向前奔跑。求学的不易，走出乡村的困难，使他一次次沉沦。《赶在黎明前奔跑》中写到学校里学生扮演吊客的场景，把前途缥缈的迷茫无助，刻画得入木三分。而他也这样写父亲：大部分的时光，他就如风箱里的老鼠，遁无可循，他只有默默承受那些日常的或是不打招呼而来的厄运。这样的文字，带着一种疼，把生活的不可把控感表达到了极致。然而，耿立老师却没有绝望，而是对命运发起了反抗、挣扎、思考。他在黯淡的命运底色里奔跑，跑到被芍药的亮光照耀的地方，从苦难中超越，因而获得了拯救。芍药的花地，有过目不忘的大美，有原始奔放的诗意，这里代表了他所追求的人生之美、情致之美，这样的美引发了一个乡村少年对文学的孜孜以求，正如他说："多年后我才知道，芍药花地，是我命运的底片，反复曝光，反复叠加叠影，使我的人生斑斓。"

江水终要入海。耿立老师带着他情感与精神的江水，来到了南方的滨海之城。他把自己比喻成苍耳，要在城市寻找扎根的土壤，有着顽强、不肯罢休的性格，也有着一颗种子的卑微。他褪不去农村之子的标记，但岭南以温润平和接纳了他，让他这颗苍耳，也找到了适合生长的土壤。他在野狸岛和机场路看到庄稼后，说："每个植物都有活着的理由，这才是最大的道德。"因此，他也就心安地做一颗苍耳。他一直在突围，在逃离农村，实际上，当痛苦沉淀，他的精神获得了升华，就不再需要磨去身上农村的印记，他已与自己和平相处，与城市和平相处。在《一叶如来》中，从喝酒到喝茶的转变，不但是耿立老师从北到南纬度上的转变，更是精神上的改变，以他的话来说，就是"精神基因的突变"。由北方的急躁、刚直、冲动，到南方的从容、优雅、温婉，他获得的是精神的突围。在南方，他懂得了禅与茶，用禅宗修复了疲惫的身心，因而他终于知道："总觉得骨子里，自己是个南方人。"对北方与南方土地的爱，也在禅茶一味中得到了统一。

这条江的奔涌，既有对个体生命自由的抒写，也有对故乡风物、历史精神的回望，无论叙述、抒情抑或评论，都是有力的回响，引起我们对如何构建社会精神的深度反思。

全书内容深广、蕴藉有力，"真"是书中的魂。真切的感情深入骨髓，真实的故事直击人心，形而上的思索更是自真实的心灵深处流淌而来，因而这条淌满感情的江，在蜿蜒曲折中有了深邃的魅力。广阔的思维，跨越式的联想，让这条江气势恢宏。顺流而下的人，完全不知下一步会被江水带到哪里，到处浩渺，到处有奇观，古今中外徐徐而谈，风俗民情随处铺展，漫游神思纷繁无际。江水不经意卷起的浪花，就是那些不事雕琢的美，原生态的文字，质朴、苍莽、奔放，带来刻骨的疼痛又有希望的光芒，诗意地绽放，让人畅游于这样的江水，久久不愿离开。

风雨人生路中栖息的诗意
——读张楚藩老师诗集《五里亭》

一本诗集《五里亭》，氤氲着韩江的气息，如一道春日的阳光落到我的手中。韩江流经张楚藩老师的家乡潮州市潮安区，也流经我的家乡梅州。他曾说潮客一家亲，因而收到这本诗集，我自然而然有一种说不出的亲切。简约雅致的封面呈现在我面前，尘埃纷扬的心转而宁静。翻开书页，如有墨香浸润，溪水缓流，一个清澈的灵魂，一颗饱经沧桑而又淡泊宁静的心跃然纸上。

巴金说："我之所以写作，不是我有才华，而是我有感情。"张老师的诗作，不但是真情的集合体，更是才思斐然、光芒跳动的人生思考。诗集分七辑，共有54首。从对黑土地的热爱，到对身世的叙述、对浓郁亲情的思恋，再到现实生活中的每一事物，无不展现着他内心的无穷。而这无穷，落在他的笔下，却是那样清雅、恬淡，张弛有度、意味深长。

情浓之作的代表莫过于第二辑的十节长诗《五里亭》。诗人三岁时，由于"历史误会"，父亲失业，导致家境窘迫，母亲不得不把他过继到农村。从此，五里亭成为他一个刻骨铭心的地标，弥漫着离别的痛楚与思念。他在生育他的小城与养育他的农村之间穿梭，这一走就是望眼欲穿的四十年。全诗用干净朴实的语言、感情节制的表达，把诗人内心的沧桑表现得淋漓尽致，催人泪下。"风雨迷离的五里亭"一句，就给全诗定了调。它不是激越澎湃的大调音乐，而是委婉凄楚的小调音乐，含蓄而又充满张力。第五节中"脚下一绊/被路石绊出大片/带着皮肉的脚趾甲/我强忍眼泪不敢喊痛/生怕那鲜血/滴到的母亲心头"，和第七、八节中对于父亲迟来的"平反书"以及父亲去世的叙述，把全诗感情引向了高潮。在这小调音乐里，诗人不是纯粹地抒情，而是在平静克制的叙事中展现内心的巨浪与渺茫无际的悲伤，让人在唏嘘感叹中，夹杂着眼眶里的潮湿。诗行的末尾，是亲人的团聚、母亲的长眠、风雨后的五里亭，让全诗在悠长余韵中收拢，既有汹涌波涛，也有宁静余晖。

也许是诗人的身世赋予了他对人生更多的思考，这样的沉淀恰恰成就了他诗人的气质。人生之路沧桑，心中自存诗意，因而，生活中常见之物，信手拈来，都是一首妙不可言的诗作，处处折射出哲思的灵光。如《钟楼》一诗"如果有一天/它戛然定格/那生锈的齿轮/就会咬着一页/渐渐发霉的历史"，短短几句，把时间的抽象与事物的形象巧妙地结合，引发读者无穷联想。再如《窨井》："连着城市的/血管，神经，肠道""人们不曾好好呵护/反诬它是'马路陷阱'"，表现出诗人对生活别具一格的思考。"物象的精准与意象的独特是诗歌的两扇翅膀"，这句话在诗人笔下得到很好的体现，这里没有人云亦云的聒噪，只有一盏清茶，在萦绕于心的禅乐中久久回甘。

诗歌的境界就是人生的境界。诗人悉数光阴，对人世的洞悉和豁达尽收笔下，显于诗行。一路风一路雨，却从容行走，来去自如。如《北阁》一诗，道出人世间无边的欲念与迷惘，然而诗人却带我们走向禅的境界。若不了悟得失浮沉，怎会心如莲花？佛在心中，莫向外求，在悠然的纸上，我们看到了一颗月光般清澈的心。《远行》一诗中，诗人的牵挂之情溢于言表，却又安然自在，在芭蕉尚绿的老屋，等着远行人回来"煮茶听雨"。这就是历练人世之后的沉稳与从容。一首《说走就走》，更是看淡生死，豁达开阔："把心交给旅途/别问下个歇脚点/客栈还是坟场。"风雨沧桑路，诗人早已练就一颗包容万象之心，归还本真，乃至达到了天人合一的境界。

张老师说他的诗歌宣言就是"但存天生丽质，何俱素颜朝天"。他的诗歌没有过多的雕饰，但淡雅隽永，耐人寻味。这大概就是与生俱有的诗人特质。任风起云涌，他的心中始终有诗意栖息。在来回往复的歌咏中，有语言之美，哲思之美，生命之美。这足以抵挡一切尘垢，在风雪途中持一颗清心，到达澄澈辽阔的彼岸。

(原载 2020 年 6 月 7 日《潮洲日报》)

至简而深邃的灵魂

——读张楚藩老师诗集《曲江行吟》

　　潮州是一座历史文化名城，张楚藩老师生于斯长于斯，且又是文化工作者，因而身上的"文气""雅气"似乎便顺理成章地成了他的特征。虽与他未曾谋面，但从他的笔韵中，便可窥知一二他深广的文化底蕴。无论是他的诗歌、散文，还是在朋友圈发的一些精短的读书笔记，我都看到了一种耀眼的光芒，那就是他深邃思想的闪光。他的思想蕴含着独特的情感体验，这种体验既有个性，也有共性。如他的散文《心祭》，写了作者与父亲阴阳相隔的深切悲伤与无奈，以及作者对多舛命运的抗争，及在父亲的鼓励下自强不息的坚持。这些命运属于他个人，因而这种体验是孤独的。作品在"都市头条"发布后，引起社会的强烈反响，从这方面说，这种体验又是不孤独的，因为他笔下的至情都是人类共同的情感。独特的思想与贴近人心的感情，让他的诗文有一种温暖而纯净的色彩，读后如春风化雨，渗入心田，久久不能忘怀。

　　在我看来，张老师既是满腹诗书的长者，又是一位坦诚谦和的朋友，低调、亲切，一如他晓畅自然的文笔。喜闻他第二本诗集《曲江行吟》付梓在即，而我有幸在融融春日中收到他的诗稿，自然先一睹为快，品阅时如有花香弥漫，忍不住采撷这一路芬芳，与大家共享。

书中以诗作《带着一首诗，去旅行》作为代自序，其中两句就表明了作者对诗歌的钟情：尔来无奇巧，唯掏一颗心。作者就是带着一颗真心在诗行中行走，纯粹而简单，所以整本诗集读下来，打动人心的情感比比皆是。第一辑"行与吟"中，《凤凰山传奇》《芡实村恋歌》《凤城名片》《潮州莜物语》等诗章，以1000多行诗展现了家乡的风景名胜、历史文化、精神风貌、风俗风物等，这不得不让人惊叹其笔力的浑厚。也只有对家乡怀有一种至深的情，才会从山山水水、平凡人物、琐碎事物中衍生那么多的诗意与神采，笔酣墨畅大篇幅地抒写赞美之歌。

整部诗集的压卷之作是《凤凰山传奇》。近300行的诗歌，一共8节，气势恢宏，壮丽磅礴。凤凰山是粤东第一高峰，在作者心中，它不仅是地理上的高地，也是"精神高地"。由此，他笔下有高耸绵亘的地理凤凰，也有文脉相承、勇武爱国的"精神凤凰"。大家均知凤凰山上产名茶，对凤凰山的人文历史却了解不多。而通过此诗，我们跟随作者站在历史与文化的高度，透过文字萦绕的画面，不仅感受了一番凤凰山激荡喷薄的情怀，还深刻领悟作者真正想表达的层次——文化的宣扬、传播与发展。从这个层面来说，作者是一名不折不扣的带着自觉使命与担当的文化使者。凤凰山下的大潮州，熠熠生辉的历史人文在作者精练优美的笔触中，传递出古老而浓郁的诗意，并慢慢发酵、浸润、升腾，形成一种潮州气质和潮州神韵。学宫、广济桥、百窑村、碧血丹心、韩愈驱鳄的典故、畲族风情、600年茶树……这些积淀的文化如奇香卓绝的凤凰茶，萦绕在诗歌的韵律中。"它们在光阴里张开柔嫩的翅羽/阳光和月光在枝尖上飞来飞去"，这样的诗句，优美、轻盈、灵动。虽然没有色彩的描写，给我的第一感觉却是"洁白的诗句"。因为阳光和月光，都是洁白的、美好的。美好不仅来自自然之美，也来自作者根植心底的对家乡的挚爱，所以他的抒情不仅仅停留在对文化的歌赞中，更是对未来寄以希望。"响起一声春雷""蓄势待发的粤东""铺展新的写意"等诗句，无不体现着作者对这片热土的展望。

《芡实村恋歌》中的曲江，实为张老师的家乡下张村。这是200 行的组诗，每一组都有独特的意象，老榕树、大宗祠、十里长街、荷花塘……这些意象浓缩着一种乡情，既有豪迈的气质，也有含蓄的委婉，在平实朴素中飘荡出缕缕诗意。在《周仓庙》中：英雄崇拜，陶冶英雄品格/曲江村头的烈士墓地，鲜花簇拥/扶贫济困，抢险救灾/曲江村儿女总是发出洪亮的声音：/"到！"这些诗句，读起来朗朗上口。以抗灾抢险的"动"，烘托烈士墓地的"静"，形成一种对比。本来墓地是带有悲伤色彩的，然而这悲伤升华成精神的永恒，情感因而显得波澜壮阔。而《荷花塘》中，"星光下，月色中/健美的胴体/纷披的秀发/如沐浴仙女，如嬉戏林妖"，这些诗句又带着秀丽婉约的品质，含蓄而富有余韵，把人带进一种优美宁静的想象之中。

文学需要敬仰平凡。平凡人物都是时代的歌者，时代精神就是由无数时代的歌者汇聚而成的。500 行的组诗《凤城名片》，叙述了新时代文明使者的动人故事，讴歌了感人至深的时代精神，贴近生活、接地气，这是一种诗歌写作的创新。这些故事都基于事实，与《浮士德》那样天马行空的想象不同，它属于大型写实长诗，然而作者通过恰当的虚实处理，语言精练而富有感情，在娓娓道来中，我们看到了孝道、慈善、拾金不昧、助人为乐、见义勇为等各种高尚精神。与我们所见的新闻报道或纪实写作不同的是，每一个故事的结尾处，都有留白，言未尽而意更浓，以诗歌特有的节奏、简练优美的语言来呈现故事，给我们构建出一个个美学场景，真是叹服作者的创新勇气。这里沉淀着潮州的精神文明，还有诗人对这座城市的无比热爱。诗行的结尾"我愿我的诗行/化作乐章/应和新潮州/前进的节拍"，没有气势磅礴的歌唱，而是以一种收敛的语调，让人去感受、展望这座海滨城市现在和未来的美，如在徐徐海风中，望见海鸥、白帆、浪花，有一种宁静致远的意境。

西班牙诗人塞尔努达认为："诗人依赖文字，更依赖目光。"世间万物因诗人的目光而重获意义。在张老师的诗集中，各种事物因他的目光和敏锐的触觉，而具有了各种各样的情感和内涵。在这里，雪花变成邀约的信物，吉祥树象征法治社会的安宁，黄花风铃不再以花期短暂而悲伤，枫叶成为深情的丹心。诗人对象征手法的运用，使诗歌别有一番意味。诗歌讲究"意在言外"，这种"意"，不但存在于技巧的运用中，还在于诗人思想的张力。在"诗与思"一辑中，展现的多是诗人的思考，诗歌较为精短，语言诙谐幽默。如《剪刀石头布》，一共4节，只有12行，却颇有意味。前三节写了愿望与现实的矛盾，最后一节说："一个声音远远传来：/别较劲了/上帝的事，上帝管"。世间事物的矛盾总是对立又统一，这首小诗没有解决矛盾，而是让矛盾共生互存，体现的是"反者道之动，弱者道之用"的道家哲学思想。又如《阵雨》，仅四行诗：猝不及防的阵雨/从高空垂下条条银线/马路上的男男女女/像一群提线木偶。诗人的目光与众不同，在我们惯常的视线范围内，他看到的却是人们有时候难以与猝不及防的命运抗争的现实。他的目光带着探幽的犀利，因而笔下的诗歌也向我们构建出了一个深邃的灵魂。

　　从"行与吟""诗与思""我与你""远与近"四辑诗歌中，我们看到了意象的映现、事迹的颂唱、情感的表达、生命的探索，内涵深厚，外延广泛。这些诗歌的语言十分洗练，多为白描手法，正如生命越来越开阔，更多的事物化繁为简，更为接近本质。从外象写到内心，我们看见一个至简而深邃的灵魂。其最终的意义，在于诗人把世间的美好，把对人生的洞见向我们呈现，不但用诗讴歌生命，而且用诗表达了对生命的思考和探寻。

在思考中行走
——杨长征文学作品小析

2021年秋，斗门区作家协会举办《黄杨月》编辑座谈会，邀请珠海市作协副秘书长杨长征老师过来指导。他从版式设计到正文大小字号，都提出了很多中肯意见，体现了两个字——专业。自那以后，他常跟我们互动，把市作协不少会员的作品寄过来，也关心斗门区作家协会编写的作品集《黄杨春潮》与《黄杨月》的出版情况。杨长征老师为他人作嫁衣裳的奉献精神和推动文学工作的热忱，的确让人感动。

他把他的几本书都寄给我看，有地方历史文化读本《珠海的路》，有诗集《台风眼》，有散文集《纯蓝的艺术》。读后的一些心得，跟大家共享。

对历史的深入与了解，是杨老师作品的一大特色。他在珠海博物馆工作，对珠海的地方历史文化特别熟悉。他一再写到宝镜湾、写到文天祥、写到容闳，他对这片土地充满感情，作为珠海市民，读了《珠海的路》，也不禁生发一种自豪感。他好似百度百科，地方史、中国史、世界史信手拈来，落笔之处，皆有历史的回音。

如写野狸岛：公孙大娘一千年，唐风宋雨舞台前。万里长河舒广袖，绝代天骄送娉婷。玉洁冰清三十年，夕阳无限芳草情。万木潇潇浮云意，千山暮雪伴晶莹。诗中写的分别是珠海大剧院和珠海渔女。诗歌并不拘泥于事物本身的描写，而是引经据典，联想翩翩，诗中的古典美和气壮山河的写意，让人感受到一种广博与深远。又如《我仿佛在江南制造总局参观》一诗，一共十二节，是杨老师的力作，在参观珠海港区一个水立方式的厂房时，穿越时空，仿佛在江南制造总局参观，再现了中国从弱到强的艰难复兴历程。他写珠海红色三杰，写苏曼苏、黄槐森、唐绍仪……涉及政治、文化、商业等各领域的杰出人物。近代革命救国、教育救国、实业救国的先驱——在我们面前掠过，历史在书中风起云涌，我们感受着珠海清新气息的同时，也真切地触摸到了这片土地的肌肤下热忱的血流。

《纯蓝的艺术》是杨老师最得意的作品集，虽都与历史有关，却不会板着面孔，冗长乏味，而是带着诗歌般的节奏，用简约生动的文字娓娓道来。书中的文字都有一种干净之美。半文半白，半普半粤，也是其语言特色之一。在有些篇章中，他会突然冒出个"D"，粤语中的"D"就是普通话的"的"，浓浓的粤语音，让广府人读起来有一种亲切感，也让不曾接触粤语的人感受到了作品中浓厚的地域风情。他的散文少长句，擅用短句，甚至有些地方段与段之间呈现较大的跳跃性，犹如诗歌的跳跃，这也是他的语言特色。如《人面桃花相映红》《接驳石》等篇章，呈散文诗的风格，短小精美，感情浓郁，有诗的意境，美的享受。

总体来看，杨老师的作品既有历史写作的严肃，又有语言的俏皮活泼。如《碧血丹心》写到宋朝奸臣贾似道："贾似道他有什么能耐？去唱卡拉OK还行，喝瓶茅台不醉。"看到这里会忍俊不禁，眼前浮现贪官的嘴脸，以古讽今，风趣幽默。又如《珠海的路》，为了分析文天祥的《过零丁洋》是在珠海所写，杨老师写道："虽然，文天祥过的'零丁洋'深圳也有份，但深圳那边是刚出发不久，文天祥的灵感还没来，等他灵感来了，船已开到珠海这边来了，所以应该算珠海的，是珠海海域诞生的伟大诗篇。"他解释得合情合理，但凡珠海人民，眼睛掠过此段文字时都会会心一笑，因为谁都希望这首千古绝唱，是始在珠海的海域内唱响的，为珠海的历史文化增添光彩。所谓文如其人，这样有趣的文字，与杨老师低调、热情、开朗的为人分不开。

他写历史，不是仅仅"再现"，更多的还有思考。也许与研究历史有关，不管是散文集还是诗集，他都作为一个思想者存在。文中，诸如"由此可见，意志、精神力量、雄心壮志何等重要！一个没有意志、精神力量、雄心壮志的民族，只有被宰的份"。这些独特的见解和精辟的议论性的句子，比比皆是。

他的新书《天海石桥静》让我先睹为快，它是《纯蓝的艺术》的续集，有很多短小精悍的文章，类似鲁迅的《无花的蔷薇》，篇幅短小，微而显著，既有感性的叙述，又有理性的思考。这个"静"字，很有意味，细细琢磨，我的理解是海阔天空之下一种安静笃定的思考。每一小篇，都是灵光乍现的产物，可以看到杨老师玲珑剔透的思想在不断迸发着火花。如书中的《台北故宫印象》说："我顿悟，有料到的博物馆是不需要背景喧嚣嘈杂的。"在我们不以为意的生活场景，或熟知的典故中，他都能通过自己的思考，寻求不同寻常的东西。

《纯蓝的艺术》收录了《澳洲行散记》，还有《南极风》《地球南岸》《黄金海岸》《天风浩荡》等，让人眼前一亮。印象最深的是《人类初始四大艺术》，从"人和其他动物的本质区别是什么"说起，再到声音、歌唱、舞蹈、艺术，看似议论，却没有论文的枯燥，而是形象地用正反论证，层层深入："动物再叫，也不可能对仗押韵。音乐，12356。你又会反驳。两个黄鹂鸣翠柳。唱得可好听了。但是，注意，人类唱歌就是写诗，有歌词，有起承转合，12356 至少有低中高三个声部，还有咚锵咚锵咚咚锵等节奏，鹦鹉可以学舌，但它绝不可能原创……"这些文字的运用不拘一格。"鹦鹉不可能原创"，诙谐幽默，文字简短，却富含作者的思想，辨析得明明白白，没有一点含糊。

在《澳洲行散记》中，从澳大利亚的建筑、交通、公园等，延伸到各种数据，甚至到火星人，可见杨老师的思想放浪不羁、天马行空，但最终还是回到澳大利亚上面，把"形散而神不散"的散文特色发挥到了极致。杨老师的文章看似散漫，贯穿始终的却都是他对一物、一事、一座城的认真思索。

把历史与现实相结合，杨老师行走在思考中，将一路春风与秋雨，化作文字的火花。他将珠海的文化历史脉络，梳理得清晰细致，走在南半球的澳大利亚，也带着故土的感情，去看待城市之间、历史之间的异同，让我们感受到他内心的磅礴与雅致。如他能在描写方面更细腻具体一点，将说明性的文字转化为描写性的文字，增强一些文学性，他笔下的历史人物会更加血肉丰满，历史故事会更加感人。我相信杨老师一定会有更大的突破。

一场文化盛宴与精神洗礼

——读陈继明长篇小说《平安批》

　　"有一种家书，叫'平安批'，收到一份平安批，心里的石头就落地了。"陈继明老师的长篇小说《平安批》，为我们展开了一幅下南洋波澜壮阔的历史画卷。"批"是指海外华侨通过审批局汇寄国内的汇款及家书。我是梅州客家人，我的家乡松口是梅州下南洋的始发站，所以对于"过番""番客""唐山"这些字眼并不陌生，但我对那个时代却了解不多。在陈继明老师的书中，我如同被淹没于那个时代的潮水，大浪袭来，想急切地游泳、上岸，却又成为了浪花里的一条鱼，深入其中，游弋于各种纷繁，终于解读到下南洋跨国大迁徙的故事，对我们产生了怎样深刻的历史意义。

　　《平安批》全书以浓郁的人文韵味，讲述了潮州银溪村华侨郑梦梅在暹罗（今泰国）的创业历程和抗战时期为国筹资出力的故事，不但给我们带来了多彩的文化，还有一场精神上的洗礼，让我们感受了一种浩然大气与家国情怀。

　　一、妙趣闲笔，展潮汕璀璨人文

　　读完此书，如同酣畅淋漓地享用了一场文化盛宴。

方言、谚语处处可见，潮戏台词信手拈来。书中用不少"闲笔"的趣谈，把潮汕的风俗、人情穿梭在故事中，组合成一个个立体的画面，让我们看到多姿多彩、趣味盎然的文化。在郑梦梅、陈光远、乔治三人的讲述中，我们了解到工夫茶的冲泡、青龙虾的制法、潮州米酒"肉冰烧"的制法等饮食习俗和各种历史。在品茶中谈字接对联，看到的是潮汕文人雅士的气质。饮食、建筑、湘绣、戏剧……潮汕人将文化融于生活，在书中细细品咂他们的光阴，品咂的就是一种活着的趣味。

　　书中多次写到拜妈祖、拜老爷。潮汕人的社会生活离不开海，世世代代与海结缘，所以下南洋时在海上漂泊数月，要靠拜妈祖和拜神来求取平安。这是潮汕人的人文信仰的一种表现。梦梅到了暹罗后，仿佛到了另一个潮汕，所见的一切犹如故里。他拜妈祖，在三聘街上喝猪血汤，看风景，听到潮戏台词"西胪旧梦已阑珊"的情景，充满生活气息。故事离不开生活，这些不紧不慢的叙述，给我们还原出了原汁原味的潮汕风情，作为一种文化背景，渗入故事中。因而这故事，读起来就有了根，有了厚实感，有了流动的血液。

　　通过此书，我们也对番批有了一番具体的认识，从邮票，到护封的写法、信的开头……把下南洋时代特有的记忆，重新复活在我们面前。村子里收到番批时的热闹，也反衬了一些人的忧伤。那个时代，留在村子里的老人和妇女小孩都是靠从南洋寄回来的批银生活，因路途遥远，要几个月甚至一年半载才收到一次，可想而知，那种牵挂和企盼是怎样焦灼人心，因而"平安批"显得尤其重要，尤其是对于等待、牵挂的愁肠来说。

　　潮汕、梅州、闽南一带下南洋的历史，在书中澎湃。郑梦梅到汕头后，看见码头广场的"猪仔"、乞丐、印度男人耍蛇、人群的哄笑，一系列的画面，展现了乱世下，到处都是既充满着希望而又痛苦迷茫的求取生存的人群。在船上，为躲避鲨鱼追踪，差点被投水喂鲨鱼的"猪仔"，以及在马六甲橡胶园看到患疟疾而死的"猪仔"的尸体，也让中国劳工的悲惨命运显露无遗。如书中所说："真正到了外面，才知道'外面'这个词，要多虚有多虚，要多实有多实。出门、回家、发大财、娶番婆、光宗耀祖，事情绝对没有那么简单。两个阿公同一天死在异国他乡；另一个阿公，出门是才子，回来是疯子；望枝嫂子的父母一去就杳无音信。"把故事写实，就意味着主人公要经历凶险，九死一生，命运未卜。出海途中所见的这些情景，不但让我们了解了漂洋过海、背井离乡之人的辛酸，也为郑梦梅以后的遭遇蓄势铺垫。

万昌批局的老板宋万昌带郑梦梅到潮汕人的公墓，郑梦梅看见一具悬空担在木架上的棺材，里面躺的是汾阳王郭子仪的后代。这情景让他印象特别深刻。人死后本该入土为安，但为了方便将来移葬，棺木竟不下地埋葬。而棺木较高的一侧，对着北方，代表唐山的方向。看到此处，不禁动容。乡人无论离故土多远，都心系家乡，哪怕死后，都想回归家乡大地的怀抱。宋万昌把批局交由郑梦梅管理，而自己则回国养老，从这里也侧面反映了海外游子思国念国的赤子情怀。

过番时代，艰苦创业的华侨通过贸易形成了一个沟通中国与外海贸易的商业网络，同时又有各国的文化渗透、融合。华侨不但推动了南洋经济文化的发展，也反哺桑梓，用积累的资本回国投资建设。这是一段不应忘却的历史，在厚重的历史回音中，作者向闲处设色，通过逸闻轶事，把传统文化内蕴和人文情怀一一展现给读者。行文纵横驰骋，不拘一格，有"嘈嘈切切错杂弹，大珠小珠落玉盘"的金玉之声，给读者带来了丰富的审美体验。

二、错综交织，彰显家国情怀

书中所讲述的历史纵横 100 多年，空间上横跨南洋到潮汕、包括云南、广东、福建等广袤的土地，个人命运与时代的关系穿插其中。以郑梦梅的经历为主线，乃铿、望枝、董姑娘等人物的经历为支线，像一棵主干分明的树，旁枝逸错，叶茂婆娑。书中的情感波澜壮阔，各种遭际、悲欢，写出了下南洋的背景下，各种性格导致的命运必然，也彰显了感人肺腑的家国情怀和坚韧顽强的潮汕精神。

书中对银溪村溪前溪后的居民的性格特征，进行了一个对比。溪后是平安里，个个弟子务实冷静，善于经营生意，为人圆滑，不问政治，求财求安为主。溪前是时光里，从名字中，就可读出一种诗意。溪前弟子多才情，填词写诗、舞文弄墨、读圣贤书，故骨子里就有一种不折不扣的家国情怀。郑梦梅是溪前弟子，他的哥哥郑复生去日本学习军事参加革命；儿子郑仰衡和乃诚，虽然分别过继给了溪后的郑步沥和哥哥郑复生，都不是由梦梅抚养长大，但他们似乎天生就有中国心，一个由于参加革命而死于日本人的刀下，另一个则在日本兵扫荡银溪村时因杀了日本士兵而被日本人枪杀；郑梦梅在国难当头之时，想方设法为革命筹资救国；郑梦梅的父亲阿女，在烧毁教堂后也在福建投奔了中国共产党；乃铿虽为溪后女，但为梦梅的养女，在溪前长大，血液里既有溪后的生意天赋，聪慧过人，做起经营轻车熟路，但也有溪前的血性，是女中豪杰。这里有一脉相承的中国心，正是在这种中国心的牵引下，郑梦梅三代人的命运波澜迭起，交织成一曲荡气回肠的恢宏乐章。

潮汕先民历尽千辛万苦，从中原地区迁徙到潮汕地区，是一群有毅力和远见的人，这样的智慧一直传承到今天，催生了"自强不息、坚韧不拔、勇于开拓"的潮汕人精神。书中也将潮汕人的整体性格特征作了描述：男人是典型的现实主义性格，如"赊三千不如现八百"，并且想当官、善于学习、志趣高远、钦慕正义等；女人则留守家中，照顾老人和小孩，或者学艺，忍辱负重，还要应对频发的自然灾害和战争的苦难，具有自我牺牲精神。但不管男人和女人，他们的价值取向都是一致的，所以他们在一致对外时，具有很强的团结意识。

当六世泰皇对批局做了种种限制，以增加暹罗税收时，乃铿用邮票遮住信封上关于批银的字眼，逃过了当局的眼目。此应对方法后来在当地广泛传播，潮汕人也心照不宣，团结一致，心往一处想，劲往一处使，把血汗钱往家里、往祖国寄，这种自觉的团结，形成了一种坚不可摧的力量。抗战爆发后，潮汕人在暹罗成立"暹罗华侨筹赈祖国难民总会"，不顾艰难险阻，千方百计将物资运往祖国，甚至不惜牺牲生命。浩然大气激荡着时代风云，产生一种精神的焰火，这是从古至今一直传承的精神，这是潮汕精神，也是中国精神，不管处于哪种时代，这种精神都存在。尤其是我们国家现在处于社会转型期，国际形势复杂多变，更需要有这样的中国精神去应对各种时政变化。

潮汕谚语说：工夫久久可谋生，生意细细会发家。他们踏实、精明、能干，但又重情、守义，这在郑梦梅和众多水客的身上都有所体现。宋万昌欲将批局股份赠予郑梦梅，但郑梦梅觉得受之有愧，因而从写批先生和水客做起。后来郑梦梅生意做得风生水起，遭人嫉恨，又差点命悬一线，但他终究在暹罗立足，且在乃铿的协助下，打开了更大的局面。潮汕八邑纷纷失守后，南洋和国内批局体系陷入瘫痪，水路走不通。他为了恢复番批业务，与乃诚不顾个人安危，从缅甸老挝边境进入陆路，历尽千辛万苦和惊心动魄的险程，绝不贪图不义之财，把钱送到侨户手中，甚至在晚年还骑着自行车四处为沉批寻找下家。他们多次化险为夷，各种辛酸艰苦难尽其言。其所显现的批脚和水客的守义精神，为那个时代所特有。百姓也熟知规矩，不敢动神龛上的供品，甚至连最没德行的盗匪，也不敢妄想水客和批脚身上的银两。这不禁让人惊讶：究竟是什么样的信仰，能够让他们如此守义？甚至让恶人心里也存留一分善念？也许是因为他们世代都在为背井离乡的人求取平安，而求得平安，需要拜神、拜妈祖，究其原因，是因为他们心中对神的敬畏。

不可忽视的是，潮汕妇女的隐忍与坚强。出门的男人是她们一生的牵挂。情况稍好的，有番批寄回来，收到或多或少的银钱，像是神灵在保佑着男人的平安；而情况差的，一去杳无音信，下落不明，客死异乡也有可能。所以，渴望番批是一种异常复杂的心情。文中描述道，若批脚在村里张扬地喊："收番批哟……"整个村子都在摇晃。这里摇晃的是人的心情，充满希望，又害怕失望。收到番批的惊喜万分，心里石头落地；没收到的，把等待的痛苦与失落埋藏在心中，继续行走在一条充满煎熬的希望之路上。这样的希望将伴她们终老。有些男人过番后就不再回来，她们无异于寡妇，但有了番批就有了生活的希望，家里的老小才有经济保障。在这样的一种精神支柱下，她们可以牺牲自己的幸福，终生为一个人守候，终生为一个人保佑平安。

火船一到，河边洗衣服的婆娘全都停下手，齐刷刷地拧着脖子看靠岸的火船。这里寥寥几笔的一个细节，把妇女们盼批的焦急心情写到了极致。书中"老祖"这个人物形象可说塑造得非常成功。她温和、慈祥，腹有墨水、胸有丘壑，有女丈夫的气概，却表现得相当内敛、克制，死也从容，把生命安排得很完美。从她让望枝改嫁，支持乃铿悔婚的举动中，可看出她非凡的气度和对女人的同情与理解，也折射出了那个时代女人的不易与艰辛。即使守寡至死，仍然能让时光里的后代重振前威，可以说她是潮汕女人的典型代表。男尊女卑的思想有其根深蒂固的历史原因和社会根源，在当今社会已不提倡，但她们这种顽强的毅力、忘我无我的精神，却成为潮汕女人的标志，在历史的碑石上熠熠生辉。

三、细节丰富，故事质感强

确切具体的细节是小说的生命力。书中很多细节描写，使故事变得很有质感，尤其是一些场景，画面感很强，如身临其境，也让故事显得更加真实。如动作描写："老祖手持藏银錾花水烟壶，吸了几口，壶中的水发出好听的银质细响。梦梅从老祖手里接过水烟壶，重新捻好烟丝，用纸片从煤油灯上引来火，学着老祖的样子吸了两口。"看完后觉得真实、生动，如日常发生在眼前的情景。抗战胜利后，郑梦梅乘船回唐山的场景描写，在海上看见的落日、军舰、山坡、房屋，和那一股浓郁盛大的乡愁，画面非常具体。如果不是切身体会，恐难以写出如此动人心弦的情感。这样的心路历程也与陈继明老师的心路历程有相近相似的地方。他从大西北来到温婉的南方小城，这样的一种迁徙，不但带着文化的改变，也带有对精神与气质的改变，所以对于乡愁，他体会得尤为深刻。这些细节都充分调动了我们的感官，超越了文字本身，让我们用视觉、触觉、听觉等去感知文中的情景。

写到陆路途中遇见的阿雷，陈老师把他贪财不义的性格刻画得入木三分，如"舌头变大了，结巴着说""使劲咽着唾沫""咽了一大口唾沫，眼神变得半实半虚"等，把他看到金钱的表情变化、语言、神态都细细刻画出来，人物的心理和行为一致，为他后来为偷金条而跑的行动做好安排，暗示了情节的发展。在书中，情节的发展没有刻意追求新、险、奇，而是顺其自然，人物的命运带着一种必然性。书中写到郑梦梅到马六甲探索曾祖父和祖父的死因。初读，以为两位祖父的死与溪后有关，疑团重重，后来真相大白，原来是因情杀，死于一场火灾，这样的人生结局，也是溪前弟子多才多情、有英雄情结的性格导致的必然。又如郑梦梅与采儿的结合，开始埋下了伏笔。郑梦梅遇上采儿时，很喜欢她，做了一个香艳之梦，但他谨记下南洋，"诗、女人、祖地"三样不能碰。等到抗战胜利，经历各种人世变化，他们又自然而然地走到了一起，没有一丝的刻意，一切水到渠成，因而更显得可信。这就是作者不露痕迹的巧妙安排。

日本兵扫荡银溪村时，场面很血腥，但书中多次写到"笑"：首先是乃诚想起了哥哥郑仰衡的笑容，乃诚便试着笑了笑；然后乃诚和董姑娘对视一下后，两个人都笑了笑；亲人们被押到甲板上时，乃诚满脸脏物，但他在笑，并跟大家说别紧张，算是为国捐躯；与日本人对话时，他也在坦荡地笑……紧张悲凉的气氛，因他多次的笑，而变得有哀而不伤。因为这是"家族特征的笑，时光里男人特有的笑，是流传了上百年的溪前式气质"。这里的笑，是作者精心安排的细节，这是因爱国的博大而摒弃小我、变得无所畏惧的笑。虽然一个个人头跌落水里，但因为有一种强大的精神伟力，整个画面在悲情中带有温暖的光芒，悲壮而不悲伤。

此书中，我们看到作者广阔的视野、深度的学识和修养，这也是成就这本书沉稳从容的叙事风格的因素。作者通过对历史的追踪，把潮汕的璀璨人文展现给读者，带读者领略潮汕的人文情怀给我们带来的生活价值和社会价值，也让读者沐浴了一场精神上的洗礼。缅怀历史的意义在于人文精神、人文情怀的传承与弘扬，这正是此书的价值所在。